Kürb

CW01501655

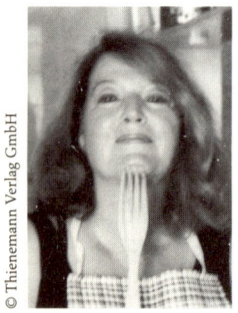

© Thienemann Verlag GmbH

Christamaria Fiedler wurde in Berlin geboren und lebt heute in Schöneiche bei Berlin und auf Gran Canaria. Seit 1967 arbeitet sie als freie Autorin für Verlage, Presse, Rundfunk und Fernsehen in Sachen Kinderliteratur.

Christamaria Fiedler

Kürbis criminale

CARLSEN

Außerdem von Christamaria Fiedler im Carlsen Verlag lieferbar:

Spaghetti criminale
Risotto criminale
Popcorn criminale
Sushi criminale
Ketchup criminale
Lilli Holle und die Weihnachtsfamilie

FSC
Mix
**Produktgruppe aus vorbildlich
bewirtschafteten Wäldern und
anderen kontrollierten Herkünften**

Zert.-Nr. SGS-COC-1940
www.fsc.org
© 1996 Forest Stewardship Council

Veröffentlicht im Carlsen Verlag
April 2009
Mit freundlicher Genehmigung des Thienemann Verlages
Copyright © 2002 by Thienemann Verlag
(Thienemann Verlag GmbH), Stuttgart/ Wien
Umschlagfoto: Boris Brackrock, unimak / iStockphoto /
chuwy / emanuele ferrari / Simon Spoon
Umschlaggestaltung: formlabor
Corporate Design Taschenbuch: Dörte Dosse
Druck und Bindung: GGP Media GmbH, Pößneck
ISBN 978-3-551-35834-9
Printed in Germany

Alle Bücher im Internet: www.carlsen.de

— 1 —

Die Villa war groß genug, um sich darin zu verlaufen, und von edelstem Geschmack. Amanda, die noch nie hier gewesen war, sah sich mit glänzenden Augen um. Wer immer dieser Graf Eutin sein mochte – sein Landhaus war spitze!

»Na, hab ich dir zu viel versprochen?«, flüsterte ihre Freundin Isy, als sie über die hellen Marmorfliesen des langen Flures huschten, der die vielen Räume großzügig miteinander verband. »Wo willst du hin? Auf die Veranda? Ins Speisezimmer, Billardzimmer oder lieber in den Salon? Du kannst auch ins Musikzimmer gehen, in den Arbeitsraum oder in die Bibliothek.«

»Ich nehme den Salon«, entschied Amanda und betrat entzückt ein Gemach mit pinkfarbenem Sofa, während Isy wie gewöhnlich in der Bibliothek verschwand. Nur Benedikt, der sie begleitet hatte, zögerte einen Moment, bevor er sich auf den Weg ins Arbeitszimmer machte, von wo aus er einen unterirdischen Geheimgang zur Küche kannte.

Als der Mord schließlich entdeckt wurde, befand sich jeder von ihnen nachweislich an einem anderen Platz im Haus, was für die nachfolgenden Ermittlungen wichtig war. Denn wie es bei Verbrechen üblich ist, wollte es natürlich keiner gewesen sein. Schnell begannen die Anwesenden einander den Mord in die Schuhe zu schieben.

Für Amanda kam nur Benedikt in Frage, der aber gelassen seine Unschuld beweisen konnte und seinerseits auf seine Schwester Isy tippte, was ein totaler Irrtum war. Die aber hatte den richtigen Verdacht.

Sich eine dunkle Locke aus der Stirn wischend beschuldigte sie, ohne mit der Wimper zu zucken, ihre beste Freundin Amanda Bornstein alias Baronin von Porz, die Tat im Musikzimmer mit dem silbernen Leuchter begangen zu haben.

»Wieso denn ich?«, rief die empört. »Ich war doch die ganze Zeit im Salon!«

Amanda reagierte, als wäre der Mord in der Villa Wirklichkeit und nicht Teil eines berühmten Detektivspiels, dessen Spielfeld dem Grundriss eines alten englischen Landhauses nachempfunden und das unter dem Namen »Cluedo« weltbekannt war.

»Gleich wirst du es besser verstehen«, versprach Isy und zog die Beweise aus einem schwarzen Umschlag, der sich in der Mitte des Spielfeldes befand. Triumphierend legte sie drei Bildkarten auf den Küchentisch.

Auf der ersten befand sich das Porträt der Gräfin von Porz, auf der zweiten der Salon als Tatort und auf der dritten Karte der silberne Leuchter, das Tatwerkzeug.

Hilflos starrte Amanda auf ihre blaue Plastikfigur der Baronin von Porz. Was hatte sie falsch gemacht? Warum waren nicht Benedikt mit seiner

Spielfigur des Direktors Grün oder Isy mit Fräulein Ming die Täter gewesen?

Isy sah der Freundin an, dass sie einfach nicht begriff, weshalb ausgerechnet sie den Mord begangen haben sollte.

»Wer der Täter ist, entscheidet sich gleich zu Beginn des Spieles, wenn von jeder Kartengruppe die erste Karte verdeckt gezogen und als Ermittlungsakte in den Umschlag gesteckt wird«, klärte sie Amanda auf. »Du hattest also gar keine Wahl.«

»Heißt das, ich hätte gewonnen, wenn ich mich selbst verdächtigt hätte?«

»Korrekt«, sagte Isy. Und Benedikt, der mit seinen braunen Augen und dem dunklen Haar wie ihr Zwilling aussah, nickte Amanda aufmunternd zu: »Die nächste Runde läuft anders. Vielleicht lege ja ich mal den alten Knaben um?«

»Ohne mich!« Entschlossen sprang Amanda auf. »Mörderspiele mag ich nicht! Warum spielt ihr nicht Trivial Pursuit oder Computerspiele?«

»Nur noch ein Mal!«, bat Isy. »Du wirst sehen, es ist wirklich toll. Es schult die Logik!«

Doch die Freundin hörte gar nicht mehr hin. Hastig griff sie ihre rote Jacke und schlüpfte so schnell zum Flur hinaus, dass sie beinahe Selmas Katzenklo umstieß.

»He, warte!«, rief Isy. Was war denn in Amanda gefahren? Rasch sauste sie die Treppen hinab, wo sie die Freundin gerade noch im Hauseingang erwischte.

»Was ist denn? Bist du sauer, weil du verloren hast?«

»Quatsch! Ich muss wirklich los.« Amanda deutete auf den Regen, der gleichmäßig und dicht wie Perlenschnüre zu Boden fiel. »Bleib lieber hier! Es regnet Strippen!«

»Pah! Ich hab dich schon bei schlechterem Wetter nach Hause gebracht.«

»Ich geh aber nicht nach Hause!« Amanda schlug die Kapuze über ihren blonden Schopf und zog den Reißverschluss der Jacke bis zum Kinn. »Bis morgen! Tschüs!«

Wie ein wildes Pferd stürmte sie los, während Isy unschlüssig im Hausflur blieb. Nicht nach Hause? Wo wollte die denn so spät noch hin? Und warum sollte sie die Freundin ausgerechnet heute nicht begleiten, wo Amanda doch sonst keinen Schritt ohne sie ging? Unruhe erfasste sie, weckte die Neugier in ihr, während die Dunkelheit Amanda endgültig verschluckte. Lief da etwas, von dem sie nichts wissen sollte? Hatte Amanda Heimlichkeiten?

Oh, es kribbelte von der Nasenspitze bis in den großen Zeh! Isy konnte gar nicht anders als der Freundin nachgehen. Noch bevor es ihr Kopf richtig begriff, hatten sich ihre Füße bereits auf den Weg gemacht.

Asphaltnässe sprühte funkelnd von Autoreifen auf und platschte ihr kalt ins Gesicht. Ruppig zerrte der Herbstwind an ihren dunklen Locken. Doch das störte sie nicht. Sie tauchte im Strom der Passanten unter und spähte nach Amandas roter Jacke aus. Jede Menge Merkwürdiges fiel ihr plötzlich ein. War es nicht letzten Mittwoch dasselbe gewesen? Hatte sich Amanda nach den Hausaufgaben nicht ebenfalls mit einer Ausrede aus dem Staub gemacht?

Genau wie am Mittwoch davor, als sie mit Sassi und Bini im Kino waren und sie auf dem Heimweg plötzlich spurlos verschwand. Zwar behauptete Amanda später, die Mädchen im Gedränge aus den Augen verloren zu haben, aber konnte man ihr das noch glauben? Ausgerechnet wieder am Mittwoch? Das konnte kein Zufall sein.

Das ging also schon seit dem Ende der Sommerferien so. Gespannt schaute Isy nach der Freundin aus. Wo steckte die bloß? Sie konnte sich doch nicht in Luft aufgelöst haben!

Sie hastete weiter, bis sie Amanda endlich an einer Ampel entdeckte, wo sie neben zwei tropfnassen Berner Sennenhunden auf Grün wartete.

Was hat sie bloß vor?, grübelte Isy, als die Ampel umsprang und die Freundin zielstrebig in eine wenig beleuchtete Nebenstraße einbog, wo sie bereits nach wenigen Schritten in einem dunklen Hauseingang verschwand. Und jetzt?

Unschlüssig betrachtete Isy das Gebäude, von dem der Putz blätterte. Die ganze Straße wirkte grau und alt. Es war nicht die Art Gegend, in der sich Amanda für gewöhnlich aufhielt. Wen mochte sie hier kennen? Was hatte sie hier zu tun?

Und vor allem, warum hielt sie es geheim?

Immer mehr Merkwürdigkeiten kamen Isy in den Sinn, während sie mit kalten Füßen auf und ab stapfte. Hatte sich Amanda nicht verändert? War sie nicht sogar geizig geworden? Keine Currywürste mehr nach Schulschluss, keine Besuche in Signore Georgios schönem Restaurant, wo es das beste Eis zwischen Rostock und Rom gab. Auch die morgendliche Kuchentüte war gestrichen. Amanda hielt ihr Taschengeld zusammen. Anfangs hatte Isy auf eine Diät getippt. Aber konnte die neue Sparsamkeit nicht auch ganz andere Ursachen haben? Hatte Amanda vielleicht Probleme? Fröstelnd starrte Isy auf die Tür, hinter der die Freundin verschwunden war. Was immer hier lief: Amanda hatte ein Geheimnis! Da biss die Maus keinen Faden ab. Geheimnisse aber waren nicht ausgemacht. Nicht zwischen zwei Freundinnen, die so oft miteinander durch dick und dünn gegangen waren wie sie. Amanda musste schon einen sehr wichtigen Grund haben, diese Regel zu verletzen. War sie etwa verliebt? Hatte sie ein heimliches Date?

Wilder Mut überfiel Isy, einfach hineinzugehen und sich dort drinnen umzuschauen. Was aber würde Amanda dazu sagen, wenn sie plötzlich in dem Haus auftauchte?

Tiefer schob sie die klammen Finger in die Tasche. Nein, es würde besser sein, heimzugehen, einen warmen Tee zu trinken und Benedikt zu einer weiteren Runde »Cluedo« zu überreden. Amanda aber würde sie morgen in der Schule auf den Kopf zusagen, dass sie ein Geheimnis hatte. Und sie wusste auch schon die Antwort darauf.

Amanda würde die blauen Augen aufreißen und »Schnüffelst du mir etwa nach, Isolde?« schreien.

Amanda riss die blauen Augen auf und schrie: »Schnüffelst du mir etwa nach, Isolde?«

Es war im Umkleideraum der Turnhalle und einige Mitschülerinnen, die gerade Richtung Schwebebalken entschwebten, drehten sich erschrocken nach ihnen um.

»Ich mach mir nur Sorgen um dich!«, verteidigte sich Isy gekränkt. »Jeden Mittwoch verschwindest du plötzlich! Da stimmt doch was nicht!«

»Bei dir stimmt was nicht!«

»Entspann dich! Ich will dir doch bloß helfen!«

»Von wegen!« Amanda zwängte sich in ihren pinkfarbenen Gymnastikbody. »Du witterst wohl wieder einen Kriminalfall, den du unbedingt aufklären musst?«

»Was wäre denn daran kriminell, wenn du zum Beispiel ... ein Date hättest?«

»Ein Date?« Amanda blinzelte verblüfft. »Mit wem denn?«

»Was weiß ich? Mit dem Heiligen Geist!«

Einen Augenblick herrschte Schweigen in dem kleinen Kabinett. Isy lauschte den Stimmen der Mädchen in der Halle und dem Befehl der Sportlehrerin, die jetzt zum Warmlaufen aufforderte. Amanda hatte also gar keinen Boyfriend? Aha!

»Aber etwas stimmt nicht mit dir!«, klopfte sie auf den Busch. »Man sieht's dir an.«

Amanda, die sich gerade ein rosa Stirnband überstreifte, hielt erschrocken inne und starrte in den Spiegel. »Wo?«

Isy trat dicht hinter sie. »Du … siehst bedrückt aus. Warum sprichst du nicht mit mir, wenn du in Schwierigkeiten steckst?«

»Weil du aus allem immer gleich eine Katastrophe machst!«

»Das könnte man auch von dir behaupten!«

»Ja, aber du musst nicht vielleicht in den Knast!« Isy sah, wie sich Amandas Augen mit Tränen füllten.

»Was sagst du da?«, flüsterte sie entsetzt.

Das Gellen einer Trillerpfeife zeigte den Beginn des Unterrichts an. Jetzt mussten die Schülerinnen Aufstellung nehmen.

»Amanda, das musst du mir erzählen! Sofort!«

»Ich muss gar nichts!« Trotzig trottete Amanda zur Tür, doch Isy trat ihr in den Weg.

»Raus mit der Sprache!«, verlangte sie. »Stell es dir doch einmal umgekehrt vor. Ich steck in der Klemme und du hast null Ahnung. Würdest du mich im Stich lassen?«

Noch bevor Amanda antworten konnte, flog die Tür des Umkleideraumes auf und Jennifer Niemann steckte ihren Kopf herein.

»Ich soll fragen, ob ihr eine Extraeinladung braucht?«

»Verschwinde!«, zischte Isy, doch Amanda nutzte Jennifers Erscheinen, um sich blitzschnell aus dem Staub zu machen.

Allerdings schienen Isys Worte nicht ohne Wirkung geblieben zu sein. Kurz vor Unterrichtsschluss landete in der sechsten Stunde ein Wurfgeschoss aus zusammengefaltetem Papier auf ihrem

Platz. »Okay, du hast mich überzeugt! Wie wär's mit einem Besuch bei Georgio? Amanda«.

Das »Georgio« war Familie Bornsteins Lieblings-restaurant und Isy bewunderte wieder einmal, wie sicher und selbstverständlich sich Amanda in der Welt der Erwachsenen bewegte. Allein hätte sie sich gewiss nicht in das noble Café gewagt, das nach frischem Cappuccino duftete und über dessen dunklem Holz, dessen gestärkten weißen Tüchern und dessen geschliffenen Karaffen ein feiner, alt-modischer Schimmer von Eleganz zu liegen schien.

Es war einfach köstlich, wieder hier zu sein, aber dieses Mal konnte Isy Signore Georgios unver-gleichliches Erdbeereis leider nicht mit allen Sin-nen genießen. Dazu war sie viel zu gespannt.

»Erzähl, Mandi!«, forderte sie atemlos. »Wieso droht dir Knast?«

»Weil ich eine Fälschung vorhab«, hauchte Amanda und schob sich erschauernd eine frische Erdbeere in den Mund. »Steht Zuchthaus drauf.«

»Aber nicht mit 13!«

»Ist doch wurscht. Jugendknast ist auch kein Pa-radies!« Vorwurfsvoll probierte Amanda ein Löf-felchen Sahne. Hatte Isy überhaupt eine Ahnung, in was für einer schrecklichen Situation sie sich be-fand?

Leise unterhielten sich die anderen Gäste und Signore Georgio beobachtete sie von seinem Kom-mandostand hinter dem Tresen aufmerksam. »Schmeckt es, ragazze?«

»Molto bene!«, murmelte Amanda.

»Grazie!«, dankte der Padrone und trug das Tablett mit den gefüllten Grappagläsern zu den beiden
Damen an den Nachbartisch, die einander halblaut
ihre Sorgen klagten.

»Nie komme ich weg!«, stöhnte die eine. »Ich
hab doch den Hansi. Früher haben ihn die Nachbarn versorgt, wenn ich mal fort war, aber nun verbringen sie die meiste Zeit in ihrem Ferienhaus in
Alicante.«

»Wie ich dich verstehe«, seufzte die andere.
»Reisen ist leider auch für mich ein Fremdwort geworden, seit ich den Wintergarten habe. Dabei
würde ich gern mal wieder ans Meer fahren, aber
die Studenten sind mir einfach zu teuer geworden.«

»Ja, meine Liebe, es sieht so aus, als brauchten
wir einen Engel.«

»Das hast du schön gesagt, Roberta! Genau das
ist es, was wir brauchen! Prost!«

Isy vernahm leises Kichern und das feine Klingen zweier Gläser.

Voll böser Ahnung beugte sie sich zu Amanda.
»Was hast du denn vor? Willst du etwa einen
Scheck fälschen?«

»Was denn sonst? Dachtest du, einen Picasso?«

Einen Augenblick hatte Isy wirklich das Gefühl,
dass das Eis zu kalt, der Raum zu heiß und der Kra-
gen ihres blauen Rollis zu eng war. Amanda wollte
einen Scheck fälschen? Das hielt man ja im Kopf
nicht aus!

»Bist du verrückt? Wenn das einer entdeckt!«

»Noch habe ich es ja nicht getan, aber mir wird

nichts anderes übrigbleiben.« Amandas Stimme klang zögernd. Sich nervös umblickend fasste sie in die Tasche und legte einen Scheck mit dem Namenszug ihres Vaters und ein Blatt Papier mit seiner gefälschten Unterschrift auf den Tisch. »Der Scheck ist von Dad für Omi. Mit dem hab ich geübt.« Sie hielt die beiden Unterschriften nebeneinander. »Siehst du einen Unterschied?«

Verwirrt betrachtete Isy beide Namenszüge. Sie glichen einander aufs Haar. Amanda schien ein Talent zu haben, von dem die Welt noch nichts wusste.

Die leckte inzwischen genüsslich den Löffel ab. »Sauber, was?«

»Und wozu brauchst du Geld?«, fragte Isy streng. »Du hast doch ein Konto.«

»Hatte!«, seufzte Amanda. »Mich hat jemand hängenlassen. Er brauchte Bares und da hab ich's ihm geborgt. Aber er kann noch nicht zurückzahlen und nun wird's eng. Bis Monatsende wird eine Rechnung fällig und Weihnachten kommt auch ...«

»Und deine Eltern? Hast du es gebeichtet?«

Amanda verdrehte die Augen. »Bin ich blöd?«

»Und wer ist der miese Typ, der nicht zurückzahlt?«

Amanda verfärbte sich wie eine Himbeere im August. »Kennst du nicht.«

Und ob ich den kenne, dachte Isy grimmig. Warum kriegte sie sonst eine rote Birne? Sie wartete, bis sich Amanda wieder entfärbt hatte. »Was für eine Rolle spielt denn das Haus, in dem du gestern verschwunden bist?«

»Dort finden die Kurse statt. Vorspeisen der italienischen Küche! Hauptspeisen der italienischen Küche und Nachspeisen der italienischen Küche!«

Amanda wies auf Signore Georgio, der gerade feierlich eine Tiramisu anschnitt. »Er hat's mir vermittelt. Vierhundert zum Sonderpreis. Weil er den Koch kennt. War ein echtes Schnäppchen, das kannst du glauben.«

»Vierhundert Euro?« Isy verschlug es fast den Atem. »Für einen einzigen Kursus?«

In diesem Moment klingelte Amandas Handy. Sie zog es aus der Tasche, warf einen Blick auf die Nummer und schaltete es ab. Dann wandte sie sich wieder an Isy.

»Wo kann ich denn sonst lernen, wie man Panna cotta kocht oder einen Panettone bäckt? Mein Dad steht auf Panettone. Es sollte sein Weihnachtsgeschenk werden.«

»Und diesen Kurs«, fragte Isy, während sie überlegte, wer wohl der Anrufer gewesen sein könnte, »willst du also mit einem gefälschten Scheck bezahlen?«

Amanda schob trotzig die Unterlippe vor. »Hast du eine bessere Idee? Hundert hab ich schon angezahlt. Die hab ich bei der Verwandtschaft geschnorrt. Der Rest soll als Überweisungsscheck an Cäsar Massimo Krause gehen. Er ist der Koch von unserem Kursus und ein Genie!« Amanda lächelte verklärt. »Muss ich also bloß noch einen Scheck aus Daddys Scheckheft klauen. Vielleicht merkt er es ja nicht.«

»Darauf würde ich mich nicht verlassen!« Isy

16

starrte auf den rosafarbenen Fleck, der plötzlich das Tischtuch neben ihrem Eisschälchen zierte. »Warum hast du es nicht erst mal mit einem Job versucht?«

»Dass ich nicht lache!« Amanda schnaufte. »Aber entweder hat das Gesetz was gegen den Job, weil du noch Schüler bist, oder der Job ist schon vergeben oder du stehst ewig auf der Warteliste. Ich brauche das Geld aber schnell!« Resigniert stopfte sie Scheck und Übungszettel in die Tasche zurück, während in Isys Kopf die Gedanken wie Konfetti durcheinanderwirbelten. Wie konnte sie Amanda nur von diesem Blödsinn abbringen und ihr einen Job beschaffen? Und was hieß einen? Zwei brauchten sie, zwei Jobs für zwei Powerfrauen. Allein würde Amanda das Geld nie so schnell zusammenkriegen. Wenn ihr doch nur etwas einfiele!

Der Padrone servierte neuen Grappa am Nebentisch und Amanda gab ihm ein Zeichen. »Das heißt, dass mein Vater das Eis auf die Rechnung kriegt«, erklärte sie flüsternd. »Wenn er mit einem Klienten hier isst.«

Am Nebentisch prostete man sich erneut zu. »Auf einen rettenden Engel, Roberta!«

»Ach ja, auf einen Urlaubsengel! Damit wir endlich mal rauskommen!«

Wieder hörte Isy die Gläser klingen. Dann folgte ein tiefer Seufzer.

»Und wo bekommen wir den so schnell her?«

»Das ist der Punkt, meine Liebe. Das kann ich dir leider auch nicht sagen.«

Aber ich!, dachte Isy und in ihrem Kopf explodierte ein Feuerwerk aus bunten Sternchen. Atemlos vor Aufregung beugte sie sich zu der Freundin. »Bingo, Amanda! Ich hab's! Was hältst du von einem Urlaubsengel-Service?«

»Von was?«

»Von einer Agentur, die Urlaubsengel vermittelt. Ich hab da gerade eine Marktlücke entdeckt. Und in den Herbstferien haben wir doch zwei Wochen lang Zeit!«

»Urlaubsengel?«, fragte Amanda verständnislos. »Und wer sollen die sein?«

»Na, wir! Sind wir vielleicht keine Engel?« Isy grinste. »Vergiss den ganzen Quatsch mit dem Überweisungsscheck, Amanda! Es kommen himmlische Zeiten! Mit drei Runden Cluedo bist du dabei!«

— 3 —

Vor die himmlischen Zeiten aber hatte der liebe Gott noch das Bürgerliche Gesetzbuch geschoben. Mit einem lauten Knall ließ es Amanda am anderen Morgen auf Isys Schulbank plumpsen.

»Hier, lies mal! Von wegen eine Agentur aufmachen! Hab ich dir nicht gesagt, dass einem der Staat alles vermiest, wenn man noch nicht 18 ist? Wir dürfen uns weder mündlich noch schriftlich als Agentur ausgeben.«

Stirnrunzelnd betrachtete Isy den Wälzer. »Wer sagt denn, dass ich eine richtige Agentur gemeint hab?«, verteidigte sie sich und schob das BGB beiseite. »Was mir vorschwebt, das ist mehr ... eine Scheinagentur.«

»Noch schlimmer! Dann haben wir gleich das Jugendamt und die Steuer auf dem Hals!«, warnte die Tochter eines erfolgreichen Steuerberaters.

»Dann nennen wir es eben ... eine Aktionswoche. Ich hab's! Wir machen in den Ferien als rettende Urlaubsengel eine Aktionswoche unter dem Motto ›Ferien für alle!‹. Das klingt preiswert und modern. Einfach zum Zugreifen!«

»Und wo willst du die Genehmigung dafür herkriegen?«

»Du treibst mich noch zum Wahnsinn mit deinen Genehmigungen!«

»Wovon sprecht ihr?« Sassi und Bini warfen ihnen neugierige Blicke zu.

»Das ... ist noch geheim!« Isy blinzelte verschwörerisch. »Aber ihr werdet es als Erste erfahren!«

Schon als sie es aussprach, wusste sie, dass es gelogen war. Ein Blickwechsel mit Amanda bestätigte ihr, dass die Freundin genauso dachte. Das fehlte noch, dass jemand aus der Klasse etwas von ihren Plänen erfuhr!

Wo man sie ohnehin schon die »Katastrophenweiber« nannte, weil sie ständig in irgendwelche Katastrophen oder verzwickte Kriminalfälle verwickelt waren, deren erfolgreiche Lösung dank ihrer Mithilfe sie allerdings schon des Öfteren auf die Titelseiten der örtlichen Presse katapultiert hatte.

Ein wenig Eifersucht auf ihre Popularität mochte schon dabei sein, wenn ihre Mitschüler sich über sie lustig machten. »Ein Fall für zwei!« und »Mord ist ihr Hobby!« waren noch die mildesten Sprüche, die man in der 7b über sie klopfte.

»Wir besprechen das nachher bei mir«, raunte Amanda, bevor Dr. Trisch, Trischi genannt, mit einem Stapel Diktathefte im Arm über die Schwelle trat und der 7b sein blankes Entsetzen über das Niveau der von ihm zensierten Arbeiten mitteilte.

Es folgten einige Stunden Biologie, Geschichte und Englischunterricht. Dann gingen sie wie verabredet zu Amanda und tranken grünen Tee mit Pfingstrosengeschmack.

»Es ist total süß von dir, mir zu helfen«, begann Amanda nach einer Weile, in der sie Mandelkekse geknabbert und mit Blick auf das Poster des scheu lächelnden Prinzen William den Songs der Backstreet Boys gelauscht hatten. »Aber ich frage mich, ob dieser Job das Richtige ist? Wer verreist denn schon bei diesem Mistwetter?«

»Du kommst wirklich aus dem Mustopf, Amanda! Erstens, in zwei Wochen beginnen die Herbstferien! Zweitens, Reisezeit ist jederzeit! Besonders bei Rentnern.«

Kopfschüttelnd schwang sich Isy an Amandas Computer. »Wer hat denn die Kanarischen Inseln und Mallorca fest in der Hand? Oder Bad Wildbach, Bad Wörishofen und wie diese Kurnester alle heißen?«

Geübt öffnete sie das Word-Programm. »Also, ich finde, Pensionäre sollten unsere Zielgruppe sein. Da ist immer ein Kaktus, ein Goldfisch oder

20

ein Hund im Haus. Jetzt brauchen wir bloß noch einen guten Werbetext für unsere Aktionswoche.«

Amanda, die ans Fenster getreten war, um ihren Lieblingskaktus Äschylos zu gießen, hob zweifelnd den Kopf. »Und das geht ohne Genehmigung?«

»Das genehmigen wir uns selbst!« Isy lachte. In ihren braunen Augen tanzten helle Spottfünkchen. »Wirklich, Amanda, für jemanden, der einen Scheck fälschen will, hast du ganz schön schwache Nerven!« Sie schnappte sich noch einen Keks aus der Dose. »Natürlich dürfen wir keinem auf die Nase binden, dass wir erst 13 sind. Das würde die Leute bloß verunsichern. Aber wir schaden ja niemandem, oder? Im Gegenteil! Wir schenken den Leuten Freizeit!«

»Dann mach du das mit dem Text!«, gab Amanda nach. »Du hast die besten Einfälle. Ich kümmere mich inzwischen um Fusilli mit Tomatensoße.«

»Um was für Fussel?«

»Fusilli! Nudeln mit Dauerwellen.« Sie lief hinaus und kam mit der Packung wieder.

»Ach, die!«, sagte Isy. »Damals im Osten hießen die Spirelli.«

»Spirelli?«, gluckste Amanda. »Als DDR-Fusilli? Ihr habt wohl alles anders benannt?«

»Fang bloß nicht wieder mit den Goldbroilern an!«, stöhnte Isy. »An alles kann ich mich auch nicht mehr erinnern. Lass uns lieber arbeiten!«

»Hungrig kann ich nicht denken!«, murrte Amanda. Doch bald war es geschafft.

»Keine Herbstferien wegen des Ficus?«, las Isy vor. »Keine Kur wegen Katze und Co.? Das sind Sor-

gen von gestern! Heute kümmert sich die Aktionswoche ›Ferien für alle!‹ um Ihre Lieblinge. Rufen
Sie uns an und Ihr Urlaubsengel kommt prompt!«

Zum Schluss gaben sie noch das Datum der
Herbstferien und die Telefonnummer der Familie
Schütze an. Amanda würde sich um die Buchfüh-
rung kümmern. Natürlich machte sie sofort die be-
kannte Geste zwischen Daumen und Zeigefinger.
»Und hier?«

»Über das Honorar reden wir später. Lass uns
erst mal drucken!«, drängte Isy.

Sie druckten einen Schwung Zettel aus und er-
örterten die Frage, auf welche Briefkästen sie die
Blätter verteilen sollten. Selbstverständlich waren
die nachbarlichen Briefschlitze für eine Aktion, die
nur im Geheimen blühen durfte, tabu.

Ihr Einsatz als rettende Engel sollte besser an
Orten stattfinden, an denen sie niemand kannte.
Zum Glück war Berlin nicht nur groß, sondern rie-
sig.

Leider wies es als Folge der ehemaligen Teilung
noch immer einen wohlhabenderen West- und
einen bescheideneren Ostteil auf, in dem kleinere
Renten und größere Arbeitslosigkeit das soziale
Klima bestimmten. Diese Kenntnis bestärkte
Amanda in ihrem Entschluss, ihren Job lieber in
Westberlin zu machen.

»Ich düse nach Dahlem«, entschied die geborene
»Wessifrau«, die mit ihren Eltern nach der Wende
von Nürnberg nach Ostberlin gezogen war, wo ihr
Vater sein zweites Steuerbüro eröffnet hatte. »Im
Grunewald wohnen die Reichen!«

»Wenn sie reich sind«, zweifelte Isy, »haben sie Personal und brauchen uns nicht.«

»Hm!«, machte Amanda. »Fahr ich eben nach Wilmersdorf! Zu den berühmten Wilmersdorfer Witwen. Die leben von den dicken Renten ihrer Männer. Aber die sind auch schon vom Aussterben bedroht, sagt mein Dad.«

»Na, dann beeil dich mal! Ich verteile meine Zettel lieber im Osten. Ostrentner brauchen auch Hilfe von rettenden Engeln.«

Sollte das vielleicht eine Kritik sein? Amanda verzog das Gesicht. Isy wusste doch genau, wie sozial sie empfand. Aber schließlich musste sie auch an ihre Schulden denken! Gekränkt verschwand sie in der Küche, um Wasser für die Nudeln aufzusetzen, aber Isy wollte keine Zeit mehr mit Kochen verlieren.

»Weißt du was? Mach die Fusseldinger lieber ein andermal. Es wird jetzt schon so schnell dunkel.«

Das sah Amanda ein und sie schmierte einen Teller Wurstbrote, die sie hastig verschlangen. Dann teilten sie die Zettel untereinander auf und sausten zum Bahnhof.

Während Amanda zu ihren wohlhabenden Witwen in den Westen fuhr, stopfte Isy ihre Blätter in die Briefkästen eines nahen Wohngebietes, die wie metallene Schwalbennester an den rau verputzten Wänden der Hauseingänge klebten. Nach einer halben Stunde hatte sie alle Zettel verbraucht und machte sich gespannt auf den Heimweg. Vielleicht rief ja heute schon ein Kunde an?

Der erste Anruf kam, als Isy gerade die Wohnungstür hinter sich schloss. Noch atemlos schmetterte sie »Aktionswoche ›Ferien für alle!‹, Ihr Urlaubsengel-Service! Was können wir für Sie tun?« in den Hörer.

»Du kannst mich ruhig duzen!«, quakte es blechern aus Amandas Handy.

»Ich wollte bloß wissen, ob schon jemand angerufen hat.«

»Ja, du!«, sagte Isy und legte auf.

An diesem Tag klingelte das Telefon nicht mehr. Vermutlich studierten die Leute erst mal in Ruhe ihr Angebot. Auch am folgenden Nachmittag blieb es stumm.

Dann aber klingelte es pausenlos.

Eine Witwe aus Wilmersdorf wünschte sich während einer Bildungsreise liebevolle Betreuung für ihren Kater, ein Ehepaar aus Neukölln wollte mit dem Enkel nach Florida und seinen Kanarienvogel Fred in guten Händen wissen und ein heiserer Regisseur aus Mitte namens Wolfram B. Braun suchte einen rettenden Engel, der seiner Oma bis an Halloween morgens Brötchen und Milch an die Wohnungstür hängte, weil er zu einem Dreh ins Ausland musste. Ein Student sorgte sich um seine Schildkröte Leila und zwei Kunden aus Britz und Weißensee um ihre Wintergärten. Wintergärten schienen mächtig in Mode zu sein.

Gewissenhaft notierte Isy Namen, Anschriften, Anliegen und Vorstellungstermin.

Dann sagte sie höflich: »Vielen Dank für Ihr Vertrauen!«, und beendete das Gespräch.

Der letzte Anrufer an diesem Tag war ein Herr

mit wohltönender Stimme, der ihr erklärte, dass er in genau dieser Zeit überraschend in die Staaten müsse und nun dringend einen Engel für seinen vierbeinigen Mitbewohner suche.

»Mit Ihrer Aktionswoche haben Sie sich wirklich was Tolles einfallen lassen!«, lobte er.

»Vielen Dank!«, krächzte Isy.

Dann legte sie mit wackligen Knien auf. Ein Wunder, dass ihr vor Schreck nicht der Hörer aus der Hand gefallen war. Wer hätte denn mit diesem Anrufer gerechnet?

Einen Moment überlegte sie, ob sie Amanda gleich anrufen oder sich die Sensation für die Frühstückspause aufheben sollte? Sie entschied sich fürs Frühstück.

— 4 —

Doch bevor Amanda am anderen Morgen vor Schreck das Brötchen im Hals stecken bleiben konnte, platzte Dr. Trisch mit einem fremden Mann in die Pause, der Dr. Rose hieß. Er war nicht sehr hochgewachsen und sah neben Trischi wie ein Gartenzwerg aus. Daran änderte auch die Tatsache nichts, dass der Typ Kriminalbeamter der Vermisstenstelle beim Landeskriminalamt war. Sie erfuhren, dass die Schülerin Josepha Boskov aus der Parallelklasse seit zwei Tagen von ihrer Mutter vermisst wurde.

»Kennt jemand Josepha näher?«, fragte Trischi. »Hatte einer von euch Kontakt zu ihr?«

In dem einsetzenden Geraune versuchte Isy sich an ein Mädchen zu erinnern, das Josepha hieß, aber es waren mehrere ausländische Schülerinnen in der 7a und sie war sich nicht sicher. Erst als Dr. Rose, der sich fröhlich bezichtigte, auch ziemlich stachlig sein zu können, ein Foto durch die Bankreihen gehenließ, erkannte Isy das Mädchen mit den frechen Augen wieder.

»Es ist die Kettenraucherin vom Schulklo!«, zischte sie Amanda zu und meldete sich. »Ja, wir, Amanda und ich, kennen Josepha. Gibt es schon einen Verdacht?«

Der Beamte verneinte und begann mit der Beschreibung jener Kleidungsstücke, die Josepha am Tage ihres Verschwindens getragen hatte: eine blaue Jeans Marke Levi's, eine graublaue Flanelljacke, ein weißes Sweatshirt mit dem Diesel-Logo und ein Paar dunkelblaue Sportschuhe. Außerdem trug Josepha mehrere schmale Silberringe und ein blau-gelbes Freundschaftsband.

Alle schrieben eifrig mit. Dann äußerte Jennifer Niemann den Verdacht, dass das Mädchen vielleicht bloß ausgebüxt sei. »Vielleicht hat sie Stress mit ihren Eltern?«

Dr. Rose nickte. »Das geben die meisten verschwundenen Schüler als Grund an, aber nach ein paar Tagen sitzt der größte Teil von ihnen wieder friedlich auf dem Sofa. Josepha hat auch ein Problem. Sie lebt bei ihrer Mutter in Berlin, will aber zu ihrem Vater nach Bosnien zurück. Schon dreimal ist sie ausgerissen, aber die Polizei brachte sie immer zurück. Diesmal schwört ihr Vater, dass sie nicht bei ihm ist. Wie wir erfuhren, haben die geschiedenen Eheleute wieder Kontakt aufgenommen.«

Dann erfuhren sie zu ihrem Erstaunen, dass in Deutschland jährlich 80 000 Menschen als vermisst gemeldet werden, 8 000 davon allein in Berlin.

»Über die Hälfte von ihnen findet sich aber zum Glück wieder ein«, versicherte der kleine Mann vom LKA. »Wenn noch jemandem etwas einfällt, das uns weiterhilft, dann bitte bei uns melden. Selbst die kleinste Kleinigkeit kann wichtig sein.«

»Wer eine Aussage zu machen hat, kommt bitte zu mir«, fasste Trischi zusammen, nachdem der kleine Kriminalbeamte den Klassenraum verlassen hatte. Dann versuchte er die aufgescheuchten Gedanken seiner Schüler wieder auf die geregelten Pfade der deutschen Grammatik zurückzuführen, doch als es endlich zur Pause läutete, atmeten alle auf.

Natürlich gab es an diesem Tag kein anderes Thema mehr in der 7b und die Spekulationen blühten.

Sassi vermutete eine Lösegelderpressung und Josepha irgendwo im finsteren Wald, Jennifer Niemann wiederholte ihre Vermutung, dass Josepha bloß ausgebüxt sei, Bini verbarg ihr Gesicht mitfühlend hinter einem geblümten Taschentuch und Hagen Golz, Gummibärchen genannt, wähnte Josepha bereits tanzend in einem Harem. »Wüstensöhne stehen auf Blond!«, verriet er dumpf.

Sein Freund Tannhäuser aber musterte Isolde

Schütze und Amanda Bornstein und nuschelte: »Was sagen denn die Expertinnen? Übernehmt ihr den Fall?«

»Wir haben andere Sorgen!«, verkündete Isy kühl. Was ja auch stimmte. Und weil das so war, verriet sie Amanda auf dem Heimweg endlich, wer gestern angerufen hatte.

»Ich fasse es nicht!«, murmelte die und blieb vor dem kleinen Reisebüro stehen, das noch immer mit einem alten Fischerboot und einem Haufen dekorativer Netze für Urlaub an der Ostsee warb. »Hat er deine Stimme erkannt?«

»Glaub ich nicht. Er hat mich gesiezt und zu der Aktion ›Ferien für alle!‹ gratuliert. Woher soll er denn wissen, dass wir dahinterstecken?«

»Weil er Kriminalschriftsteller ist.«

»Die sind auch nicht allwissend.«

»Also bisher«, seufzte Amanda, »hat er uns noch immer durchschaut.«

Das stimmte. Herr Rimpau verfügte über Argusaugen. Oder sollte man besser sagen, über den totalen Röntgenblick? Sie hatten den Autor spannender Kriminalstorys und seinen Hund Alfredo letztes Jahr in ihrem Schullandheim in Altgrünheide kennengelernt, wo sie diesen reizenden und überaus hilfsbereiten Menschen auf Grund einiger geheimnisvoller Geschehnisse sogar eines Postraubes verdächtigt hatten. Dass er trotzdem ihr Freund geblieben war und ihnen auch im Frühjahr, als sie auf den Spuren einer Diebesbande im Berliner Zoo bis zur Nasenspitze in Schwierigkeiten steckten, mit Rat und Tat zur Seite gestanden hatte, würden sie ihm nie vergessen. Doch als Kunden ihrer Aktionswoche konnten sie ihn wirklich nicht gebrauchen. Schon weil ihnen Herr Rimpau die Sache sofort ausreden würde. Aus irgendeinem Grund sah er nämlich immer Gespenster. Das musste eine Art Berufskrankheit bei Kriminalschriftstellern sein.

»Und was wollte er?«, erkundigte sich Amanda nach einigen Sekunden der Besinnung.

»Er muss in die Staaten. Wir sollen uns um Alfredo kümmern.«

»Um den Hund?« Amanda starrte sie an. »Du hast doch nicht etwa zugesagt?«

»Was sollte ich denn machen? Alfredo könnte die paar Tage mit zu mir kommen!«

»Das fängt ja gut an!«, stöhnte Amanda. Eine Weile liefen sie schweigend nebeneinanderher und jede von ihnen dachte bedrückt, dass sie wieder einmal in der Klemme saßen. Herrn Rimpau und Alfredo im Stich zu lassen wäre nämlich mindestens so schändlich von ihnen, wie es gefährlich war, Herrn Rimpau und Alfredo nicht im Stich zu lassen.

Da konnte einem das Herz schon schwer werden …

»Hast du nicht neulich was von Verkleiden gesagt?« Amanda blinzelte schlau. »Mit einer richtig guten Tarnung würde uns selbst Mister Argusauge nicht erkennen.«

Amanda hat Recht, dachte Isy begeistert.

»Kümmere du dich darum, aber mach's nicht so teuer!«, warnte sie, bevor sie den kürzesten Weg nach Hause einschlug. Es war wichtig, am Telefon zu sein, bevor Benedikt heimkam. Er war die einzige Gefahr, denn zum Glück hatte ihre Mutter seit dem Frühjahr wieder einen Job gefunden.

Sie schaffte es, zuerst in der Wohnung zu sein und Selma sogar noch ein Schälchen Milch einzugießen, bevor eine Frau Dr. Ober-Lippe mitteilte, dass sie die Schulferien für einen Sprachkursus in London zu nutzen gedenke und nun einen Urlaubsengel für ihren vermutlich vor Reklame überquellenden Briefkasten benötige.

»Keine Sorge, wir kümmern uns um Ihr Problem!«, versprach Isy. »Vielen Dank für Ihr Vertrauen!«

Dann setzte sie sich an die Hausaufgaben. Ein-, zweimal dachte sie flüchtig an das Mädchen aus der Parallelklasse, dessen Verschwinden jetzt für alle möglichen Spekulationen sorgte. Ob Jennifer Recht hatte und Josepha ausgebüxt war? Abhauen passte zu ihren frechen schwarzen Augen. Amselaugen, wie Isy fand.

Sie war beinahe mit dem ganzen Schwung Hausaufgaben fertig, als es Sturm läutete. Das mussten Benedikts Kumpel sein. Die klingelten immer, als ob es brennte.

»Benni ist nicht da!«, rief Isy, doch als das Klingeln nicht verstummen wollte, riss sie die Wohnungstür auf und erstarrte. Was um Himmels willen war das denn?

Vor ihr stand eine pummlige Gestalt mit wallendem, blondem Engelshaar, dessen Fülle von einem Goldband quer über der Stirn zusammengehalten wurde. Zu den knallrot bemalten Bäckchen, dem kirschfarbenen Kussmund und einer blau getönten Plastikbrille trug sie einen weiten, weißen Umhang aus flauschigem Vlies.

»Was glotzt du mich denn so an?«, platzte das fremde Wesen mit Amandas Stimme heraus. »Das ist das Outfit für Urlaubsengel, das du dir gewünscht hast. Die Verkäuferin meinte, das wäre der letzte Himmelsschrei!«

Zum Schreien war Amandas Kostüm wirklich. Entgeistert trat Isy beiseite und ließ die Freundin über die Schwelle schweben. Herr Rimpau musste schon ein Hellseher sein, um sie in diesem Aufzug zu erkennen. Stolz drückte ihr Amanda eine Kaufhaustüte in die Hand. »Die Perücken sind von Aldi, die Brillen von Drospa und die Umhänge hab ich im Kaufhof ergattert. Billiger ging's nicht.«

Dann legte sie den Umhang ab und ließ sich in Isys Zimmer auf die Liege plumpsen.

»Puh, ist das eng hier!«, stöhnte sie wie bei jedem Besuch. »Wie hältst du das nur aus in dieser Schachtel?«

»Besser eine Schachtel als gar kein Zimmer«, verteidigte Isy den Raum. Amanda wusste doch, dass Benedikt das Jugendzimmer bewohnte. Sie hatte sich mit dieser Kammer begnügen müssen, doch immerhin war es ihr eigenes Reich.

»Willst du was trinken?«

»Guavensaft, bitte!« Aufmerksam studierte Amanda die Liste mit den Adressen und Kundenwünschen, während Isy in der Küche zwei Gläser mit kalter Limo füllte.

Guavensaft? Was sollte denn das sein? Waren sie etwa im tropischen Regenwald?

»Was anderes haben wir nicht!«, sagte sie, als sie die Zitronenbrause servierte.

»Ist okay«, murmelte Amanda. »Denkst du auch, dass vierzehn Kunden reichen?«

»Einen vertragen wir schon noch. Und dann schlagen wir am ersten Ferientag los.«

Wie auf Bestellung läutete das Telefon.

»Lass mich mal!« Begeistert hüpfte Amanda in den Flur und Isy hörte sie »Aktionswoche ›Ferien für alle!‹« in den Hörer schmettern. Grinsend faltete sie die Kundenliste zusammen, als plötzlich Amandas rosa Handy zu piepen begann. Einen Moment zögerte Isy. Es war nicht fair, die SMS anderer Leute zu lesen. Doch dann siegte die Neugier und sie nahm das Handy von der Liege. Der Text im Display war an »Bumble-Bee« gerichtet und enthielt das Versprechen, sich weiterhin um die »Kohle« zu kümmern. »Habe ich dich jemals hängenlassen? Ru«.

Isy brauchte gar nicht erst im elektronischen Speicher nachzuschnüffeln. Sie wusste auch so, wer »Ru« war. Ruky König aus Altgrünheide, den sie letzten Herbst im Schullandheim kennengelernt hatten, der verschärfte Typ mit schwarzem Zopf und milchkaffeebrauner Haut, der sein Gemüse mit Mozart bespielte und schon jede Menge Seats für heiße Spritztouren geknackt hatte. Interessant, dass Amanda ihr seinen Namen so hartnäckig verschwieg. Was aber hieß »Bumble-Bee«? Hastig blätterte sie in ihrem Englischbuch und ver-

kniff es sich gerade noch loszuprusten, als Bumble-
Bee Amanda, zu Deutsch »die Hummel«, wieder
ins Zimmer geschwirrt kam.

»Eine Frau von Leinungen aus Charlottenburg.
Sie will in ihren Bridgeclub fahren und braucht
Pflege für zwei Miezen und eine Myrte. Die Kat-
zen fressen nur chinesisch!«

Isy blinzelte verblüfft. »Wirklich? Und was hast
du gesagt?«

Amanda grinste. »Kein Problem, gnädige Frau!
Wir machen alles. Außer Bauchtanz!«

— 5 —

Die letzte Stunde am ersten Schultag der Woche
saß Isy wie auf Kohlen. Ständig schielte sie zur
Uhr, während sich die neue Biolehrerin mühte ihr
Interesse für die größte Drüse des menschlichen
Körpers zu wecken. Es war die Leber.

Leber mit Zwiebel hatte es auch am Sonnabend
gegeben, als Amanda wie versprochen mit ihr und
Benedikt drei Runden Cluedo gespielt hatte. Nach
ihrem Reinfall mit der Figur der Baronin von Porz
hatte die Freundin dieses Mal die Figur der Haushälterin Frau Weiß, der Herrscherin der schwarz-
weiß gefliesten Cluedo-Küche, gewählt.

Wieder hatte sie sich vom Charme des englischen
Landhauses auf dem Spielfeld verzaubern lassen,
war durch romantische Zimmer und unterirdische
Geheimgänge geschlichen und hatte sich in die mör-
derischsten Vermutungen gestürzt. Am Ende war

Amanda zwar kein Cluedo-Fan geworden, aber ein Sieg in der letzten Runde hatte ihre Laune gebessert. Jetzt zählte sie wie Isy die Minuten, doch wie zum Hohn schob sich mit dem erlösenden Klingelzeichen Dr. Rose in den Klassenraum der 7b. Diesmal hatte der stachlige Kommissar ein Foto von Mirko Boskov dabei, den seine Exfrau verdächtigte die Tochter in Bosnien versteckt zu halten. Sie behauptete, er habe das Mädchen direkt von der Schule in seinem weißen Corsa abgeholt. Inzwischen ist Herr Boskov auf dem Weg nach Berlin, um die Beschuldigungen persönlich zu widerlegen.

»Augenblick!«, rief der Beamte in die entstehende Unruhe. »Hat jemand diesen Mann letzte Woche in einem weißen Opel Corsa in der Nähe der Schule gesehen?«

Isy und Amanda warfen einen raschen Blick auf das Foto und schüttelten im Duett den Kopf. Dann sausten sie im Laufschritt heim, stülpten die Perücken über, schoben die blau getönten Brillen auf die Nase und schlüpften unter die Umhänge. Hoffentlich trafen sie keinen aus der Klasse! Ein letzter Blick in den Spiegel und sie verließen das Haus.

Die erste Kundin an diesem Nachmittag war Frau von Leinungen in Charlottenburg, die am Telefon behauptet hatte, dass ihre Katzen nur chinesisch speisten.

»Vielleicht fressen sie ja mit Stäbchen?«, raunte Isy, als sie in dem mit Teppich belegten Flur des vornehmen Mietshauses standen und auf die Messingklingel drückten.

»Aktionswoche ›Ferien für alle!‹«, sagten sie wie

aus einem Munde zu der zarten, weißhaarigen Person, die durch den Spalt spähte. »Wir sind Ihre Urlaubsengel!«

»Willkommen!«, sagte die alte Dame herzlich und öffnete die Tür zu der hellen, freundlichen Wohnung, die sie mit ihren beiden Katzen Ottilie und Charlotte teilte.

Zu Isys Erstaunen entpuppten sich diese nicht als Luxusgeschöpfe mit adligem Katzenstammbaum, sondern als normale schwarz-weiße Hauskatzen wie Selma.

Amanda brachte es auf den Punkt. »Wieso stehen die beiden auf Asia Food?«, fragte sie, als sie auf seidenbezogenen Stilmöbeln aus hauchdünnem Porzellan Tee tranken und Früchtebrot naschten. »Haben Sie sie etwa so verwöhnt?«

Frau von Leinungen fegte dezent ein paar Krümel vom blütenweißen Tuch und schüttelte den Kopf. »Überhaupt nicht. Aber Otti und Lotti sind neben einem Chinarestaurant zur Welt gekommen. Ihre Mutter hat sie ... von den Abfällen ernährt.«

»Kein Problem für mich! Ich bin sozusagen mit Asia Food groß geworden. Bei Isy ist das anders. Im Osten gab es ja lange gar keine China-Restaurants.«

»Es gab auch keine Steuerberater«, sagte Isy spöttisch. »Deshalb kann dein Vater jetzt auch so toll bei uns absahnen!«

Frau von Leinungen lachte herzlich. »Ich merk schon, ihr seid ein Ost-West-Team!«

Amanda nickte. »Ein total starkes!« Dann lächelte sie ihrer Gastgeberin zu. »Fahren Sie ruhig in Ihren Club! Ich werde Ihren Miezen ein Chop-suey kochen, dass man sie bis Peking schnurren hört! Und Frühlingsrollen! Und Wantans! ...« Amanda verstummte erst in ihrer Begeisterung, als ein Telefon zu läuten begann.

»Das klingt ja ganz reizend! Wenn sich mein Neffe nur einmal so um Otti und Lotti küm-mern würde!« Frau von Leinungen erhob sich, um im Nebenzimmer den Hörer abzunehmen, doch schnell kehrte sie zurück. »Aufgelegt! So geht das schon seit Tagen.« Sie lachte nervös. »Da will wohl einer wissen, ob ich schon abgereist bin. Ich hab eine ziemlich neugierige Verwandtschaft.«

»Es gibt ja nicht nur Verwandte!«, überlegte Isy. »Fühlen Sie sich vielleicht verfolgt?«

»Ja, vom Finanzamt«, sagte Frau von Leinungen und sie lachten alle drei.

»Im Ernst. Neulich hatte ich tatsächlich das Ge-fühl, dass jemand während meiner Abwesenheit in der Wohnung war.« Beunruhigt zupfte die alte Dame an der Leinenserviette. »Natürlich hab ich es nicht gemeldet. Die jungen Sheriffs denken doch sowieso, dass alte Mädchen spinnen ...«

»Fehlt denn was?«, fragte Isy gespannt. »Haben Sie alles überprüft?«

Ihre Gastgeberin nickte. »Es fehlt nichts.«

Isy runzelte die Stirn. »Und wie haben Sie es dann bemerkt?«

Frau von Leinungen zeigte auf den Lehnstuhl mit schöner, alter Gobelinstickerei vor dem Fens-ter. »Er stand anders als sonst. Mehr nach rechts verschoben.« Und mit der Beharrlichkeit des Alters fügte sie hinzu. »Bei mir steht er immer am selben Platz. So wie jetzt und nicht anders.«

Sie erhob sich, als wäre das Thema damit für sie beendet, und legte die Adresse des Bridgeclubs auf ihren Sekretär. »Falls ihr mich mal dringend erreichen müsst.«

Dann zeigte sie ihnen das Katzenklo, die immer durstige Myrte und die makellos aufgeräumte Küche, wo Amanda sofort den Wok und die chinesischen Gewürze begutachtete, während Isy die Geschäftsbedingungen des Urlaubsengel-Service erklärte.

»Bei Barzahlung zehn Prozent Rabatt! Auslagen sind vorzuschießen.«

Überrascht pfiff die alte Dame durch die falschen Zähne. »Das klingt ja richtig professionell!«

»Zehn Prozent Rabatt?«, protestierte Amanda, als sie sich zwanzig Minuten später unter den neugierigen Blicken der Fahrgäste einen Platz im Bus suchten. »Bin ich Mutter Teresa? Die Frau hat uns auf Meißner Porzellan serviert!«

»Na und? Willst du uns lieber durch das Überweisen von Geld Ärger machen? Vergiss nicht, dass es uns gar nicht gibt!«

Es war Amanda nicht anzusehen, ob sie das einsah. Beleidigt presste sie die Lippen zusammen, bis sie bei dem Typen mit der Schildkröte auf dem Fußabtreter standen.

Der hieß Max und duzte sie einfach. Außerdem hatte er ein nettes Lächeln. Bestimmt hätte er auch eine nette Wohnung gehabt, wenn er sie mal aufgeräumt hätte. Tapfer kämpften sie sich durch Stapel von Zeitschriften, Bierdosen, Büchern und einzeln verstreuten schwarzen Socken zu Leilas gläserner Behausung durch. Sie selbst war nicht anwesend. Wie bei Schildkröten üblich, hatte sie sich in das Einzimmerapartment ihres erdbraunen Panzers zurückgezogen.

»Setzt euch doch!«, sagte Max und deutete auf eine Gruppe zusammengewürfelter Stühle um einen großen, runden Tisch. Sie erfuhren, dass ihn gerade seine Freundin verlassen und er ziemliche Depressionen hatte. Außerdem machte er sich Sorgen um Leila. Laut Arzt brauchte sie jeden Tag pünktlich ihre Vitamintropfen und frischen Salat. Klar, dass die Woche Praktikum in Leipzig kein Thema mehr für ihn gewesen war, bis er ihren Aufruf in seinem Briefkasten gefunden hatte. Mit leuchtenden Augen verteilte er Rotwein in drei Becher. »Euch schickt der Himmel, Mädels! Hat eure Firma eigentlich Studentenermäßigung?«

Entsetzt sah Isy, wie Amanda nickte. Dann goss sie sich auch noch zügig den Rotwein in den Hals. Es war doch immer dasselbe mit der. Kaum war ein toller Typ da, musste sie sich produzieren. Gleich würde sie nach einer Zigarette fragen.

»Hast du mal was zum Rauchen?«, schnurrte Amanda wie auf Stichwort, doch bevor Max reagieren konnte, stand Isy auf. »Vielen Dank, aber unsere Kunden warten.«

»Hast du einen an der Waffel?«, fauchte Amanda, kaum dass sich die Haustür hinter ihnen ge-

schlossen hatte. »Einfach aufzuspringen und abzu-
hauen!«

»Immerhin besser, als wenn du dem Typen noch
mehr Vergünstigungen eingeräumt hättest«, erklärte Isy wütend. »Ohne mich zu fragen!«

»Wieso muss ich dich denn bei jeder Kleinigkeit
fragen?«

»Kleinigkeit nennst du das? Aber von mir aus!
Füttere seine Schildkröte doch gleich die zwei Wochen umsonst. Ich bin's schließlich nicht, die Geld
braucht.«

Vermutlich wäre der Streit noch eine Weile so
weitergegangen, hätte Amanda nicht in diesem
Augenblick den größten Kürbis ihres Lebens entdeckt. Offenen Mundes starrte sie auf das gelbe
Prachtexemplar eines türkischen Gemüsestandes.

»Was wiegt denn der, Chef?«

Der so Angesprochene musterte sie verwundert. Engel gehörten offenbar normalerweise nicht
zu seinen Kunden. Dann hievte er den Kürbis auf
die alte Kilowaage, deren Zeiger auf die Sechs
schnellte.

»Das sind ja zwölf Pfund«, staunte Isy, während
Amanda »Super, den nehm ich!« rief.

War sie vom Wahnsinn umzingelt? Was wollte
sie denn mit diesem Koloss? Das musste der Rotwein sein! Ungläubig beobachtete Isy, wie Amanda den verlangten Preis bezahlte und zufrieden den
dickbauchigen Gegenwert in die Arme schloss.

Hätte Amanda doch nur den Wein stehenlassen!
Jetzt hatten sie den Salat! Kopfschüttelnd stapfte
sie hinter der Freundin her. Sollte sie sich plagen!

Sollten ihr die Arme erlahmen! Keinen Finger würde sie rühren, um ihr zu helfen. Wenn Amanda hoffte, dass sie irgendwann »Gib schon her!« sagen würde, hatte sie sich getäuscht.

»Gib schon her!«, sagte Isy nach einer Weile und nahm der erschöpften Freundin den Kürbis ab. »Was willst du denn mit dem? Halloween ist doch erst in drei Wochen.«

»Wer redet denn von Halloween? Ich will eine Kürbistarte backen. Pio stellt das Rezept in seiner nächsten Sendung vor.«

Der bekannte Fernsehprofessor Pioschleck schien Amandas neuer Guru zu sein. Sie hatte sogar schon einmal geträumt, als Gast in seiner Sendung zu kochen, doch da wurden freilich nur Prominente eingeladen. Wenn ich sie damals nicht überredet hätte mit mir ins Schullandheim zu fahren, hätte Amanda vielleicht nie gemerkt, wie toll sie kochen kann, dachte Isy stolz.

Tapfer schleppte sie den Kürbis durch die Straßen. So musste sich Atlas gefühlt haben, als ihm die Götter die Erdkugel aufgebrummt hatten! Endlich waren sie vor Herrn Rimpaus Haus angelangt. Aufatmend stellte sie den Koloss im Eingang ab.

»Und wenn ihn einer klaut?«

»Den klaut schon keiner!«

»Hoffentlich!« Nervös zerrte sich Amanda die Perücke tiefer ins Gesicht. »Erkennt man mich noch?«

»Höchstens an deinem rollenden fränkischen R. Am besten, du hältst die Klappe!«

So war es auch ausgemacht. Isy wollte sich irgendwie radebrechend mit dem Kriminalschriftsteller verständigen, während sich Amanda gänzlich der Sprache enthalten sollte. Es war leichter, wenn der Autor sie für Ausländerinnen hielt.

»Entspann dich!«, beschwor sie die Freundin. »Stell dir vor, du wärst bei Prinz William im Buckingham-Palast zum Tee eingeladen! Oder was anderes Schönes!«

Bevor Amanda antworten konnte, bimmelte ihr Handy.

»Mensch, mach das Ding aus!«, zischte Isy. »Du machst uns noch alles kaputt!«

Nervös schaltete Amanda das Handy ab und Isy drückte die Klingel. Fast gleichzeitig öffnete Herr Rimpau die Tür und musterte sie verblüfft über den Pfeifenrand. Mit diesem Anblick hatte er offenbar nicht gerechnet.

»Hi!«, sagte er zögernd.

»Hi!«, hauchten sie und folgten ihm durch den vertrauten Flur, dessen Wände bis an die Decke mit Bücherregalen ausgekleidet waren.

Vor der Tür seines Arbeitszimmers wandte sich der Schriftsteller noch einmal um. »Möchten Sie nicht ablegen? Ihre Flügel vielleicht?«

Natürlich begann Amanda zu kichern, aber Isys warnender Blick brachte sie zum Schweigen. Sollte der Autor sie vielleicht an ihrem Lachen erkennen?

Dann betraten sie Herrn Rimpaus Heiligstes, in dem eine blasse Nachmittagssonne Lichtmuster auf den dunklen Schreibtisch und den weinroten Teppich warf. Prompt fiel Isy der Rotwein ein. Wie lange mochte er noch bei Amanda wirken? Misstrauisch behielt sie die Freundin im Blick.

Die saß total verkrampft neben dem Krimiautor und mühte sich seine sprachlichen Annäherungsversuche an sich abprallen zu lassen.

»Sprechen Sie Englisch? Französisch? Italienisch vielleicht?«

Doch Amanda behielt die Nerven. Stumm schüttelte sie den Kopf.

»Sie sprechen also eine mir fremde Sprache«, stellte der Schriftsteller lächelnd fest. »Und Ihrer Kleidung nach zu urteilen sind Sie auch nicht von diesem Stern. Nun, egal, die Person, die ein paar Tage Ihrer freundlichen Obhut bedarf, spricht auch ihre eigene Sprache, doch Sie werden sie mühelos verstehen. Es ist nämlich die Sprache des Herzens, eines Hundeherzens.« Er erhob sich, um die bunt verglaste Durchgangstür zu öffnen.

»Nicht!«, wollte Isy rufen, der in diesem Moment klar wurde, welches wichtige Detail sie übersehen hatte. Doch Herr Rimpau hatte schon die Klinke gedrückt und herein stürmte ein mittelgroßer, grauhaariger Hund, der sich, ohne zu zögern, auf sie warf, um sie begeistert abzuschlecken. Schamrot vergrub Isy ihr Gesicht in dem Hundefell.

Mitten in das entsetzte Schweigen aber sagte der Autor bekümmert: »Menschen kann man leichter für dumm verkaufen als einen schlauen Hund. Nicht wahr, Alfredo?«

— 6 —

»Du Idiotin!«, schimpfte Isy. »Du dreimal blöde Gans!«

Es war der Beginn eines wütenden Selbstgespräches um Mitternacht.

Isy konnte nicht schlafen. Nicht nach dieser Blamage. Wie hatte sie nur die Unbestechlichkeit einer Hundenase vergessen können?

Da hatten sie sich den Kopf zerbrochen, wie sie den Schriftsteller am besten hinters Licht führen könnten, und dabei völlig außer Acht gelassen, dass man einen Schnauzer wie Alfredo nicht mit blonden Perücken und blauen Plastikbrillen täuschen kann.

Schließlich war Alfredo seit jenen Herbsttagen in Altgrünheide, als sie Herrn Rimpau und seinen Hund kennengelernt hatten, ihr Freund. Wenn ich doch nur Alfredos stürmische Zuneigung früher einkalkuliert hätte, dachte Isy.

Aber leider war das wahrscheinlich nicht der einzige Fehler gewesen, den sie an diesem Nachmittag gemacht hatte.

Schockiert, blamiert und beschämt war sie völlig kopflos mit Amanda aus dem Zimmer, der Wohnung und dem Haus gestürzt. Sogar den Kürbis hatten sie im Treppenhaus vergessen.

Erst als ihr Atem wieder ein wenig ruhiger ging, konnten sie über den Vorfall reden.

»Das hast du vermasselt!«, hatte Amanda gekeucht.

»Wieso denn ich?«

»Weil du vergessen hast, wie Alfredo dich mag. Ist er vielleicht mich angesprungen?«

Das stimmte. Bedrückt waren sie heimgeschlichen und nun wälzte sich Isy unruhig in ihrem Bett. Wenn das nicht voll peinlich war! Sie mussten sich unbedingt bei dem Autor entschuldigen. Wie aber konnten sie das am besten tun? Mit Blumen? Einem netten Brief? Oder sollten sie für ihn und Alfredo kochen? Dieser Gedanke gefiel Isy am besten. Amanda würde schon was Leckeres einfallen, um Herrn Rimpau wieder zu versöhnen. Wozu besuchte sie schließlich diesen teuren Kochkurs? Gleich morgen würde sie ihr den Vorschlag machen. Mit dem Gedanken an ein Festmahl für Herrn Rimpau schlief Isy endlich beruhigt ein.

Am Morgen glitzerte Reif auf den Straßen und feuchte Kälte stach spitz in ihre Haut, als sie an den drei kleinen Ahornen vor dem Supermarkt auf Amanda traf und in die gleichen müden Augen blickte. Sieh an, auch die Freundin hatte schlecht geschlafen. Außerdem trauerte sie um ihren Kürbis: »So einen Prachtkerl kriege ich nie wieder!«

»Ich besorg dir einen neuen«, versprach Isy, »aber dafür musst du ein tolles Essen für Herrn Rimpau und Alfredo kochen.«

»Für Herrn Rimpau? Dem möchte ich im Moment lieber nicht unter die Augen kommen«, gestand Amanda.

»Muss ja nicht morgen sein«, beteuerte Isy. »Erklären müssen wir es ihm aber schon. Außerdem braucht er jemanden, der sich um den Hund kümmert, wenn er in New York ist.«

»Zwei Engel für Alfredo!«, grunzte Amanda und lachte endlich wieder.

Leider war es das Einzige, über das man an diesem Morgen lachen konnte.

Bereits in der ersten Unterrichtsstunde folgte eine schweißtreibende Mathearbeit, in der zweiten eine Hospitation und in der dritten ein erneuter Besuch des Kriminalbeamten Dr. Rose. Isy stöhnte innerlich auf, als er in der Tür auftauchte. Der schon wieder! Es wurde wirklich Zeit, dass die Ferien kamen.

Diesmal ging es der Kripo um einen Schüler aus der Neunten, der verdächtigt wurde, in Beziehung zu Josepha Boskov gestanden zu haben, nach der jetzt mit drei Hundestaffeln in den Wäldern um Berlin gesucht wurde. Zumindest sollte das blaugelbe Freundschaftsband von ihm stammen. Wieder machte ein Foto die Runde.

Die meisten kannten den Typen vom Sehen. Auch Isy war der große, gut gebaute Junge mit dem hübschen Gesicht längst aufgefallen. Es war gar nicht zu zählen, wie oft sie und Amanda ihm schon auf den Fluren des Schulhauses oder im Hof begegnet waren. Sein Name war Janho. Mit Josepha allerdings hatten sie ihn nie zusammen gesehen. Das wäre ihnen aufgefallen.

»Was soll denn das für eine Beziehung gewesen sein?«, fragte sie.

Der Beamte strich über seine Mütze. »Das … ähem … prüfen wir gerade.«

Dieser ausgestopfte Elch!, dachte Isy. Wie der ausweicht! Sie sah, wie sich Tannhäuser und Gummibärchen verständnisinnig angrinsten.

»Warum grinst ihr denn so?«, erkundigte sie sich flüsternd. »Ihr wisst doch was!«

»Nur was alle wissen.«

»Und was wissen alle?«

»Was schon! Dass Janho auf bunte Pillen steht«, brummte Gummibärchen genervt.

»Bunte Pillen?«, fragte Amanda verständnislos, als sie die Neuigkeit erfuhr. Sie hatten die Schule hinter sich gebracht, die Perücken aufgesetzt und betrachteten nun im warmen Bauch der S-Bahn ihre Umgebung durch das Blau ihrer getönten Brillen. »Meinst du etwa Drogen?«

»Denkst du, Smarties?« Amanda kann es wieder einmal nicht fassen, dachte Isy. Täglich erfuhr man von Drogenproblemen im Fernsehen, las darüber in den Zeitungen. Aber in der eigenen Schule? Auf dem gleichen Flur? Im Klassenzimmer nebenan? Das war tatsächlich ein unbehagliches Gefühl ...

Ein unbehagliches Gefühl verspürte Isy auch in der Wohnung von Frau Dr. Ober-Lippe, jener Kundin, die den Sprachkurs in London gebucht hatte. Anders als Frau von Leinungen ließ sie Frau Dr. Ober-Lippe in einem kahlen Flur stehen, wo sie strengen Tones über die Verlockung überfüllter Briefkästen für Einbrecher dozierte, bevor sie ihnen zögernd die Schlüssel aushändigte. Dann waren sie aus der Reichweite ihrer misstrauisch funkelnden Brillengläser entlassen.

»Ich glaube, die mag uns nicht.« Grinsend suchte Amanda weitere Adressen auf ihrem Stadtplan heraus. Die nächste Kundin hieß Helga Wulf. Ihr gelbes Haar bauschte sich wie ein Windbeutel auf ihrem Kopf und die Wangen glühten punschrot. Nach einem Blick auf ihre Kostüme schlug sie kichernd vor, dass sie sich ausweisen sollten. »Wie heißt denn Ihre Agentur? ›Von den himmlischen Mächten‹?«

»Es gibt keine. Wir sind innerhalb der Aktionswoche ›Ferien für alle!‹ unterwegs!«

»Holzauge, sei wachsam!«, flötete Frau Wulf. »Wissen Sie, ich halte es lieber mit den Klassikern!« Knarrend glitt ihre Tür ins Schloss.

Sie hörten nie wieder von ihr.

Die nächsten Kunden aber zeigten sich aufgeschlossen. Besonders, als sie von dem Rabatt der Aktionswoche erfuhren.

»Da siehst du es«, murrte Amanda, als sie den Lift zum Apartment des letzten Kunden an diesem Tag betraten, »die hätten alle freiwillig noch mehr bezahlt ... «

»Wer mehr zahlt, stellt auch mehr Fragen!« Isy drückte den Knopf für den elften Stock. »Bis jetzt hatten wir, von dieser Miss Marple-Wulf mal abgesehen, pures Glück, Amanda!«

Das stimmte. Doch als sie auf dem grünen Fußabtreter von Apartment Nr. 1101 standen und in die hellen Sperberaugen des Regisseurs blickten, beschlich Isy eine Ahnung, dass es mit dem Glück vielleicht vorbei war. Mit diesem Kunden würde es Schwierigkeiten geben! Weshalb, vermochte sie nicht zu sagen. Amanda hätte sie bestimmt ausgelacht. So lieb, wie dieser gepflegte, solariumgebräunte Mann Anfang vierzig mit heiserer Stimme von seiner Oma sprach. So toll, wie der von seinem Beruf erzählte. Da musste man ihn ja für harmlos halten.

»Haben Sie auch schon mal in Hollywood gedreht?«, fragte Amanda hingerissen, und als Wolfram B. Braun in seinem schwarzen Ledersessel schmunzelnd nickte, fiel sie beinahe in Ohnmacht. »Etwa mit Brad Pitt?«

»Mit Maximilian Schell.«

»Ist der auch berühmt?«

»Viel berühmter.«

Einen Augenblick blinzelte Amanda zweifelnd, ob überhaupt jemand berühmter als Brad Pitt sein konnte. Dann zeigte ihr Lächeln, dass sie dem Regisseur glaubte. »Sie sind bestimmt ein Könner, Herr Braun!«

Wie sie ihm schmeichelt, dachte Isy. Aber Amanda wollte ja schon immer zum Film!

Interessiert ließ sie ihren Blick über die Einrichtung schweifen. Eigentlich hatte sie sich die Wohnung eines Filmregisseurs ganz anders vorgestellt. Daran waren die bunten Illustrierten schuld, die für gewöhnlich ganze Wohnpaläste mit Whirlpool und pastellfarbenen Sitzlandschaften vor lodernden Marmorkaminen ablichteten.

Hier passte nichts zum anderen, hing kein Bild an der Wand, von einem Kamin ganz zu schweigen. Alles wirkte so leer, als wäre man gerade beim Ausziehen. Selbst das elegante grüne Jugendstilsofa in der Mitte des Raumes, auf dem sich Amanda rekelte, wirkte, als hätte es sich verirrt.

Auf Isys Schoß lag das Heft mit den Kundenwünschen. Hinter dem Namen des Regisseurs stand: täglich sechs Brötchen und eine Flasche Milch bis acht Uhr an die Wohnungstür des Kunden hängen. Besonderer Vermerk: Nicht klingeln, Oma schläft.

»Haben Sie noch weitere Wünsche für Ihre Omi?«

»Ab dem Nachmittag kümmert sich dann eine liebe Nachbarin um sie. Sie könnten höchstens mal eine Partie Bridge mit ihr spielen!«

Schon wieder Bridge!

»Wir können kein Bridge.«

»Was spielen Sie?«

»Oh, Trivial Pursuit oder Cluedo zum Beispiel. Cluedo ist klasse!«

Der Regisseur verzog das Gesicht. »Solch einen Kinderkram? Wirklich?«

Isy spürte, wie sie eine heiße Welle der Verlegenheit überrollte. »Jeden Morgen also sechs Brötchen und Milch an die Tür!«, sagte sie sachlich. »Vorkasse, bitte bar. Das wären vierzig Euro wegen der Lebensmittelkosten.«

»Verdrückt Ihre Oma wirklich sechs Brötchen zum Frühstück?«, platzte Amanda heraus.

Wolfram B. Braun zückte seine Börse. »Ach was, sie stippt sie sich den ganzen Tag in süße Milch.« Mit einem nachsichtigen Lächeln suchte er ein paar Euroscheine heraus, während das weiche Licht der Tischleuchte auf sein braunes Haar fiel und es rötlich schimmern ließ. Komisch, dass man gefärbtes Haar bei Männern immer gleich erkennt, dachte Isy. Allerdings, so alt war der doch noch gar nicht? Erstaunt sah sie auf die Euroscheine in ihrer Hand, während der Regisseur nervös auf die Uhr klopfte. »Wenn ich sie pünktlich aus der Reha-Klinik holen will, muss ich jetzt los.«

»Kein Problem!«, versicherte Amanda und hüpfte vom Sofa. »Wir sind schon weg.«

»Doch ein Problem«, widersprach Isy. »Das Geld stimmt nicht.«

Zum Beweis hielt sie der Freundin die Hand unter die Nase. Tatsache! Isy hatte Recht. Die Euros betrugen kaum mehr als die Hälfte der geforderten Summe. Entrüstet musterte Amanda den Regisseur. »Was soll denn das heißen?«

»Das heißt, dass es genug Gage für zwei kleine Schauspielerinnen ist!« Wolfram B. Braun strich sich genüsslich über die maisgelbe Seidenkrawatte und lachte heiser. »Entschuldigt, aber fürs Theaterspielen hab ich einen Blick. Ich bin Profi.«

— 7 —

Reingefallen!

Verwirrt und empört traten sie den Rückzug an und sanken nach einem raschen Wechsel ihrer Kleider seufzend vor Signore Georgios unvergleichliches Erdbeereis. Von diesem Schlag mussten sie sich erst einmal erholen.

»Das hätte ich dem Mann nie zugetraut!«, murmelte Amanda erschüttert.

»Ich schon.« Isy lächelte grimmig. »Ich wusste gleich, mit dem gibt's Ärger.«

»Echt?« Amanda seufzte. »Aber das Schlimme ist doch, er hat … sogar Recht!«

Isy nickte betrübt. Aus den Augenwinkeln sah sie, wie sich Signore Georgio ihrem Tisch mit einem beladenen Tablett näherte. Hatten sie noch mehr bestellt?

»Schöne Grüße aus der Küche!« Der Padrone strahlte. »Immer nur Eis ist zu kalt für den Bauch!«

Wie ein »Tischleindeckdich« füllte sich ihr Tisch mit glänzenden Oliven, Streifen von warmer, nach Kräutern duftender Pizza und kleinen Kugeln aus Büffelmilchkäse.

»Grazie! Fantastico! Mille, mille baci!« Amanda warf Georgio eine Kusshand zu und stopfte sich gierig ein Stück Pizza in den Mund. Isy betrachtete sie hingerissen. Amandas Lebensfreude war einfach anziehend. Sie bewunderte auch, wie sie Italienisch plapperte, sich unbekümmert durch die engen Gassen teuer behängter Kleiderständer in den angesagten Edelboutiquen bewegte oder lässig mit der Hummerzange hantierte, während anderen dabei der Schweiß ausbrach. Natürlich war Amanda manchmal furchtbar träge oder sogar richtig stur, aber sie ließ sie, Isy, die Ehrgeizigere, Flexiblere, nach Herzenslust schalten und walten. Welch andere Freundin hätte das getan? Vielleicht war eines der Geheimnisse ihrer Freundschaft, dass sie sich nie in die Quere kamen. Alles ging zwischen ihnen ohne großes Kompetenzgerangel ab.

Während sie es sich schmecken ließen, kehrte Isy in Gedanken noch einmal in die Wohnung des Regisseurs zurück.

Wie zwei begossene Pudel hatten sie dagestanden, als er ihnen die Wahrheit ins Gesicht gelacht hatte. Zu seiner Ehrenrettung musste sie allerdings zugeben, dass er ihnen ein Friedensangebot gemacht hatte. Wenn sie den Job zu seiner Zufriedenheit erledigten, würde er am Ende den Ausgleich zahlen und sogar noch etwas drauflegen. Trotzdem wurmte es Isy, wie sie der Mann mit der maisgelben Seidenkrawatte behandelt hatte. Und von wegen, Cluedo war Kinderkram!

»Diesen Herrn Braun streichen wir von der Liste«, schlug sie Amanda vor. »Soll er sich doch die Brötchen vom heiligen Bimbam holen lassen!«

»Aber er ist Regisseur!«, protestierte die Freundin. »So einer kann mal wichtig sein.«

Isy schnaubte verächtlich »Nicht für mich. Ich will ja nicht ›entdeckt‹ werden.«

»Aber ich!« Amanda spuckte einen graubraunen Olivenkern auf ihren Teller.

An diesem Abend traten sie getrennt ihren Heimweg an. Amanda musste zu ihrem italienischen Kochkursus und Isy endlich mal wieder pünktlich zu Hause sein. Ihre Eltern waren schon misstrauisch geworden.

»Geschehen da etwa Dinge, von denen wir nichts wissen?«, empfing sie ihre Mutter prompt. Sie hatte offenbar wenig Lust, erst wieder aus der Zeitung von den detektivischen Neigungen ihrer Tochter zu erfahren. Sie deutete auf das rote Telefon. »Hier hat jemand angerufen, der einen Urlaubsengel buchen wollte.«

»Urlaubsengel?«, kicherte Isy. »Ist ja krass!«

»Ja, und er hat behauptet, dass er unsere Telefonnummer in seinem Briefkasten gefunden hat. Irgendeine Aktionswoche ›Ferien für alle!‹. Benedikt hat auch schon solche komischen Anrufe gehabt.« Ihre Mutter seufzte schwer. »Wenn du etwas damit zu tun hast, sag es lieber gleich, Isolde! Und räum endlich mal dein Zimmer auf!«

»Damit habe ich nichts zu tun!«, versicherte Isy und versuchte beleidigt zu klingen.

Doch noch einmal geriet sie ins Fadenkreuz besorgter Elternblicke. Das war, als die TV-Nachrichten den Einsatz von Bundeswehr-Tornados mit Wärmebildkameras bei der Suche nach Josepha ankündigten und ein Interview mit der verzweifelten Mutter ausstrahlten. Sie hatte sich inzwischen mit ihrem Mann ausgesprochen und ihren Verdacht zurückgenommen.

»Geht das Mädchen nicht in deine Schule? Misch dich da bloß nicht ein, Isolde! Überlass es der Polizei, das Mädchen zu finden! Die hat mehr Erfahrung als du!«

»Ich habe nichts damit zu tun!«, wiederholte Isy. Und dieses Mal war es die Wahrheit.

Doch das elterliche Misstrauen blieb nicht ohne Wirkung. Beunruhigt verließ sie vor dem Einschlafen noch einmal das Bett, um das Handy der Freundin anzuwählen.

»Meine Eltern ahnen was! Wir müssen die Aktion stoppen!«, warnte sie Amanda.

»Um mir das zu sagen, weckst du mich mitten in der Nacht?«, schimpfte die.

»Mitten in der Nacht? Es ist doch noch nicht mal neun.«

»Na und? Ich bin eben müde. Aber du musst ja immerzu Probleme wälzen!«

»Wie bitte? Es sind zufällig deine Probleme, die ich wälze. Ohne dich hätte ich überhaupt keine Probleme!«, beleidigt knallte Isy den Hörer auf. Typisch Amanda! Warum tat sie sich das eigentlich an? War sie noch zu retten? Sollte doch Amanda die Suppe, die sie sich eingebrockt hatte, alleine auslöffeln! Sie, Isolde Schütze, konnte sich schließlich auch romantischere Herbstferien ausmalen, als anderer Leute Katzen zu füttern, Briefkästen zu leeren oder Gummibäume zu gießen …

Wütend schlüpfte sie wieder ins Bett und starrte in die Dunkelheit. Bilder zogen an ihrem inneren Auge vorüber, Momentaufnahmen der Erinnerung an gute und schlechte Zeiten mit Amanda.

Total cool, wie sie damals in Altgrünheide die Maske des Posträubers in der Küche des Schullandheimes unter einer Portion dampfender Spaghetti begraben und als Beweismittel im Gefrierschrank versteckt oder wie sie mit klopfenden Herzen bei Familie König unter dem Blümchensofa gelegen und angstvoll auf die Schuhe des fremden Eindringlings gestarrt hatten.

Wenn sie wollte, konnte sie noch immer die Düfte des leckeren Risottos riechen, das sie einmal für einen richtigen Dieb gekocht und dem falschen serviert hatten, und bei dem Gedanken daran, wie sie beide an einem Ostersonntag ahnungslos das kostbare Gelege eines Wanderfalkenpaares für einen Ölscheich in einem prächtigen Papp-Ei aus dem Berliner Zoo geschmuggelt hatten, wurde sie noch immer blass.

Ohne zu zögern, hatte sie sich damals in die Höhle des Löwen begeben, um die entführte Amanda aus den Klauen der Schmuggler zu befreien. Amanda hätte das Gleiche für sie getan. Immer waren sie gemeinsam durch dick und dünn gegangen! Und selbst wenn die Freundin Rukys Namen noch fünfzig Jahre vor ihr geheim hielte, so würde sie sich doch am ersten Tag der Herbstferien bestimmt nicht mehr gemütlich im Bett umdrehen, sondern Seite an Seite mit Amanda als Urlaubsengel durch die Stadt schweben, dachte Isy versöhnlich. Bis dahin allerdings musste das Problem mit den verräterischen Anrufen gelöst sein!

So begann die letzte Woche vor den Ferien mit dem entschlossenen Versuch, das rote Telefon im Flur außer Gefecht zu setzen. Mit Schraubenzieher und Zange bewaffnet fielen sie nach Schulschluss über sein verwirrend unbekanntes Innenleben her, und als sie endlich überzeugt waren den richtigen Draht erwischt zu haben, klingelte es triumphierend und eine Frau Knosalla aus Berlin-Karlshorst verlangte energisch einen Urlaubsengel.

»Tut mir leid, aber wir sind ausgebucht«, sagte Isy wahrheitsgemäß. »Wir haben für unsere Aktionswoche schon genug Kunden. Mehr schaffen wir wirklich nicht.«

»Soll das ein Witz sein?«, rief die Anruferin. »Erst Reklame in die Briefkästen stopfen und dann kneifen? Das hab ich gern! Oder stört es Sie, dass ich aus dem Osten bin?«

»Ich bin selber aus dem Osten«, antwortete Isy. Das Argument der Anruferin verblüffte sie. »Was ist denn Ihr Problem?«

»Das fragen Sie noch? Haben Sie sich nach der Wende noch niemals als Mensch zweiter Klasse gefühlt? Dann haben Sie auch noch nie Ihre Arbeit verloren oder Ihr Haus einem Alteigentümer zurückgeben müssen und von Arbeitslosengeld gelebt!«

»Ich meine, was ist das Problem, für das Sie uns brauchen?«, fragte Isy zögernd.

»Das ist Gottfried.« Frau Knosalla schluchzte plötzlich laut. »Japanische Goldfische sind auf der Schönheitsfarm nicht erlaubt. Aber ich hab den Preis doch nun einmal gewonnen und so eine Chance bekomme ich nicht mehr!«

»Okay!«, lenkte Isy trotz Amandas wütendem Protest ein. »Wir nehmen Sie noch auf.«

Doch das Telefon klingelte weiter. Urlaubsengel schienen mächtig gefragt. Es läutete zwei Nachmittage nervtötend lang und am dritten packten sie wutentbrannt das schrillende Gehäuse und warfen es krachend auf den Boden. Von nun an war es still.

Am vierten Tag erschien der Direktor in der 7b und bat sie vor einer Tafel, auf die ein Witzbold »ROSE VERDUFTE!« geschrieben hatte, an einem ihrer Ferientage gemeinsam mit allen anderen Schülern Josephas Foto in der Stadt zu verteilen, womit alle bis auf Jennifer Niemann einverstanden waren, die damit prahlte, dass sie die Ferien in der Domrep verbringen würde. Und am fünften Tag schlugen sie endlich für zwei kostbare Wochen erleichtert die Klassenzimmertür hinter sich zu. Die Aktion »Ferien für alle!« konnte beginnen!

— 8 —

Sie begann noch am selben Tag mit einem Besuch und einer Entschuldigung bei Herrn Rimpau, die eine Einladung zu einem leckeren Versöhnungsmahl einschloss.

»Wünschen Sie sich was!«, sagte Amanda herzlich. »Ich kriege es schon hin.«

Herr Rimpau wünschte sich, dass sie sofort ihre Aktion »Ferien für alle!« einstellten.

»Es verlassen sich doch schon so viele Leute auf uns«, erklärte Isy ausweichend und klapperte mit einem Beutel voller Hausschlüssel. »Die können wir nicht enttäuschen.«

»Aber es ist keinesfalls ungefährlich, in die fremden Haushalte zu gehen!«, sagte Herr Rimpau streng und mixte sich einen Whisky mit Eis. »Wissen eure Eltern Bescheid?«

»Nur, dass wir jobben«, bestätigte Amanda kleinlaut. »Weil wir Geld brauchen.«

»Und da gab es keine andere Möglichkeit?«

»Amanda hat wirklich alles versucht.« Isy probierte einen Schluck von Herrn Rimpaus Spezialtee, der angenehm nach Zimt schmeckte. Er hatte ihn vorhin in der Küche gebrüht, wo auf dem Arbeitstisch mehrere Weckgläser mit goldgelben Kürbisstückchen auf einem karierten Geschirrtuch zum Abkühlen standen.

Als er ihren Blick bemerkte, hatte er gelacht. »In unserem Treppenhaus hat jemand seinen Kürbis vergessen. So einen Brummer!« Seine Hände umschrieben den prallen Umfang von Amandas Traumkürbis. »Meine Frau hat, bevor sie nach Rom geflogen ist, noch süßsaures Kompott gekocht. Jede Familie im Haus bekommt ein Glas.«

»Lassen Sie es sich schmecken!«, sagte Amanda mit einem Lächeln, das süßsaurer war als das süßsaurste Kürbiskompott.

Nun saßen sie im Wohnzimmer, wo der Hausherr gerade seinen Handkoffer packte. Alfredo hatte sich auf den Teppich gestreckt und ließ sich das Fell kraulen.

»Wie kommt es bloß, dass ich immer zu eurem Mitwisser werde?«, murmelte der Autor verdrossen und legte einen grauen Wollpullover zu seinen Sachen. »Wie viel Nerven mich das schon gekostet hat! Aber in New York will ich mich auf meine Verlagsgespräche konzentrieren und mir nicht noch Sorgen um zwei leichtsinnige Mädchen machen müssen.«

»Das müssen Sie auch nicht«, beruhigte ihn Isy. »Es ist wirklich alles ganz harmlos! Die Besitzer sind verreist, die Wohnungen leer und das absolut Gefährlichste, was uns passieren kann, ist, dass uns ein Kaktus pikt.«

»Trotzdem!«, beharrte der Autor und zeigte auf den Schnauzer. »Alfredo nehmt ihr von nun an überall mit hin! In jede Wohnung! In jedes Haus! Versprecht ihr mir das?«

Sie nickten ergeben unter den warmen Perücken und atmeten auf, als sie endlich mit Alfredo auf der Straße standen. Ein Glück, dass Herr Rimpau gleich zum Flughafen musste. Der hätte es noch fertiggekriegt, ihre Eltern anzurufen. Nicht auszudenken, wenn man Amanda und sie gerade jetzt mit Stubenarrest belegen würde!

»Zu Max!«, sagte Isy erleichtert und sie fuhren in die unaufgeräumteste Wohnung Berlins, denn Leila brauchte ihre Pillen und frischen Salat. Danach nahmen sie die Post aus Frau Dr. Ober-Lippes Briefkasten, fütterten den Kanari aus Neukölln, gossen die Pflanzen in Britz und versorgten Gottfried in Karlshorst, der ebenfalls ein Hauptgewinn von Frau Knosalla gewesen war, denn japanische Goldfische wurden teuer gehandelt.

»Die Fahrerei ist voll hart!«, stöhnte Amanda, als sie auf den Bus nach Charlottenburg zu Otti und Lotti warteten. »Sonst macht der Job ja echt Spaß.«

Das fand Isy auch. Das Betreten der ihnen anvertrauten Wohnungen war jedes Mal spannend, weil irgendeine Pflanze oder ein Tier auf ihre Hilfe wartete, und wenn die Tür wieder hinter ihnen ins Schloss fiel, hatte niemand mehr Hunger oder Durst. Auch auf Streicheleinheiten und liebevollen Zuspruch mussten die Daheimgebliebenen nicht verzichten. Amanda redete sogar mit dem Efeu. Sie war eine Pflanzenflüsterin. Außerdem hatte sie Recht. Die Kreuz- und Querfahrten durch Berlin kosteten tatsächlich die meiste Zeit. Ab morgen würden noch der Kater aus Wilmersdorf, ein Wintergarten in Weißensee und Wolfram B. Brauns Oma in Mitte hinzukommen.

Wir müssen uns trennen, dachte Isy. Jeder muss einen Teil der Kunden allein übernehmen, sonst schaffen wir das nicht. Doch sie wartete mit dieser Überlegung, bis sie in Charlottenburg angekommen und auf dem Weg zu Frau von Leinungens Wohnung waren. Die Freundin würde wenig begeistert auf ihren Vorschlag reagieren.

»Spinnst du?«, wies Amanda die Vorstellung, allein in die fremden Wohnungen zu gehen, auch prompt von sich. »Du hast doch gehört, was Herr Rimpau gesagt hat!«

»Ach der! Der malt doch immer den Teufel an die Wand!«

Es war längst dunkel über Berlin, doch die Schaufenster und Lampen der City strahlten taghell. Schade, dass sie keine Zeit hatten, sich die schicken, funkelnden Auslagen zu begucken und ein bisschen zu träumen. Otti und Lotti knurrte der Magen.

»Weißt du schon, was du kochst?«

»Chinapfanne!«, murmelte Amanda. Sie klang noch immer eingeschnappt.

»Hört sich gut an!« Im Schein einer Laterne suchte Isy die Wohnungsschlüssel aus dem prall gefüllten Schlüsselbeutel heraus. Dann schob sie die schwere Haustür auf und schlang Alfredos Leine um den Pfosten des prachtvoll geschnitzten Geländers. Sie wollte ihn nicht gleich mit zu den Katzen nehmen. Während sie die Treppe hinaufeilte, hörte sie Amanda hinter sich brabbeln.

»Was hast du gesagt, Amanda?«

»Nichts.«

»Doch! Du hast was gesagt!«

»Ich hab gesagt, dass ich da nicht mitmache. Ich geh nicht allein in fremde Häuser!«

»Krieg doch nicht immer gleich Panik!« Isy fummelte nervös in Frau von Leinungens Türschloss. Es klemmte. »Jeder Typ kann dir mit seinem Gequatsche Angst einjagen! Wovor hast du denn Schiss?« Endlich öffnete sich die Tür und Isy machte Licht.

»Vor so etwas zum Beispiel!« Bleich vor Entsetzen zeigte Amanda in die Diele.

Auch Isy blickte starr vor Schreck auf die Verwüstung. Was war denn hier passiert? Überall auf dem Boden lagen Sachen verstreut.

Wohin man sah, lagen Stapel von Bettwäsche, Tischdecken und Handtüchern herum. Sämtliche Schubläden des geräumigen Bauernschrankes waren herausgerissen und seine geschnitzten Türen standen sperrangelweit auf.

Isy fühlte Amandas eiskalte Hand. »Lass uns abhauen!«, flüsterte sie.

»Und die Katzen?«, flüsterte Isy zurück. Mit klopfendem Herzen näherte sie sich der Wohnzimmertür.

»Dann ruf wenigstens die Polizei!«

»Die schon gar nicht!« Behutsam griff Isy nach der Klinke und schob die angelehnte Tür zum finsteren Wohnzimmer auf. Was mochte sie hier finden? Nach einem tiefen Atemzug drückte sie den Schalter. Licht flammte auf und Isy fiel ein Stein vom Herzen. In diesem Raum schien alles in Ordnung zu sein. Sogar der schöne, alte Lehnstuhl stand unverrückt an seinem Platz. Wie Frau von Leinungen es liebte.

»Alles okay!«, teilte sie der Freundin mit, die wie festgewachsen in der Diele stand.

»Jetzt guck ich noch ins Schlafzimmer.«

Gewiss würde es der Hausfrau recht sein, wenn sie auch diesen Raum überprüfte. Mit raschem Blick musterte Isy ein Polsterbett und eine Teakholzkommode. Nein, auch hier war niemand gewesen. Zumindest ließ sich nichts erkennen. Die fein gewebte blaue Tagesdecke war glatt gestrichen und jeder Schub der schönen alten Kommode fest geschlossen. Ein Kleiderschrank war nicht zu entdecken.

Erleichtert kehrte sie in die Diele zurück, wo Amanda gerade die Katzen beruhigte.

Schnurrend schmiegten sie sich in ihr weiches Engelshaar.

»Sie hatten sich versteckt!«, klagte Amanda. »Was müssen sie ausgestanden haben!«

Isy streichelte Otti und Lotti. »Wie's aussieht, wurde nur die Diele durchsucht.«

»Rufen wir jetzt die Polizei?«

»Warum nicht gleich Dr. Rose? Der wird sich freuen, dass er sogar zwei Verdächtige hat!«

Zweifelnd richtete sich Amanda auf. »Wieso zwei?«

»Zwei verkleidete, minderjährige Urlaubsengel

aus einer Agentur, die es gar nicht gibt. Mit einem ganzen Beutel fremder Schlüsselbunde.«

»Aber wir haben doch Zeugen!«

»Jede Menge, Amanda. Nur sind sie leider alle verreist.«

»Die Polizei wird uns trotzdem glauben! Außerdem kennt uns ja Dr. Rose.«

»Sicher werden sie uns irgendwann glauben. Fragt sich bloß, wie lange wir bis dahin auf der Wache sitzen müssen.« Isy sah, wie sich Amandas Augen vor Schreck weiteten. »Und dann dürfen uns unsere Eltern abholen und dann können wir uns diesen Job hier endgültig in die Haare schmieren!«

Schweigen erfüllte einen langen Moment die Diele. In einem der Räume tickte eine Uhr. Das plötzlich einsetzende Mauzen der Katzen erinnerte Amanda an ihre Pflicht. Seufzend zerrte sie einen Behälter aus ihrem Rucksack. »Schon vorgekocht. Muss nur noch warm gemacht werden!« Sich ängstlich umsehend verschwand sie in der Küche.

»Bist ein Schatz!«, rief Isy. »Ich mach mal das Katzenklo!«

Während sie die Katzentoilette säuberte und die gebrauchte Katzenstreu gegen frische auswechselte, arbeitete ihr Kopf auf Hochtouren. Hatte Frau von Leinungen nicht gerade erst den Verdacht geäußert, dass ihre Wohnung durchsucht worden war? Hatte sie nicht von dem verschobenen Sessel und ständigen Kontrollanrufen berichtet? Beschämt musste sich Isy eingestehen der alten Dame kein Wörtchen geglaubt zu haben.

»Ist dir eigentlich aufgefallen, dass die Tür gar nicht aufgebrochen war?«, fragte sie Amanda, von deren Herd es bereits himmlisch duftete. »Also besitzt der Eindringling einen Schlüssel oder Nachschlüssel, was bedeutet, dass das Schloss ausgewechselt werden muss. Allerdings frage ich mich, warum Mister Unbekannt nur in der Diele gesucht hat. Weshalb nicht auch in den anderen Räumen?«

Amanda leckte den Löffel ab. »Weil er dachte, dass das, was er sucht, in der Diele ist.«

»Na gut, dann nehmen wir mal an, dass er es gefunden hat«, spann Isy den Faden weiter. »Warum aber hat er denn nicht seine Spuren verwischt?«

»Vielleicht hat er es ja gar nicht gefunden?« Nervös füllte Amanda die Schüsseln der aufgeregt jammernden Katzen. Isys Fragerei begann sie zu ängstigen.

»Siehst du! Genau das liegt eigentlich nahe, aber warum hat er dann nicht die Zimmer durchsucht? Ich glaube, dafür gibt es nur eine einzige Erklärung.« Isy machte eine bedeutungsvolle Pause. »Er muss gestört worden sein!«

»Was?« Amandas Gesicht nahm langsam die Farbe ihres geliebten Mozzarellas an. »Du meinst doch nicht etwa? Du willst doch damit nicht sagen ... durch uns?«

»Erinnere dich! Das Wohnungsschloss hat geklemmt. Es war fast so, als ob einer die Tür von innen ... zugehalten hätte.«

Sie starrten einander an und wagten kaum zu atmen.

Unnötigerweise fiel Isy ausgerechnet jetzt ein,

was sie neulich Herrn Rimpau gegenüber behauptet hatte: »Es ist wirklich alles ganz harmlos! Die Besitzer sind verreist, die Wohnungen leer und das absolut Gefährlichste, was uns passieren kann, ist, dass uns ein Kaktus pikt.«

Von wegen! Da hatte sie ja den Mund wieder mal reichlich voll genommen …

»Denkst du, was ich denke?«, fragte sie und merkte, dass sie flüsterte. Statt einer Antwort presste Amanda die Hand auf den Mund.

In diesem Moment hörten sie das Geräusch in der Diele. Es klang wie Schritte. Dann fiel die Wohnungstür schnappend ins Schloss. Im Treppenhaus bellte Alfredo.

»Halt!«, schrie Isy. »Halt! Stehen bleiben!« Ohne sich zu besinnen, stürzte sie los, aber Amanda klammerte sich wie eine Napfschnecke an ihr fest.

»Du kannst mich doch nicht alleinlassen!«, wimmerte sie. Dann wurde es gnädig dunkel um sie.

»Reiß dich zusammen!«, rief Isy und tätschelte Amanda die Wange, als jede Katze satt, Alfredo beruhigt und die Freundin endlich wieder aus ihrer Ohnmacht erwacht war. »Ich glaube, wir haben einen neuen Fall!«

— 9 —

»Neue Wendung im Fall der vermissten Josepha Boskov!«, meldeten die Zeitungen am anderen Morgen auf ihren Titelseiten.

Auch die von Frau Dr. Ober-Lippe abonnierte

Morgenzeitung, die Isy zusammen mit einer Telefonrechnung aus dem Briefkasten der Studienrätin zog, machte keine Ausnahme. Auch sie verwies auf die bisher von Josepha Boskovs Mutter verschwiegene Erbschaft im Frühsommer diesen Jahres. War hier das Motiv für Josephas Verschwinden zu suchen? Würde man versuchen Josephas Mutter zu erpressen?

Das wäre endlich ein Motiv, aber auch eine Chance für Josepha, dachte Isy, als sie die Haustür hinter sich schloss. Bisher hatte die Polizei ja nur im Dunkeln getappt. Eine Erpressung aber bedeutete in den meisten Fällen, dass das Opfer noch am Leben war. Erleichtert legte sie Alfredo an die Leine und machte sich auf den Weg nach Charlottenburg. Wenn alles klappte, würde Amanda zur gleichen Zeit in der Kantstraße eintreffen. Auf Isys Drängen hatte sie sich gestern Abend schließlich doch noch bereit erklärt wenigstens der Oma von Wolfram B. Braun morgens die frische Milch und Brötchen an die Tür zu hängen. Zwar hieß das für die Langschläferin Amanda, von nun an schon um sieben ihr warmes Bett verlassen zu müssen, aber dieser Job war ihr lieber, als in einer fremden Wohnung allein zu wirtschaften. Schon gar nicht nach dem gestrigen Vorfall. Isy hatte gespürt, wie fertig die Freundin gewesen war. Arme Bumble-Bee!

Auch jetzt sah sie blass und angespannt aus, als sie sich aus dem Schatten der Haustür von Frau von Leinungens Wohnhaus löste und ihnen entgegenlief.

»Den Hund nimmst du doch mit hinauf?«, erkundigte sie sich ängstlich, als der Schnauzer wedelnd an ihr hochsprang. »Alleine gehe ich nicht in die Wohnung!«

Isy nickte. »Kein Problem. Die Katzen haben ihn ja gestern Abend schon beschnuppert, als wir mit ihm die Wohnung abgesucht haben.«

Wir, das war geschmeichelt, denn eigentlich hatte sie mit Alfredo die Wohnung bis in den letzten Winkel allein inspiziert und dabei auch die Kleiderkammer entdeckt, wo sich der Eindringling verborgen gehalten und auf einen günstigen Moment zum Entwischen gewartet hatte. Amanda aber war in der Zwischenzeit mit einer silbernen Bratengabel bewaffnet zitternd hinter dem Küchentisch in Deckung gegangen.

Dieses Mal begegnete ihnen auf der Treppe zu Frau von Leinungens Wohnung ein gut gekleidetes, älteres Ehepaar, das misstrauisch die Köpfe nach ihnen drehte. Das waren sie inzwischen gewohnt. Wer sich als Engel verkleidet unter die Leute mischte, durfte nicht zimperlich sein.

»Alles geklappt mit Oma Brauns Brötchen?«, erkundigte sich Isy.

Amanda nickte. Sie hatte den Beutel heute früh pünktlich an die gelbe Tür gehängt. »Hoffentlich klaut sie keiner!«

»Nicht unser Problem! Es wurde extra gewünscht, dass wir nicht klingeln!« Prüfend schob Isy den Schlüssel ins Schloss. Dieses Mal klemmte es nicht.

Trotzdem umklammerte Amanda Isys Arm. »Lass lieber erst mal Alfredo rein!«

Alfredo würde als mittelgroßer Schnauzer trotz seiner ruhigen Wesensart ein guter Schutzhund sein, der im Falle eines Angriffs über die Furchtlosigkeit und Härte seiner Rasse verfügte. Doch sein Kampfgeist wurde nicht auf die Probe gestellt.

Erleichtert marschierte Amanda in die Küche und wickelte ihre Frühlingsrollen aus, während sich Isy wie gewohnt an das Katzenklo machte. Danach begann sie mit dem Aufräumen der verwüsteten Diele. Zwar hatte sie keine Ahnung, wie die Hausfrau für gewöhnlich ihre Sachen einräumte, aber das war auch nicht wichtig. Hauptsache, alles war wieder im Schrank und die Diele sah nicht mehr wie ein Schlachtfeld aus. Als alles verstaut war, ging Isy ins Wohnzimmer und nahm die Karte mit der Adresse und der Telefonnummer des Bridgeclubs vom Damensekretär.

Sie hatte sich vorgenommen Frau von Leinungen den Einbruch so schonend wie möglich beizubringen. Immerhin war es ja möglich, dass die alte Dame ein schwaches Herz hatte. Vor allen Dingen wollte Isy ihr die beruhigende Gewissheit geben, dass sie hier alles im Griff hatten. Rasch wählte sie die Ziffernfolge und ließ es klingeln. Endlich wurde der Anruf entgegengenommen. »Brinkenbühl-Mühle!«, meldete sich eine weibliche Stimme. »Sekretariat Direktor Grün!«

»Guten Tag! Spreche ich mit dem Bridgeclub?«, erkundigte sich Isy.

»Bedaure, falsch verbunden!«, sagte die Stimme. Dann wurde aufgelegt.

Erstaunt überprüfte Isy die Nummer. Sollte sie

sich tatsächlich verwählt haben? Geduldig versuchte sie es erneut und wieder sagte die Stimme: »Hier ist kein Bridgeclub! Verstehen Sie doch!« Abermals knackte es in der Leitung und sie war abgehängt. Sprachlos starrte Isy auf den Hörer. Was sollte das denn? Hatten sie von Frau von Leinungen etwa eine falsche Nummer bekommen? Amanda würde es nicht fassen!

»Ich fasse es nicht!«, sagte Amanda, die in blauem Bratdunst stand, von Otti und Lotti und Alfredo bewacht. »Wieso ist denn die Nummer falsch?«

Bevor Isy antworten konnte, schellte es an der Wohnungstür. Alfredo schlug sofort an.

Wie der Blitz verschwand Amanda hinter dem Küchentisch. »Nicht öffnen!«

»Entspann dich!« Isy verkniff sich ein Grinsen. »Es ist Gummibärchen.«

Dann folgte sie dem tänzelnden Hund in die Diele, um den Mitschüler einzulassen.

Der musterte sie erstaunt. »Was geht denn hier ab?«

»Was soll hier abgehen? Wir probieren gerade Kostüme. Komm doch rein.«

Misstrauisch wuchtete Gummibärchen den väterlichen Werkzeugkoffer in die Diele und sah sich um. »Hier wohnt deine Tante? Seit wann seid ihr denn adelig?«

»Wir nicht. Bloß, äh, meine Tante.« In hastiger Verlegenheit zeigte sie ihm das alte Türschloss und holte das neue herbei. Ihr Vater hatte es einmal vorsorglich im Baumarkt erworben und im Vorratsraum aufbewahrt. »Meinst du, du kriegst das hin?«

»Mal sehen«, brummte Gummibärchen und ließ den Koffer aufschnappen. Dabei wandte er sich an Alfredo. »Kenn ich dich nicht?«

»Klar! Das ist doch Herrn Rimpaus Hund«, rief Amanda. Sie hatte den Kopf mit der blonden Polyestermähne aus der Küchentür gesteckt. »Herrn Rimpau kennst du ja noch vom letzten Herbst im Schullandheim in Altgrünheide. Erinnerst du dich?«

Hagen Golz, der wegen seiner Sucht nach klebrigem Gummigetier von allen nur Gummibärchen genannt wurde, erinnerte sich gut an den Krimiautor. Noch besser aber erinnerte er sich an den Empfang, den ihm die Mädchen damals in dem alten Forsthaus bereitet hatten. Ihn für einen Einbrecher haltend, hatten sie ihn im Dunkeln tollkühn mit seiner eigenen Gaspistole von der Leiter gepustet. Er konnte von Glück sagen, dass er sich nichts gebrochen hatte. Seitdem stand für ihn fest: Wo die waren, da war das Chaos! Ihr Spitzname »die Katastrophenweiber« war noch viel zu harmlos für die!

Auch jetzt stimmte was nicht. Er war überzeugt, dass hier etwas lief, von dem er nichts wissen sollte. Wieso rannten denn Isy und diese Bratwurst aus Nürnberg am helllichten Tage wie Engel herum? Warum hatten sie Rimpaus Köter dabei und warum sollte er ein Schloss auswechseln, das noch völlig in Ordnung war?

Als Isy gestern Abend bei ihm angerufen hatte, war ihm sofort klar gewesen, wenn die hier anruft, dann brennt die Luft! Isolde Schütze und Amanda

Bornstein hatten nämlich die reizende Angewohnheit, ihn immer dann zu Hilfe zu holen, wenn sie wieder mal bis über beide Ohren im Schlamassel steckten. Bisher war das immer ein Kriminalfall gewesen, in den sie versehentlich geraten waren. Damals in Altgrünheide oder letztes Frühjahr im Berliner Zoo. Auch dieses Mal vermutete Hagen etwas in der Art. Vielleicht suchten die beiden ja die vermisste Josepha auf eigene Faust? Jetzt, wo herausgekommen war, dass die Mutter von Josepha eine halbe Euro-Millionärin war, wurde bestimmt eine Belohnung ausgesetzt. Sicher war es nicht verkehrt, mal ein bisschen die Augen offen zu halten, während er hier den Butler machte, dachte er und ging pfeifend daran, das Schloss auszubauen.

Inzwischen hielten Isy und Amanda in der Küche Kriegsrat. Wieso hatte ihnen Frau von Leinungen eine falsche Nummer aufgeschrieben? Zerstreutheit oder Absicht?

»Absicht ergibt keinen Sinn!«, stellte Isy fest und sah Amanda zu, die in der fremden Küche nach einem Gerät suchte, mit dem sie die Frühlingsrollen wenden konnte.

»Riecht ja fantastisch! Hast du die selbst gemacht?«

»Die hat IGLO gemacht. Ich hab sie meiner Mutter aus dem Eisfach geklaut.«

Amanda zog einen Bratenwender aus einem der Schübe und wendete die leckeren Rollen. Es sah lustig aus, wie die Augen der Tiere jede ihrer Bewegungen verfolgten.

»Vielleicht sollte ich mal die Auskunft anrufen?«, schlug Isy vor. »Immerhin wissen wir, wo der Bridgeclub liegt. Nämlich nicht allzu weit von Berlin in Brinkenbühl.«

Dann verschwand sie im Zimmer, um in Frau von Leinungens Lieblingslehnstuhl gekuschelt die Auskunft zu befragen, aber schon bald kehrte sie ratlos zurück.

»In Brinkenbühl gibt es keinen Bridgeclub! Definitiv! Aber eine alte Mühle.«

»Wieso? Wer sagt das?«

»Der Landesverband Berlin. Die Auskunft hat mir seine Nummer gegeben.«

Verwirrt fischte Amanda die Frühlingsrollen aus der Pfanne und legte sie zum Auskühlen auf einen Teller. »Aber wenn sie nicht dort ist, wo soll sie dann sein?«

»Weiß der Geier!« So langsam stank es Isy mit dieser Frau von Leinungen! Wenn hier nicht gerade eingebrochen worden wäre, könnte es ihnen piepegal sein, wo die alte Dame ihr Bridge spielte. Ihre Aufgabe war es nur, sich um Otti und Lotti zu kümmern. Dafür wurden sie schließlich bezahlt und nicht fürs Detektivspielen.

Sie mühte sich gerade um die trockene Myrte, als Gummibärchen den Kopf in die Küche steckte. »Gibt's hier so was wie 'ne Coke? Und bringt mal einen Schwamm für das Blut im Badezimmer mit. Sieht ja horrormäßig aus!«

»Was für Blut?«, riefen sie wie aus einem Mund.

Entsetzt folgten sie Gummibärchen ins Badezimmer, wo er ihnen eine breite Spritzspur getrockneten Blutes hinter dem Waschtisch zeigte.

»Wen habt ihr denn da geschlachtet, liebe Engelchen?«

»Huuuu!«, stöhnte Amanda. »Mir wird schlecht.«

Auch Isy starrte mit bleicher Miene auf die Spritzer. Wieso hatte sie das gestern übersehen? War sie zu aufgeregt gewesen? Oder war das Licht vielleicht zu schummrig im Bad? Vor allen Dingen aber: Was war hier geschehen? Wer konnte so viel Blut verloren haben? Der große Unbekannte? Oder Frau von Leinungen?

Hatte sie sich verletzt? Oder, schlimmer noch, war sie verletzt worden? Hatte man sie am Ende … entführt?

— 10 —

Das Tiefdruckgebiet hieß Hertha. Es gelangte in der Nacht mit heftigen Stürmen aus Skandinavien in den norddeutschen Raum und erreichte im Laufe des Vormittags Berlin. Die Folge davon war, dass sich die Berliner mit Kopfschmerzen, Müdigkeit und Abgeschlagenheit plagen mussten. Wie es der Wetterbericht vorausgesagt hatte.

Auch Isy fühlte sich nicht wohl. Aber vielleicht lag das ja weniger an Hertha als daran, dass sie nicht wusste, wie sie Amanda, die es sich in einem lauchgrünen Rattansessel im Britzer Wintergarten gemütlich gemacht hatte, davon überzeugen sollte, dass sie sich schleunigst auf den Weg nach Brinkenbühl machen mussten.

Wenn ihr Verdacht stimmte, dass Frau von Leinungen gewaltsam aus ihrer Wohnung entführt worden war, war es höchste Zeit, etwas zu unternehmen. Schließlich konnten sie nicht tatenlos zusehen und Däumchen drehen!

»Denk dran!«, mahnte Amanda und zeigte auf eine Pflanze mit großen, dunkelgrünen Blättern. »Die will lauwarm gegossen werden!« So stand es in der Pflanzenkartei, die von den Besitzern angelegt worden war. Bei falscher Behandlung würde die Calathea sofort empfindsam den Rand ihrer schön gezeichneten, samtigen Blätter einrollen.

Während Isy stattliche Dattelpalmen besprühte und einzelne gelbe Blätter aus dem Geäst der Birkenfeigen entfernte, beobachtete sie mit zusammengekniffenen Augen, wie eine fette graue Katze durch den Vorgarten schlich. Da hat sie Pech, dachte sie. Bei Sturm flogen nämlich keine Vögel. Das Fliegen überließen sie dem raschelnden braunen Laub, das der Wind vom Rasen aufwirbelte und torkelnd auf das Glasdach über ihren Köpfen trieb. Selbst jetzt, wo die Natur den Atem anhielt, war es in den Gärten am Stadtrand auf eine stille, sanfte Weise schön. Im Sommer aber musste es himmlisch sein!

»Hast du gestern Abend den Krimi geguckt?«, fragte sie die Freundin.

»Ich hasse Krimis!«, verkündete Amanda und vertiefte sich wieder in die Illustrierte, die sie auf dem Couchtisch im Wohnzimmer entdeckt hatte. »Merk dir das endlich mal!«

»Ich weiß«, sagte Isy sanft, »aber es ging darin ... um ein Testament. Das fand ich sehr aufschlussreich. Könnte es nicht sein, dass der Typ in Frau von Leinungens Wohnung ebenfalls nach einem Testament gesucht hat? In fast jedem Krimi geht es bei wohlhabenden alten Leuten um ihr Testament.«

»Mir wurscht!«, murmelte Amanda, um gleich darauf aufzuschrecken: »Die arme Di! Hast du gewusst, dass Prinz Charles außer Camilla noch eine Geliebte hatte?«

»Oh Gott, Amanda! Hunderte! Oder Tausende! Von mir aus. Du weißt doch, dass mich dein blöder Royal-Klatsch nicht interessiert.«

»Und mich interessiert dein blödes Testament nicht!«

»Was heißt hier meins? Es geht um Frau von Leinungen! Solange das mit dem Blut im Badezimmer nicht geklärt ist, halte ich sie für ... verschleppt!«

»Verschleppt? Bei dir piept's wohl! Außerdem lässt sich das mit dem Blut gar nicht mehr klären. Schließlich hat Gummibärchen alles weggeputzt.«

Das stimmte natürlich. Die Spurensicherung der Polizei wäre entsetzt, wenn sie von diesem Anfängerfehler erführe. Aber Gummibärchen traf keine Schuld. Er hatte ihnen nur einen Gefallen tun wollen. So kreidebleich und fertig, wie sie gewesen waren.

»Wir müssen trotzdem herausfinden, wo sie ist!«

»Finde mal lieber heraus, wo hier das Klo ist!« Amanda schwang sich seufzend aus dem lauchgrünen Luxusgestell und sah auf ihre drei Uhren am

Handgelenk. »Ich muss nämlich pünktlich Feierabend machen.« Sie verzog das Gesicht. »Mir tut der Zahn weh! Und außerdem hab ich noch Kochkurs. Da kann ich nicht immer so down sein.«

Enttäuscht ging Isy die Tagesliste durch. Typisch Amanda! Ihre blöde Pasta war ihr wichtiger als Frau von Leinungens Schicksal!

»Den Britzer Wintergarten haben wir durch. Jetzt müssen wir noch zu Fred nach Neukölln und zu Wolodja nach Wilmersdorf. Danach könnten wir zu mir gehen.«

»Zu dir? Was sollen wir denn bei dir?«

»Was beraten.«

Einen Augenblick blinzelte Amanda neugierig. Dann verfinsterte sich ihr Gesicht. »Ich weiß schon, was du willst. Du willst mich überreden, dass wir nach Brinkenbühl fahren und nach der Mühle mit dem Bridgeclub suchen. Aber ohne mich!«

»Ohne mich!«, wiederholte sie, als sie alle Haushalte versorgt, die verräterische Kleidung gewechselt und einen großen Berg Schmalzstullen bei Isy verdrückt hatten.

»Ich habe genug von deiner miesen Fantasie! Du willst bloß immer was erleben!«

Isy lächelte grimmig. »Wie du willst, Amanda. Dann geh ich heute noch zur Polizei und teile ihnen meinen Verdacht mit. Ich will schließlich nicht schuld daran sein, wenn der armen Frau was passiert.«

»Aber das kannst du nicht machen! Dann sagen sie alles unseren Eltern!«

»Du hast die Wahl!«, sagte Isy ungerührt und teilte ihren letzten Bissen mit Alfredo.

»Das ist Erpressung!«, zischte Amanda.

In diesem Moment klingelte das Telefon im Flur. Erschrocken starrten sie sich an.

»Ich denke, es klingelt nicht mehr?«, fragte Amanda.

»Es hat bis jetzt auch nicht mehr geklingelt!«, versicherte Isy. »Vielleicht hat es mein Vater in Ordnung gebracht.« Sie ging in den Flur und nahm den Hörer ab.

»Aktion ›Ferien für alle!‹, Ihr Urlaubsengel-Service! Was können wir für Sie tun?«, meldete sie sich automatisch, als Amanda plötzlich neben ihr stand und »Wehe, du nimmst noch einen auf!« in ihr Ohr flüsterte.

Dann plumpste sie wieder in den Stuhl am Küchentisch, wo sie darüber nachdachte, dass Isolde Schütze eigentlich hundsgemein war. Behandelte man etwa so eine Freundin?

»Behandelt man so eine Freundin?«, schluchzte sie, als Isy von ihrem Gespräch zurückkehrte. »Erpressung hätte ich dir nicht zugetraut!«

»Was soll ich denn machen? Ich bin nun einmal davon überzeugt, dass Frau von Leinungen Hilfe braucht.«

»Aber nicht unsere!«

»Wessen dann?«, fragte Isy, aber Amanda putzte sich nur stumm die Nase.

»Du fragst ja gar nicht, wer angerufen hat?«

»Wer hat denn angerufen?«

Isy schwieg, aber ihr Lächeln war äußerst geheimnisvoll.

»Mach es nicht so spannend! Etwa ein Promi?«

Erst als die Freundin nickte, wurde Amanda lebendig. »Du hast doch nicht etwa ...?«

Isy schüttelte den Kopf.

»Na, Gott sei Dank!« Amanda seufzte erleichtert. »Wir schaffen wirklich nicht noch mehr Kunden. Auch wenn sie noch so prominent sind!« Ein Weilchen sah sie dem Schauer von Tief Hertha zu, der Tropfen wie Gel über das Küchenfenster perlen ließ. »Wer ... war's denn?«

»Kommst du nicht drauf.«

»Echt? Der Bundeskanzler?«

Isy grinste. »Der nun gerade nicht. Und Prinz William war es auch nicht.«

Amanda biss sich auf die Lippen. »Sag's mir!«

»Lieber nicht.«

»Oh doch, bitte, bitte!«

»Okay! Es war ... dein Küchenguru Pioschleck. Er sagte, er habe es schon die ganze Woche auf unserer Nummer versucht.«

»Was?«, schrie Amanda und riss vor Schreck beinahe den Küchentisch um. »Pio? Und du hast ihm abgesagt? Oh nein!!!«

Vernichtet sank sie auf ihren Stuhl. Ein Bild des Jammers.

»Krieg dich mal wieder ein!« Liebevoll tätschelte Isy ihren Arm. »Natürlich habe ich ihm NICHT abgesagt. Wie könnte ich dir das antun?«

Das gleichmäßige Brummen des Busses wurde nur von der Monotonie der Landschaft übertroffen.

Seit einer halben Stunde sahen sie nichts als tropfnasse Kiefern und märkischen Sand. Ab und zu wurde das gleichförmige Muster durch abgeerntete Felder, hohe, metallene Windmühlen mit spitzen Flügeln oder Häuser unterbrochen, die ihre blassroten Dächer tief in die steinerne Stirn gezogen hatten.

Die Dämmerung breitete ihren weichen Schleier über das Land.

Isy und Amanda saßen hinter dem Fahrer. Amanda hatte den Kopf an Isys Schulter gelehnt und schlief. Sie hatten einen harten Tag hinter sich. Doch Isy schwebte auf Wolken. Schließlich hatte Professor Pioschlecks Aufnahme in ihre Kundenkartei Amanda so selig gemacht, dass sie sich überwunden und der gemeinsamen Fahrt nach Brinkenbühl zugestimmt hatte. Nun spürte Isy, wie die Spannung in ihr mit jedem Kilometer wuchs. Würden sie die Mühle finden? Und was erwartete sie dort?

Selbst wenn sie Frau von Leinungen nicht fanden, so musste es mit dieser Mühle doch eine Bewandtnis haben. Aus welchem Grund hätte Frau von Leinungen ihnen diese Adresse sonst hinterlassen sollen? Bald würden sie schlauer sein.

Ab und zu hielt der Bus mit einem sanften Bremsen und ließ die Fahrgäste ein- und aussteigen. Fast immer trafen sie und Amanda neugierige Blicke. Hier draußen, vor den Toren der Stadt, fielen sie in ihren Kostümen noch mehr auf. Endlich rief der Fahrer »Brinkenbühl!« in das Mikro. Sofort rüttelte Isy Amanda wach.

»Wo bin ich?«, murmelte die, in den Augen noch blauen Schlaf.

»Los, komm!«, rief Isy und zog die Freundin hoch. »Wir sind in Brinkenbühl!«

»Wo?«, wunderte sich Amanda und folgte Isy ins Freie.

Feuchte, kalte Luft schlug ihr entgegen und machte sie auf der Stelle munter. So what! Sie war ja gar nicht in Ägypten und vor ihr lag auch kein schimmernder Wüstensand. Vor ihr lag ein kleines märkisches Dorf, durch das sich eine holprige Straße krümmte.

Auch die Freundin sah sich prüfend um. »Super, Amanda! Hier sind wir in zehn Minuten durch. Müsste bloß mal einer kommen, der uns Bescheid sagen kann.«

Leider war weit und breit niemand zu sehen. Zweimal brauste ein Auto vorüber und irgendwo in den Gärten bellte ein Hund. Endlich tauchte eine alte Frau auf einem klapprigen Fahrrad aus der Dämmerung auf. Sie war mit Einkaufstüten beladen.

»Entschuldigen Sie bitte!«, rief Isy. »Können Sie uns sagen, wo der Bridgeclub ist?«

Verwirrt starrte die alte Frau sie an. Dann trat sie eilig in die Pedale.

Doch bevor sich Isy empört Luft machen konnte, prustete Amanda laut los.

»Ist das ein Wunder? So wie wir aussehen? Die hat sich ja zu Tode erschreckt!«

»Stimmt«, ärgerte sich Isy. Dass sie das auch immer wieder vergaß! »Die Leute im Bus haben auch so seltsam geglotzt.«

Entschlossen begann sie die Dorfstraße entlangzustapfen. Bestimmt würden sie einen Laden finden, wo sie Auskunft bekamen. Aber mit Läden sah es in dieser Straße nicht gut aus. Vermutlich gab es sie irgendwo um einen Marktplatz herum.

»Gibt es denn in diesem Nest keinen Bäcker?«, brabbelte Amanda.

»Was hältst du von Brot für den Geist?«, fragte Isy und zog die Freundin in einen kleinen Buchladen. Die Türglocke bimmelte, es war warm und die Frau am Verkaufstisch nahm ihre Lesebrille ab und musterte sie überrascht. »Was seh ich denn da? Die Weihnachtsengel fliegen schon?«

»Keine Sorge, wir sind Urlaubsengel!«, klärte Isy sie auf. Die Frau war ihr sympathisch. Der ganze Laden war ihr sympathisch. In Buchläden fühlte sich eine Leseratte wie Isy sofort zu Hause. Wie schade, dass sie sich nicht in Ruhe umgucken konnte!

»Wir suchen die Mühle!«, eröffnete Amanda das Gespräch und rieb ihre beschlagene Plastikbrille an ihrem Ärmel blank. »Es soll auch ein Bridgeclub dort sein.«

»Die Mühle kenn ich. Aber ein Bridgeclub?«, wunderte sich die Buchhändlerin. »Ist mir eigentlich nicht bekannt. Doch überraschen würde es mich weiß Gott nicht ...«

»Sagen Sie uns einfach, wo wir die Mühle finden!«, schlug Isy vor.

»Wenn Sie einen Augenblick warten, dann kommt meine Schwiegertochter und löst mich hier ab. Und auf dem Heimweg fahr ich sowieso an der Mühle vorbei.«

»Das wäre riesig von Ihnen!«, sagte Amanda begeistert und keine zehn Minuten später saßen sie tatsächlich in einem alten Ford mit quietschenden Federn und fuhren Richtung Brinkenbühl-Mühle. Isy hätte ihre freundliche Fahrerin gern nach der Mühle befragt, doch sie traute sich nicht, bis ihr der Zufall zu Hilfe kam.

»Haben Sie einen Auftritt in der Mühle?«, erkundigte sich die Buchhändlerin und bog in einen holprigen Waldweg ein. Besorgt sah Isy weißen Nebel über dem Boden schweben. Der hatte ihnen gerade noch gefehlt.

»Nein, wir besuchen nur, äh, meine Tante«, erklärte sie mit dem unbehaglichen Gefühl, ausgerechnet diese nette Frau beschwindeln zu müssen. »Sie macht ... Urlaub hier.«

»Das machen ältere Herrschaften gern in der Mühle.« Die Buchhändlerin nickte. »Jüngere Leute kommen aber auch zum Ausspannen her. Früher war das ja ein ganz heruntergekommenes Ding. Beinahe eine Ruine. Bis nach der Wende ein reicher Geldsack kam und eine feine Villa daraus machte. Ich war allerdings nie drin. Die Preise sollen gepfeffert sein.« Sie verließ den Waldweg und hielt kurz darauf vor einem parkähnlichen Grundstück. »Natürlich wird viel geredet. Manche sagen sogar, es gingen dort seltsame Dinge vor sich. Aber das ist sicher nur dummes Geschwätz.« Ihre Hand deutete auf einen stattlichen, mit üppigem wilden Wein belaubten Fachwerkbau. »Das ist die Brinkenbühl-Mühle!«

Amanda schob sich zuerst aus dem Ford. »Heiße Hütte!«, murmelte sie anerkennend. »Wo sind denn die Flügel?«

Die Frau schmunzelte. »Das war früher eine Wassermühle. Keine Windmühle.«

Dann gab sie ihnen die Hand, sie bedankten sich und die Buchhändlerin verschwand knatternd in dem wabernden Gespinst aus Nebel und Dämmerung.

Beklommen spürte Isy, dass sie jetzt auf sich gestellt waren. Sogar die Stille im Park erschien ihr unheimlich. Ein ausgesprochen idealer Ort, um jemanden verschwinden zu lassen. Sie dachte an Alfredo, der an diesem Nachmittag von Gummibärchen betreut wurde. Wäre es doch klüger gewesen, ihn mit hierherzunehmen?

Auch Amanda schien das zu erwägen. Ängstlich fasste sie Isys Hand.

»Hast du gehört? Hier sollen seltsame Dinge vor sich gehen! Wenn bloß Alfredo hier wäre!«

»Komisch. Eben hab ich dasselbe gedacht. Aber er könnte uns durch sein Bellen verraten. Also, lass es uns hinter uns bringen. In einer halben Stunde ist es hier so dunkel, dass du nicht einmal mehr die Hand vor den Augen sehen kannst!«

Im Sturmschritt näherten sich Isy und Amanda dem gepflasterten Vorhof des Landhauses und umrundeten die Villa, bis sie an ein offenes Fenster im Erdgeschoss gelangten, das zu einer Veranda gehörte. Sie schien leer.

Amanda presste sich an die Hauswand. »Wie geht eigentlich Bridge?«

Isy zuckte die Schultern. »Keine Ahnung. Ich dachte, du wüsstest das? Aber ich glaube nicht, dass hier Bridge gespielt wird.« Sie machte eine Pause. »Es sollen ja ziemlich wohlhabende Gäste sein, wie die Buchhändlerin sagte. Viele schon im Seniorenalter. Und die werden ja besonders gern abgezockt.«

Mit Schwung zog sie sich am Mauerwerk hoch, erklomm das Fensterbrett und sprang in den Raum. Im Halbdunkel der Veranda erkannte sie einen grünen Sessel, ein ausladendes Sideboard und einen Stuhl, der violett gepolstert war. Neben einer seidenbeschirmten Stehlampe stand eine Anrichte mit Spiegel, ein Möbel, das Isy irgendwie bekannt vorkam. Fang ich jetzt schon an zu spinnen?, dachte sie und half Amanda durch das Fenster. Einen Augenblick standen sie aneinandergedrängt und lauschten munter plaudernden Stimmen. Sie schienen zum Glück weit weg zu sein.

»Ich guck mal raus!«, flüsterte Isy, als Amanda plötzlich mühsam einen Schrei unterdrückte. Entsetzt zeigte sie auf das Sideboard. Da sah Isy es auch. Auf der Oberfläche aus edlem Kirschbaum glänzte das kühle Metall einer silberfarbenen Pistole.

»Krieg jetzt keine Krise, Amanda!«, mahnte Isy streng. »Das Ding ist nicht echt.«

»Nicht echt? Woran willst du das sehen?«

»Ich sehe es eben.«

»Und wozu liegt es dann hier?«

»Zur Abschreckung. Für Einbrecher. Für Leute wie dich und mich.«

»Das glaubst du doch selber nicht!«, hauchte Amanda.

Das stimmte. Das glaubte sie selber nicht. Aber irgendwie, dachte Isy, musste sie die Freundin doch beruhigen.

Auf Zehenspitzen schlich sie zur Tür und öffnete sie gerade so weit, um das Erdgeschoss des Hauses in Augenschein zu nehmen. Isy sah einen langen Flur mit hellen Marmorfliesen, von dem viele Nebenflure und Türen abgingen. Von seinem Ende klang Stimmengewirr, Gläserklirren und Lachen herüber. Die ahnungslosen Gäste!, dachte Isy. Und die Gangster gießen ihnen mit dem charmantesten Lächeln die Drinks ein! Wie gut, dass sie das Leben kannte. Oder doch wenigstens jede Menge Krimis gelesen hatte. Direkt neben der Veranda lag die Eingangshalle, vor der eine breite, mit roten Läufern belegte Treppe zu den Räumen im oberen Stockwerk führte, wo Isy die Zimmer der Gäste vermutete. Erleichtert stellte sie fest, dass niemand zu sehen war.

»Hast du dein Handy abgeschaltet?«, fragte sie warnend, und als Amanda nickte, machte sie ihr ein Zeichen, ihr zu folgen.

— 12 —

Die Villa war groß genug, um sich darin zu verlaufen, und von edelstem Geschmack. Amanda, die vor Angst bibberte, sah sich trotzdem mit glänzenden Augen um. Alles vom Feinsten. Dieses Landhaus war spitze!

»Und was sagen wir, wenn sie uns erwischen?«, fragte sie die Freundin, als sie über die hellen Marmorfliesen des Flures huschten.

»Gar nichts! Wir hauen ab!«

Leise öffnete Isy die nächste Tür und blickte in ein Speisezimmer. Um einen riesigen Nussbaumtisch mit dreiflammigen Messingleuchtern gruppierten sich Tischsessel und Stühle aus rehbraunem Samt. Links von der Tür stand ein grünes Sofa, rechts ein Eckschrank mit kostbarem Porzellan. Es war schon eingedeckt.

Doch bevor Amanda den blinkenden Stahl des Dolches auf der Kredenz aus feinstem Wurzelholz wahrnehmen konnte, schloss Isy rasch wieder die Tür. Du meine Güte, die waren ja hier bis an die Zähne bewaffnet!

»Weiter!«, zischte sie und steuerte auf den nächsten Raum, scheinbar die Küche, zu, als sich plötzlich Schritte näherten. Blitzschnell ergriff sie die Hand der Freundin und zog sie in den Schutz der Treppe.

Keine Sekunde zu früh.

Eine schmale blonde Person in einem grünen Lodencape ging mit eiligen Schritten an ihrem Versteck vorbei und verschwand in der Eingangshalle.

Isy glaubte zu träumen. »Hast du noch Zahn-schmerzen?«, flüsterte sie. »Dir kann geholfen werden.«

»Wieso?«

»Weil das eben unsere Zahnärztin war.«

Vor Überraschung blieb Amanda der Mund of-fen stehen. »Dr. Schley? Du spinnst!« Amanda war es schleierhaft, wie Isy in solch einem Augenblick noch Witze machen konnte. Allerdings: An der schleyschen Praxis hing zurzeit tatsächlich ein Ur-laubsschild! Auch ihre gutherzige Zahnarzthelfe-rin Marianne, der Fels in der Brandung, schien ein-mal ausspannen zu dürfen.

»Aber, wenn das stimmt ... dann ist sie doch hier in Gefahr?«

»In Gefahr oder ... gefährlich. Schließlich ver-fügt sie über Narkosemittel literweise!«

Bevor Amanda auch nur ein Wort herausbrin-gen konnte, packte Isy ihren Arm und verließ mit ihr das Versteck. Dieses Mal wählte sie die andere Richtung und schob Amanda an der Eingangshalle vorbei.

»Sie sind noch alle im Salon!«, flüsterte sie. »Wir sehen uns hier mal ein bisschen um.« Eilig zog sie die Freundin zu drei weiteren Türen aus dunklem Holz. Dann stutzte sie. Hatte sie eben wirklich »Salon« gesagt? Wie merkwürdig.

Und noch viel merkwürdiger: Bevor sie die nächste Tür öffnete, ahnte sie bereits, dass es die Bibliothek war. Starr vor Staunen blickte sie auf den Lesetisch mit der bunten Tiffanylampe, den al-ten Silberleuchter und die wandhohen Regale, in denen Buchrücken an Buchrücken stand. Wieso kannte sie sich hier bloß so gut aus?

Wenn der nächste Raum ein Billardzimmer ist, dachte Isy, dann bin ich schon einmal hier gewesen. Wie immer das auch möglich ist!

Sie huschte zur nächsten Tür und spähte hinein. Es war das Billardzimmer.

Der grüne Spieltisch vor dem Fenster, der oliv-farbene Teppich und sogar die Bar rechts von der Tür, auf deren Tresen lauernd ein Seil lag – all das schien ihr vertraut.

»Ich krieg die Krise!«, gestand sie Amanda. »Mir kommt hier alles so bekannt vor!«

»Mir auch«, stammelte Amanda. »Vielleicht wurde hier eine Fernsehserie gedreht?«

Eine Fernsehserie? Das war eine Idee! Doch Isy schob den Gedanken beiseite. Sie mussten Frau von Leinungen finden! Andere Überlegungen lenkten jetzt nur ab.

»Die Zimmer scheinen leer zu sein«, flüsterte sie. »Lass uns mal oben nachschauen!«

Sie schlichen zur Treppe und hatten gerade den ersten Absatz erklommen, als am Geländer über ihren Köpfen plötzlich ein Mann in einem grünen Anzug auftauchte und »Halt! Bleiben Sie stehen! Wer sind Sie denn?« rief.

Hals über Kopf stürzten sie die Stufen hinab und retteten sich in einen Raum, der direkt neben der Eingangshalle lag. Er wurde nur vom Schein eines flackernden Kaminfeuers erhellt. Isy zog Amanda in die Zimmerecke, wo ein violetter Ledersessel vor einem Eckregal mit Büchern stand.

»Sie werden uns finden!«, jammerte Amanda. »Und dann machen sie kurzen Prozess!«

»Bloß weil es hier finster ist, musst du nicht gleich schwarz sehen!«, flüsterte Isy. »Ich glaube, wir haben eine echte Chance! Das ist nämlich das Arbeitszimmer. Kommt dir der Kamin nicht bekannt vor? Und genau hier in der Ecke müsste ein Geheimgang sein!« Hastig tastete sie den Wandvorsprung mit der Holztäfelung neben dem Fenster ab, während auf dem Flur aufgeregte Stimmen laut wurden.

»Ich habe hier eben zwei Engel gesehen!«, behauptete eine Männerstimme. »Die können doch nicht einfach verschwunden sein?«

»Wie bitte?«, fragte eine Frauenstimme. »Zwei Engel? Sind Sie sicher, Herr Direktor?«

»Ganz sicher. Ich sage Oberst von Gatow Bescheid. Der Park muss durchsucht werden und der ganze Wellness-Bereich mit Schwimmbad, Sauna und Solarium. Und Sie knöpfen sich die Räume hier vor! Fangen Sie mit dem Arbeitszimmer an.«

»Beeil dich! Sie kommen!«, stöhnte Amanda.

»Ich geb mir ja Mühe«, versicherte Isy schwitzend, »aber ich finde die Stelle nicht!«

In diesem Moment begann sich die Holzverkleidung unter ihren tastenden Fingern endlich zu bewegen und geräuschlos eine Treppe in die Tiefe freizugeben.

Mit einem Ruck zog Isy die Freundin hinter die Wand, bevor das Licht im Zimmer aufflammte und der Raum einer kurzen Inspektion unterzogen wurde.

»Siehst du hier vielleicht zwei Engel?«, fragte eine spöttische Stimme.

»Wer weiß, wie viele Cocktails Direktor Grün schon vor dem Dinner hatte!«, kicherte eine andere.

Dann fiel die Tür des Arbeitszimmers wieder ins Schloss.

Erleichterung überflutete Isy wie eine große warme Woge. »Ups! Das war knapp, Mandi!«

»Woher ... woher hast du von dem Geheimgang gewusst?«, stammelte die schluchzend.

Arme Bumble-Bee! Es war einfach zu viel für sie gewesen.

»Keine Ahnung!«, murmelte Isy mit weichen Knien. Für einen Augenblick setzte sie sich zu Amanda auf die Stufen, doch gleich sprang sie von Unruhe getrieben wieder auf. »Halt durch! Wir müssen hier raus.«

Hastig stiegen sie die vor ihnen liegenden Stufen hinab, bis sie auf einen schwach beleuchteten unterirdischen Gang stießen, an dessen Ende ihnen eine schwere, mit Eisen beschlagene Eichentür den Weg versperrte.

»Meinst du, wir kommen im Park raus?«, fragte Amanda hoffnungsvoll. »Dann kriegen wir vielleicht noch den letzten Bus nach Hause. Ich hab nämlich tierischen Hunger!«

»Vielleicht geht es ja hier direkt in die Küche?« Isy probierte, ob sich die schwere Tür öffnen ließ, doch was als Witz gemeint war, wurde Wirklichkeit, als das verklemmte Holz ihrem Rütteln plötzlich nachgab und sie mit Amanda fast über die Schwelle fiel.

Geblendet blinzelten sie in das helle Licht einer geräumigen Küche mit schwarz-weiß gefliestem Fußboden, die gerade von der Haushälterin mit einem beladenen Tablett verlassen wurde. Während sich Amanda mit einem Hechtsprung ein Hühnerbein von einer der lecker garnierten Platten auf der Arbeitsplatte sicherte, starrte Isy auf das auffällige Fußbodenmuster. Wo hatte sie das schon gesehen? Plötzlich fiel es ihr wie Schuppen von den Augen. Es war der Moment, in dem sie alles begriff.

»Amanda!«, stieß sie hervor. »Weißt du, weshalb uns das alles so vertraut vorkommt? Warum ich von dem Geheimgang im Arbeitszimmer wusste? Vergiss mal die Fernsehserie. Denk lieber an Cluedo!«

— 13 —

Sie befanden sich in einem Cluedo-Haus! Daran bestand kein Zweifel.

In einer Villa, die dem Grundriss des berühmten Detektivspiels bis ins letzte Detail nachgebaut war. Sogar die Möblierung der einzelnen Zimmer war der Spielvorlage originalgetreu nachempfunden worden. Was aber hatte das für einen Sinn? Bevor sie darauf eine Antwort finden konnten, näherten sich wieder die Schritte der Haushälterin und sie sausten in die schützende Deckung des Kühlschranks.

Von dort beobachteten sie, wie die Frau mit der

weißen Schürze eine appetitliche Platte mit frischem Gemüse auf ihr Tablett lud. Als sie ihnen ahnungslos das Gesicht zuwandte, machte Isys Herz einen Freudensprung.

»Pass auf, gleich gibt es Scherben!«, flüsterte sie, bevor sie über den Kühlschrank lugte und leise »Guten Abend, Frau von Leinungen!« rief.

Es klirrte laut auf den schwarz-weißen Fliesen. Dann hatte sich die alte Dame wieder im Griff. »Ach, meine Urlaubsengel! Was macht ihr denn hier?«

Isy und Amanda stürzten auf sie zu und überschütteten sie mit Fragen. »Wie geht es Ihnen?« – »Sind Sie gesund?« – »Sind Sie entführt worden?« – »Hält man Sie hier gefangen?«

»Um Himmels willen, nein!«, rief Frau von Leinungen. »Wie kommt ihr denn darauf?«

»Sie sind also freiwillig hier?«, stellte Isy fest.

Gudrun von Leinungen nickte verwirrt.

»Aber warum haben Sie uns erzählt, Sie wären in einem Bridgeclub?«

»Oh!« Zarte Röte färbte Frau von Leinungen Hals und Wangen. »Es ... es war mir so peinlich, zu sagen, dass wir hier ein Cluedo-Club sind. In meinem Alter spielt man doch eher Bridge ...« Sie lächelte schuldbewusst. »Wir spielen alle schon seit Jahren dieses Detektivspiel mit Leidenschaft.«

»Dann sind die Mordwerkzeuge in den Zimmern gar nicht echt?«, erkundigte sich Isy.

»Natürlich nicht. Wir sind doch Spieler und keine Killer!«

Frau von Leinungen schien einen Augenblick

nach Worten zu suchen. »Dieses Haus, das ganze Ambiente hier – es mag manch einem nahezu verrückt erscheinen, dass das alles unter dem Motto eines Detektivspieles steht. Aber was ist verrückt?« Sie blinzelte fragend. »Ich finde es eher verrückt, dass die EU den Bauern im Brandenburger Land nach der Wende Stilllegeprämien dafür zahlte, dass sie ihre alten Obstbäume fällten, damit die Einfuhr von ausländischem Obst nicht gestoppt zu werden brauchte, oder dass man Rinder mit Tiermehl zu Kannibalen und Wahnsinnigen macht und uns Verbraucher gefährdet. Noch verrückter finde ich es, dass wieder neue Kriege geführt werden und unsere Umwelt weiter vergiftet wird!«

»Da haben Sie völlig Recht!«, stimmte ihr Isy zu.

»Sie könnten eine Grüne sein!«, sagte Amanda begeistert.

Frau von Leinungen lächelte. »Also, wir spielen hier wirklich nur friedlich miteinander, auch wenn es pikanterweise um Mord geht. Und seit Gregor, ich meine Direktor Grün, vor ein paar Jahren diese wundervolle englische Villa so stilecht nachbauen ließ, schlüpfen wir manchmal aus unserem alltäglichen Leben in die Cluedo-Rollen.«

Ihre Hände strichen die gestärkte Spitzenschürze glatt. »Ich bin heut die Haushälterin Frau Weiß.«

»Und was ist mit Frau Dr. Schley?«, platzte Amanda heraus.

»Ursula Dorothee? Sie erholt sich bei uns von all den faulen Zähnen.« Frau von Leinungen lachte und deutete auf die Scherben: »Ihre vegetarische Platte.«

Dann besann sie sich auf ihre Besucher. »Ihr kommt doch sicher nicht ohne Grund?«

»Wir müssen Sie dringend sprechen!«, bekannte Isy und sah sich um. »Zuerst aber brauchen wir eine Müllschippe.« In den nächsten Minuten fegten sie kullernde Erbsen und rollende Möhren zusammen und berichteten Frau von Leinungen, was in ihrer Wohnung geschehen war, während die alte Dame eine neue Salatplatte anrichtete.

»Erstens, der Täter hatte einen Schlüssel!«, fasste Isy zusammen. »Zweitens, er kannte sich in Ihrer Wohnung aus, und drittens, er hat was gesucht, wobei er von uns gestört wurde. Ich hoffe, Sie sind nicht böse, dass wir das Schloss ausgewechselt haben.«

»Im Gegenteil! Denn es scheint eine sehr hartnäckige Person aus der Verwandtschaft zu sein. Wie ich bereits vermutete.« Frau von Leinungen garnierte die Tomatenviertel mit Petersilie. »Ich kann mir sogar vorstellen, was sie dort gesucht hat.«

»Natürlich Ihr Testament!«, sagte Isy verständnisvoll.

Doch Frau von Leinungen schüttelte nur lächelnd den Kopf. Dann erkundigte sie sich nach Otti und Lotti und machte ihnen belegte Brote für die Heimfahrt. Schließlich telefonierte sie nach dem Fahrer der Villa und umarmte sie herzlich. »Ende nächster Woche bin ich ja wieder zu Hause!«

»Dann können wir in Berlin zusammen Cluedo

spielen«, schlug Isy vor. »Wir sind nämlich Fans.«
Und mit einem Grinsen fügte sie hinzu: »Besonders Amanda.«

Einen Augenblick später saßen sie erschöpft und die leckeren Brote verschlingend in einem alten, aber echten Rolls-Royce, der sie bequem und sicher in die Stadt zurückbrachte. Nur ein fliegender Teppich konnte himmlischer sein.

»Das ist die Messe!«, murmelte Amanda verklärt.

»Sind Sie wirklich ein Chauffeur?«, fragte Isy, als sie der Mann in Gummibärchens Straße absetzte und zum Abschied die Hand an die Mütze seiner Uniform legte.

»In meinen Ferien schon«, gab er zu. »Sonst quäle ich lieber Schüler in Physik.«

Dann fuhr der Lehrer schmunzelnd davon.

»Das glaubt uns kein Mensch«, bekannte Amanda seufzend. »Erst diese merkwürdige Villa und dann noch ein echter Royce!«

»Ist dir aufgefallen, dass Frau von Leinungen seinen Namen nicht genannt hat?«, fragte Isy, als sie auf Gummibärchens Wohnblock zueilten, um Alfredo abzuholen.

»Welchen Namen?«

»Den von ihrem Verwandten. Sie hat auch nicht verraten, was er gesucht hat. Und das mit dem Blut ist auch nicht geklärt. Für mich ist der Fall nicht abgeschlossen!«

»Wie bitte?« Amanda blieb wie vom Donner gerührt stehen. »Hat dir der Reinfall heute nicht gereicht? Von wegen, Frau von Leinungen wurde entführt! Das ist doch alles bloß auf dem Misthaufen deiner Fantasie gewachsen. Diese Fahrt nach Brinkenbühl hätten wir uns sparen können. Weißt du eigentlich, was ich für eine Angst ausgestanden habe? Ich hätte mir fast in die Hosen gemacht!«

»Okay, ich hab mich geirrt«, gestand Isy. »Zum Glück für Frau von Leinungen! Aber dafür lebe ich wenigstens nicht unter solch einer Käseglocke wie du. Wir sind nämlich von Kriminalfällen umzingelt. Brauchst dich bloß mal umzudrehen, Amanda!«

Als sich Amanda umdrehte, schrie es ihr von allen Abendzeitungen des kleinen Kiosks gegenüber von Gummibärchens Haustür entgegen. »**250 000 EURO FÜR JOSEPHAS LEBEN!**«

Der Entführer hatte sich also gemeldet. Jetzt hatten sie den Salat!

— **14** —

Der nächste Tag verlief ruhig und ohne besondere Vorkommnisse. Nach den Aufregungen der vergangenen Stunden war es die reinste Erholung, Katzen zu bürsten, Badehäuschen mit frischem Wasser zu füllen oder Pflanzenerde zu lockern.

Sie klapperten ihre Jobstellen ab und Amanda hatte nicht einmal etwas dagegen einzuwenden gehabt, Professor Pioschlecks Briefkasten und die Blumentöpfe in seinem Berliner Domizil allein zu betreuen. Im Gegenteil. Sie würde jede Minute, die sie allein die Luft im Wohnstudio ihres Gurus atmen durfte, genießen!

Einziger Wermutstropfen im Ozean ihrer Seligkeit war der Umstand, dass sie nicht von Pio persönlich, sondern von seiner Haushälterin empfangen worden war. Die hatte schon auf gepackten Koffern gesessen und wollte zur bevorstehenden Geburt ihres Enkelkindes für eine Woche in die Niederlande fahren. Der Professor hielt sich zurzeit in den alten Bundesländern auf, wo er seinen Hauptwohnsitz hatte und gerade seine nächste Kochsendung vorbereitete.

»Es ist die Sendung mit der Kürbistarte. Ich brauche dringend einen neuen Kürbis.«

Wenn es weiter nichts ist, dachte Isy. Jetzt im Herbst war Berlin voll von Kürbissen.

Warum suchte sich Amanda nicht einfach einen aus?

Sie hatten Gottfried, den schuppigen Japaner, versorgt und waren nun auf dem Weg zu dem Perserkater der Wilmersdorfer Witwe, die sich auf einer Bildungsreise in Nordafrika befand. Sie war trotz ihres fortgeschrittenen Alters eine wissbegierige Person, die sich für die Kunst der Mosaike interessierte, aber ihr Kater Wolodja war so schwarz wie seine Seele.

Im Gegensatz zu Otti und Lotti dachte er gar nicht daran, seine Katzentoilette zu benutzen, sondern suchte sich stur die Ecken aus. Zudem hatte er die Eigenart, blitzartig unter dem Sofa zu verschwinden, wenn sie die Wohnung betraten. Sie sahen ihn praktisch nie. Sie rochen ihn nur.

»Wenn der verdammte Stinker heute wieder in

die Ecke gemacht hat, will ich einen Preiszu-
schlag«, verlangte Amanda, als sie den Aufzug des
Mietshauses am Hohenzollerndamm betraten.
»Bin ich Jesus?!«

»Bestimmt nicht!« Isy lachte. »Aber versuch
mal ihn zu verstehen. Sein Frauchen ist verreist
und vor Alfredo und uns hat er Angst. Es ist purer
Stress für ihn.«

»Es ist purer Stress für uns!«, murrte Amanda.
»Kein anderes unserer Tiere ist so ein Querulant
wie der.« Sie verließ als Erste den Lift und baute
sich vor der dunkelroten Wohnungstür auf, während Isy nach dem Schlüssel suchte.

Sie hatte eine Menge zur Verteidigung Wolodjas
auf der Zunge, aber sie schluckte es runter, denn sie
wollte keinen neuen Streit mit Amanda. Die hatte
wirklich schon genug mitgemacht. Und gerade weil
Amanda ihrer Meinung nach schon genug mitgemacht hatte, übernahm Isy nach einem kurzen,
prüfenden Schnuppern im Flur auch die Aufgabe,
Wolodjas anhaltenden stillen Protest allein aufzu-
wischen, und schickte Amanda einkaufen. Großzügig drückte sie ihr drei Euro in die Hand.

»Hol dir deinen Kürbis!«, schlug sie vor. »Ich
schaff das hier schon allein.«

»Echt?« Amanda hüpfte vor Begeisterung.
»Dann kann ich also abhauen?«

Krachend schlug die Tür hinter ihr zu. Zufrieden ging Isy in die Küche und holte die Rolle mit
dem Haushaltspapier. Dann lüftete sie, ließ Wasser und Desinfektionsmittel in einen Eimer laufen,
schnappte sich den Schrubber und machte sich da-

ran, Wolodjas Spuren zu tilgen. Das bogenförmige Fenster auf der Galerie verstreute heitere Sonnenflecke wie helle Herbstblätter auf dem Fußboden und Alfredo streckte sich behaglich in dem warmen Licht aus. Von allen Wohnungen gefiel Isy diese Maisonettewohnung am besten. Im Untergeschoss befanden sich Küche, Bad, Wohn- und Speisezimmer und auf der Galerie lagen die Schlafräume.

Wenn sie davon träumte, wie sie einmal leben wollte, wenn sie erwachsen war, so gehörte auch eine tolle Wohnung dazu und neuerdings wusste sie sogar, wie sie aussehen sollte: wie diese.

Eine Weile hing sie rosaroten Zukunftsgedanken nach, in denen sie mit einem knallig gelben Cabrio durch Berlins Straßen brauste, nach ihrem interessanten Job als Gerichtsreporterin oder Kommissarin in schicken Boutiquen einkaufte und sich in einem Szenecafé mit Amanda traf, bevor sie in die traumhafte Maisonettewohnung heimkehrte, auf deren Galerie ihre beiden Kinder spielten und in deren chromblitzender Küche ihr sportlicher, gut aussehender Mann das Abendessen brutzelte. Kochen müsste er natürlich können!

Dann war der Fußboden getrocknet und Wolodjas Näpfe für Futter und Wasser frisch gefüllt. Zeit für einen kleinen Schwatz mit dem Kater.

Sie ging in den Wohnraum und ließ sich vor dem hochbeinigen Möbelstück auf dem Teppich nieder. Dann guckte sie unter das Sofa. Wie immer saß Wolodja in der äußersten rechten Ecke. Er hatte sich zu einer schwarzen Kugel zusammengerollt und die Lichter seiner gelben Augen glommen wie zwei kleine Monde in der Dunkelheit. Wenigstens fauchte er nicht mehr, wenn er sie sah. Sie sprach leise und tröstend mit ihm und versicherte, dass sein Frauchen bald zurückkehren würde. Dann gab sie auch Alfredo frisches Wasser und schenkte sich selbst ein Glas ein. Als Amanda endlich mit einem mittelgroßen, goldenen Kürbis im Arm an der Wohnungstür klingelte, wartete sie schon mit Alfredo im Flur.

Die letzte Kundin für heute war Frau Dr. Ober-Lippe. Sie erwischten die U-Bahn und angelten eine Viertelstunde später zwei Zeitungen, einen Brief, eine bunte Postkarte und jede Menge Reklame aus ihrem Briefkasten. Auf der Karte waren schroffe Berge mit weißen Schneehauben unter einem leuchtend blauen Himmel abgebildet. Neugierig drehte Amanda die Karte um. »Liebste Lullula arborea! Du meine Heidelerche!«, las sie kichernd. »Erkennst du diese schöne Gegend wieder? Hier haben wir uns zum ersten Mal geküsst ...«

Lautes Bellen unterbrach sie. Misstrauisch beobachtete Alfredo, wie sich aus einer der Nachbarwohnungen blaue Plastiklockenwickler schoben. Sie gehörten zu einer rundlichen Rothaarigen, die sie abschätzig musterte. »Was machen Sie denn da?«

»Wir sind die Urlaubsengel von Frau Dr. Ober-Lippe«, erklärte Isy. »Wir nehmen in ihrem Auftrag die Post aus dem Briefkasten.«

»Hat sie Sie auch beauftragt ihre Post laut auf dem Flur vorzulesen?«, fragte die Frau spitz.

Amanda wurde puterrot.

»Die Alte hat gelauscht!«, erklärte sie wütend, kaum dass sich Frau Dr. Ober-Lippes Wohnungstür hinter ihnen geschlossen hatte.

»Recht hat sie!«, räumte Isy der Nachbarin ein, während sie rasch Frau Dr. Ober-Lippes Zeitung durchblätterte, bis sie einen Artikel über Josephas Entführung fand.

Es stimmte also wirklich! Der Erpresser hatte sich gemeldet und die übliche Form der ausgeschnittenen, auf ein Blatt geklebten Zeitungsbuchstaben für seine unerhörte Geldforderung gewählt. Noch rätselte die Polizei, wie er von der Erbschaft erfahren haben konnte. Schließlich war diese von Frau Boskov nach eigener Aussage absolut geheim gehalten worden. Neu in der Berichterstattung war die Bekanntgabe einer Belohnung für Hinweise, die zur Aufklärung des Falles führten. Sie betrug 2000 Euro.

»So wenig?«, nörgelte Amanda, die Isy über die Schulter sah. »Bei der Erbschaft?«

Unter dem Absatz mit der Belohnung lächelte der kleine Dr. Rose optimistisch von einem Foto. Er gab sich zuversichtlich. Immerhin hatte der Einsatz von Hundestaffeln und Tornados mit Spezialkameras bei der Suche nach Josepha kein Ergebnis gebracht.

»Josepha lebt!«, verriet er den Reportern. »Irgendwo in diesem Häusermeer wird sie von einem Erpresser gefangen gehalten, aber wir werden sie finden. Der Fall hat sich zugespitzt. Wir stehen kurz vor seiner Lösung.«

Dann sprach er über die Absicht der Mitschüler, am morgigen Tag überall in der Stadt Josephas Foto zu verteilen. »Hunderte Schüler opfern einen Ferientag für Josepha!«, sagte er stolz und bat die Bevölkerung um ihre Mithilfe.

»Ab wann wollen wir denn mitmachen?«, fragte Isy auf der Heimfahrt Amanda.

»Wir?«

»Natürlich wir. Wir haben es versprochen.«

Die U-Bahn war voll besetzt. Sie hatten den Kürbis zwischen sich genommen und lauschten einem Konzert, das zwei junge Männer in der Mitte des Wagens auf ihren Geigen gaben. Es war ein Stück aus einem Musical. Die Berliner waren solche Einlagen gewöhnt und honorierten sie in der Mehrzahl mit Münzen und Applaus.

»Klar, wir nehmen uns ein, zwei Stunden dafür frei!«, flüsterte Isy.

»Und wann, bitte sehr? Um acht müssen die Brötchen bei Oma Braun sein, danach treffen wir uns bei Otti und Lotti. Dann geht's mit Salat zu Leila. Anschließend bin ich bei Pio. Um zwölf fahren wir zu Wolodja. Von dort aus müssen wir zum Wintergarten nach Weißensee und zu Gottfried und zu ... « Amandas Aufzählung brach empört ab.

»Dann stehen wir eben morgen früher auf.«

»Noch früher?«

»Wir können Josepha doch jetzt nicht hängenlassen! Gerade du müsstest doch wissen, wie das ist, wenn einen jemand hängenlässt. Denk an dein Geld!«

»Wer sagt denn, dass ich sie hängenlasse?«
Amandas Wangen färbten sich rot.

Die Geiger wechselten ins klassische Fach und
die Urlaubsengel stritten flüsternd weiter, bis sie
um ein Haar das Aussteigen verpasst hätten. Im
letzten Moment sprangen sie raus.

»Warum bist du bloß immer so schwer zu überzeugen?«, klagte Isy. »Liegt es daran, dass du ein
Stier bist? Stiere sollen ja schrecklich stur sein.«

Doch Amanda antwortete nicht. Starr schaute
sie der Bahn nach, die Wagen für Wagen in dem
dunklen Tunnel verschwand. Dann schrie sie plötzlich laut: »Auf Wiedersehen!«

Neugierig drehten die Leute auf dem Bahnsteig
die Köpfe.

»Wen meinst du?«, fragte Isy verblüfft.

»Meinen Kürbis!«, sagte Amanda wütend, bevor
sie in Isys Gelächter einstimmte.

— 15 —

Herbstferien konnten traumhaft sein!

Genießerisch faul in der Sonne liegen, an endlo-
sen Stränden Muscheln suchen, im tintenblauen
Meer schwimmen und kiloweise Zitroneneis schle-
cken …

Vorausgesetzt, man verbrachte sie nicht in
Deutschland.

Amanda hatte die meisten Herbstferien auf
Gran Canaria verbracht. Jammernd stapfte sie nun
im Nieselregen über den schlammigen Schulhof.

Nie wieder im Oktober in Deutschland, nie wieder Jobben im Herbst!

Es war nicht mehr zum Anhören! Isy hielt sich innerlich die Ohren zu.

Sie dachte an Josepha. Wenn eine Grund zum Jammern hatte, dann doch wohl sie.

Hoffentlich hatte der Kommissar Recht und Josepha wurde irgendwo in einer Berliner Wohnung gefangen gehalten und nicht in einem alten Bunker, einem Erdloch oder Brunnenschacht. Isy schauderte bei dem Gedanken an die Nässe und die Kälte.

Sie waren den ganzen Vormittag von einem Haushalt zum nächsten gestürzt, hatten in der letzten Wohnung die Kleidung gewechselt und bedauerten jetzt, dass sie die molligen Perücken und Umhänge, die sie so gut vor Regen und Kälte schützten, in ihren Rucksäcken verstaut spazieren tragen mussten.

Im Schulgebäude herrschte reges Kommen und Gehen. Auf der Treppe begegneten ihnen bekannte Gesichter und aus der offenen Tür zum Lehrerzimmer winkte Trischi zu ihnen herüber. Er sprach gerade mit Dr. Rose in ein Reportermikrofon.

Die Papierstapel mit Josephas Foto und die selbst entworfenen Plakate befanden sich im Klassenraum der Parallelklasse. Dort ratterten Scanner und Drucker ohne Unterbrechung. Auf der Schwelle prallten sie fast mit Saskia und Binette zusammen.

»Auch schon da?«, lästerten die Freundinnen. »Euch sieht man ja gar nicht mehr.«

»Euch ja auch nicht!« Amanda drängte an Binette vorbei, um sich einen Armvoll Fotos zu sichern. In einer Ecke des Klassenzimmers entdeckte Isy Tannhäuser und Janho aus der Neunten mit ein paar anderen Typen an einem Laptop.

»Sie versuchen mit dem Erpresser übers Internet Kontakt aufzunehmen«, erklärte Saskia, die ihr blondes Haar zurzeit lila trug. »Und wer bist du?«, fragte sie Alfredo.

»Kennst du ihn nicht mehr?«, lächelte Isy. »Das ist Alfredo, Herrn Rimpaus Hund.«

Schnell deckte auch sie sich mit Fotos und Plakaten von Josepha ein.

Als sie die Schule verließen, war der Regen stärker geworden. Sie schlugen die Kapuzen hoch.

»Schlecht für die Aktion!«, seufzte Sassi und wischte sich einen dicken Regentropfen von der Nase. »Wie findet ihr, dass Josephas Mutter diese Riesenerbschaft gemacht hat? Man schätzt, eine halbe Million Euro, und der Kerl verlangt die Hälfte davon! Ob sie zahlt?«

Isy schüttelte den Kopf. »Wär ein Fehler, wo sie schon die Polizei eingeschaltet hat!«

»Na ja, du hast die Ahnung!« Saskia grinste anerkennend. »Also, wir fahren jetzt ins Lafayette. Kaufhaus ist immer gut. Schon wegen der vielen Leute. Danach gehen wir zu mir. Meine Eltern haben mir Siedler 4 geschenkt. Kommt ihr mit?«

»Nee. Wir müssen nach Karlshorst.«

»Was wollt ihr denn in Karlshorst?«, wunderten sich die Mädchen.

Mist, dass mir das rausgerutscht ist, ärgerte sich Isy. »Ach, nichts Besonderes.«

»Nichts Besonderes?« Bini blinzelte neugierig. »Seit den Ferien hab ich dreimal bei euch angerufen, aber eure Mütter meinten, ihr habt zurzeit totalen Stress!«

»Mütter übertreiben immer!«, versicherte Isy. »Wir jobben ein bisschen ...«

»Und auch nur für besondere Leute!«, fügte Amanda hinzu.

Die Mädchen wechselten einen Blick. »Zum Beispiel?«

»Namen nennen wir nicht. Aber für einen bekannten Professor, der gerne kocht.«

Sie rissen die Münder auf. »Was? Für den? Ist ja krass!«

Amanda nickte stolz. »Und für einen Regisseur, der schon mit Maximilian Schell gedreht hat, auch. Macht echt Spaß mit den Promis!«

»Und zu welchem Promi fahrt ihr jetzt nach Karlshorst?«

Amanda grinste. »Zu Gottfried. Das ist sein Künstlername.«

»Kenn ich!«, rief Sassi. »Ein Schlagersänger!«

»Sorry, aber Gottfried ist leider stumm.«

»Ist ja auch egal. Bis bald!« Die Mädchen winkten und steckten die Köpfe zusammen.

»Hörst du sie tratschen?«, flüsterte Isy.

Sie stiegen in die Straßenbahn, um zum Bahnhof Schöneweide zu fahren. Eigentlich hatten sie einen der Fernbahnhöfe im Auge gehabt, aber was für einen Sinn sollte es haben, Fernreisende oder Berlinbesucher in die Suche nach Josepha einzuschalten? Schließlich hatten sie diesen gewählt. Er war ein wichtiger Verkehrsknotenpunkt auf dem Weg zu Gottfried.

Als sie am Ziel waren, mischten sie sich unter die Leute und begannen auf dem Bahnhofsvorplatz Josephas Foto zu verteilen. Die meisten der Angesprochenen reagierten positiv. Viele waren mitfühlend und besorgt. Nur eine Frau wies Josephas Foto zurück. »Die Eltern von diesem Mädchen sind doch Ausländer, nicht? Solche wie die haben meinem Mann und mir die Arbeit genommen. Macht euren Kram alleine!«

»Hast du das gehört?« Empört wandte sich Amanda zu Isy, die eben dabei war, Josephas Plakat an einen Mast zu pinnen.

»Leider! Ich frage mich, wie viel Frust muss die haben, um so eklig zu werden? War ja der blanke Ausländerhass!« Der Wind hatte ihr die Kapuze heruntergerissen und fuhr durch ihre feuchten Locken. Das Plakat hing jetzt gut. Sie musterte es kritisch mit schief gelegtem Kopf. Wir schaffen es schon, Josepha. Wir kriegen dich frei! Jetzt gerade! Das Mädchen mit den runden Vogelaugen auf dem Plakat lächelte zurück.

In der nächsten Stunde zogen sie durch den gesamten Bahnhof und verteilten alle Fotos. Obwohl sie durchnässt und durchgefroren waren, fühlten sie sich beschwingt. Es war ein gutes Gefühl, etwas für das Mädchen aus der Parallelklasse zu tun.

Mehr noch. Isy begann sich zu fragen, ob Tannhäuser damals nach Bekanntwerden von Josephas Verschwinden mit seiner spöttischen Bemerkung »Was sagen denn die Expertinnen? Übernehmt ihr den Fall?« nicht Recht gehabt hatte. Vielleicht hätten sie sich doch mehr in die Sache reinhängen sollen? Aber sie hatten ja nur ihre eigenen Sorgen im Kopf gehabt ...

»Wir hätten uns von Anfang an mehr um den Fall kümmern sollen!«, bekannte sie, als sie den tropfnassen Alfredo in Frau Knosallas Karlshorster Heim mit einem ihrer drei Plastikföhne trocken pustete. »Vielleicht hätten wir sie ja längst gefunden?«

»Wie denn, wenn nicht einmal die Polizei das schafft?«, rief Amanda aus der Küche, wo sie in der Hoffnung auf warme Füße Frau Knosallas Kräutertee aufbrühte. »Klar, die Belohnung wär schon in Ordnung und wir hätten uns das frühe Aufstehen und den ganzen Zimt sparen können, aber ehrlich gesagt, mir reicht die Brinkenbühl-Mühle! Wenn du eine Spur hast, ist man ja auf dem Weg zum Herzinfarkt!«

»Erstens ist es Bürgerpflicht, der Polizei zu helfen, und zweitens lebst du ja noch! Und auf den Titelbildern sahst du hinterher auch immer ganz gebauchpinselt aus!«

»Hatschi!«, nieste Amanda. »Erinnere mich bloß nicht daran!«

Dann probierten sie den Tee. Er schmeckte wie Heu, aber er war schön heiß. Selbstverständlich war es die Ausnahme, dass sie sich vom Tee einer Kundin bedient hatten. Fremde Schränke waren für sie tabu, aber die Aussicht auf ein warmes Getränk war zu verlockend gewesen. Schon morgen würden sie den Tee ersetzen.

Frau Knosalla war nicht reich, aber sie schien ein Glückspilz zu sein. Fast alle Haushaltsgeräte vom Toaster bis zur Mikrowelle waren doppelt vorhanden. Auch drei Fernseher im Wohnzimmer, zwei Musikanlagen sowie jede Menge hässlicher Sofakissen, Bilder und Pokale bezeugten, dass sie ein glückliches Händchen besaß. Ganz sicher hatte sich ihr Spielerglück nicht nur auf den kostbaren Gottfried und die Woche auf der Schönheitsfarm beschränkt.

»Hast du vorhin Janho gesehen?« Isy setzte ihre Tasse ab. »Er und Tannhäuser wollen mit ein paar anderen Typen den Kidnapper übers Internet ansprechen.«

»Und das klappt?«

»Glaub ich nicht. Da würden ihm wohl die Informatiker der Polizei schnell auf die Schliche kommen. So schlau wird der auch sein.« Eine Weile hingen sie schweigend ihren Gedanken nach. Dann wurde es wieder Zeit für sie.

Bevor sie die Wohnung verließen, um zu ihren Jobs nach Neukölln und Britz weiterzufahren, unterhielten sie sich noch ein paar Minuten mit dem Goldfisch. Das hatten sie seinem Frauchen versprochen. Satt und träge lauerte Gottfried zwischen den anmutigen Grünpflanzen seines nassen Zuhauses und lauschte ihnen dankbar mit seinen unsichtbaren Goldfischohren.

»Wie ich ihn beneide!«, seufzte Amanda. »Jetzt relaxt im warmen Wasser liegen!« Sie klopfte leicht an die Aquariumscheibe. »Bis morgen, alter Karpfen!«

In diesem Punkt irrte sie leider. Am nächsten Morgen lag Amanda flach. Sie hatte Kopf- und Halsschmerzen und ihre Mutter schmierte sie mit Wick Vapo Rub ein.

»Nur heute!«, krächzte Amanda ins Telefon. »Morgen geht's mir schon besser!«

Na, hoffentlich, dachte Isy betrübt. Wie sollte sie das sonst alles schaffen?

»Wir kriegen Besuch«, hatte ihre Mutter sie am Morgen erinnert. »Sei pünktlich zum Essen. Und wenn du es schaffst, könntest du schon mal den Tisch decken. Das kannst du doch immer so schön!«

Isy wusste, dass sie sich danach richten musste. Es hatte in letzter Zeit häufig Krach wegen ihres ständigen Zuspätkommens gegeben. Trotzdem, ausgerechnet heute!

Missmutig kaute sie an ihrem Brötchen und überlegte, welche von den Haushalten sie zur Not einmal ausfallen lassen konnte. Auf jeden Fall die mit den Pflanzen. Die Wintergärten waren bisher vorbildlich von ihnen versorgt worden. Auch Frau Dr. Ober-Lippes Zeitung konnte ruhig mal einen Tag länger im Briefkasten liegen. Bei Professor Pioschleck ging es ebenfalls um Blumen und Post. Amanda hatte erst gestern früh in dem vornehmen Penthouse nach dem Rechten gesehen. Blieben ihr für heute nur die Haushalte mit den Tieren und ... ja, natürlich, die alte Frau in Mitte.

Bei dem Gedanken an Wolfram B. Brauns Oma sprang Isy erschreckt vom Frühstückstisch auf. In wenigen Minuten war es acht Uhr. Das würde sie nie schaffen!

Hastig stopfte sie ihr Haar unter die Perücke und warf den Flanellumhang um. Dann leerte sie den Korb mit den warmen Brötchen mit Schwung in eine Plastiktüte und steckte eine Packung Milch aus dem Kühlschrank dazu. Benedikt würde sich wundern, wo heute Morgen seine frischen Brötchen blieben!

Leise pfiff sie Alfredo und beeilte sich den Bahnhof zu erreichen, doch an den drei Ahornbäumchen vor dem Supermarkt, deren Laub jetzt frisches Zitronengelb zierte, beharrte der Hund auf seinem Recht, erst einmal ausgiebig zu schnüffeln und das Bein zu heben. Alles Gezerre an der Leine nutzte nichts.

Die Uhr zeigte Viertel vor neun, als Isy endlich den Beutel mit den Brötchen an die dottergelbe Tür des Apartments 1101 hängte. Erst im Fahrstuhl fiel ihr ein, dass sie vielleicht klingeln und sich entschuldigen hätte sollen. Zwar hatte Wolfram B. Braun behauptet, seine Oma wolle nicht gestört werden, aber vielleicht war sie ja heute früher aufgewacht und hatte schon hungrig ihre Brötchen vermisst? Das konnte peinlich werden! Wie sie ihn einschätzte, war der Regisseur alles andere als ein Kunde, der bereit war auch mal über einen Fehler hinwegzusehen.

»Ich glaube, wir müssen noch einmal hinauf!«, sagte sie zu Alfredo. Mit einem sanften Surren glitt der Lift mit ihnen in die elfte Etage zurück, wo der Brötchenbeutel noch immer über dem grünen Fußabtreter des Apartments 1101 schwebte.

Ich klingle nur einmal, nahm sich Isy vor, ein

einziges Mal. Wenn sich dann nichts rührt, schläft die alte Frau wirklich noch. Dann hat sie auch nicht mitgekriegt, dass ihre Brötchen heute verspätet gekommen sind.

Doch gerade als sie den Daumen auf die Klingel legen wollte, öffnete sich die Tür einen winzigen Spalt und eine Hand griff geübt nach dem Beutel.

Bevor Isy ein Wort herausbringen konnte, war der Spuk vorbei und die Tür des Apartments wieder geschlossen. Nackte Füße tappten unsicher davon.

Verblüfft starrte Isy auf den leeren Knauf. Hatte sie das eben geträumt?

In den nächsten Stunden hatte sie keine Zeit mehr, über den glücklichen Zufall nachzudenken. Sie gab Leila ihre Tropfen und Salat, wischte Wolodjas Pfützen auf und hängte dem fröhlichen Fred in Neukölln einen neuen Hirsekolben in den Käfig. Dann setzte sie sich wieder in den Bus, um Gottfried seine frischen Wasserflöhe zu servieren, und hoffte, dass Otti und Lotti nicht merkten, dass das Whiskas, das sie um die Ecke gekauft hatte, nicht aus Peking kam. Als sie endlich an Amandas Krankenbett saß und Bericht erstatte, fühlte sie sich ziemlich geschlaucht.

»Und sie haben das Whiskas wirklich gefressen?« Amanda konnte nicht aufhören sich zu wundern. »Und B. Brauns Oma hast du auch gesehen?«

»Bloß ihre Hand. Ruck, zuck hat sie sich den Beutel gegrapscht!«

Die Tür zu Amandas Zimmer öffnete sich und ihre Mutter schwebte herein, um eine heiße Zitrone zu bringen. Freundlich erkundigte sie sich nach Isys Wünschen.

Die errötete leicht. »Vielen Dank, aber ich muss sowieso gehen. Wir kriegen nämlich Besuch und ich soll den Tisch decken.« Amandas Mutter brachte sie immer in Verlegenheit. Sie war so ganz anders als die Mütter, die sie sonst kannte. Ein wenig illustriertenhaft vielleicht. Zum Glück hatte sie einen Kosmetiktermin und entschwand.

Amanda atmete auf. Sie schob den Liebesroman von der Bettdecke und sprang auf, um sich eine Zigarette zu holen.

»Ich sage natürlich, dass du geraucht hast«, fügte sie erklärend hinzu, doch schon nach drei Zügen drückte sie die Zigarette aus.

»Schmeckt nicht!«, krächzte sie enttäuscht.

»Ich denke, du rauchst nur zum Angeben?«, wunderte sich Isy.

»Ich muss abnehmen. Die Jeans kneifen.« Amanda zog einen mit Zahlen bekritzelten Zettel unter ihrem Kopfkissen hervor und zeigte ihn Isy. »Hier! Ein Überschlag! Ich hab's mal zusammengerechnet. Eigentlich ist das Geld schon im Kasten. Was wir jetzt noch verdienen, ist darüber und gehört dir. Wolltest du dir nicht einen Scanner kauf...?« Ein Hustenanfall ließ sie verstummen.

»Du klingst aber gar nicht gut«, sagte Isy bedrückt.

»Quatsch! Morgen bin ich wieder fit!« Amanda nahm einen Schluck Hustensaft aus der Flasche und lächelte tapfer. »Denkst du vielleicht, ich lass dich hängen?«

»Schlaf wenigstens aus!«, schlug Isy vor. »Wir treffen uns dann bei Otti und Lotti. Die Brötchen und den Briefkasten von Ober-Lippe übernehme ich.«

Sie war plötzlich nicht mehr bei der Sache. Eine von Amandas Fragen hatte eine Alarmglocke in ihrem Kopf angetippt. Was war der Auslöser gewesen? Bohrende Unruhe überfiel sie. Sie wurde das Gefühl nicht los, etwas Wichtiges übersehen zu haben. Aber was?

Auch auf dem Weg nach Haus und beim Tischdecken grübelte Isy darüber nach. Doch wohin sich ihre Gedanken auch wandten, irgendwie drehten sie sich im Kreis.

Schließlich blickte sie auf eine Tafel, die sie mit glänzenden Kastanien und bunten Herbstblättern geschmückt hatte. Alles auf dem Heimweg gesammelt. Ihre Mutter würde begeistert sein. Der Lösung ihres Problems aber war sie nicht näher gekommen.

— 16 —

In der Nacht träumte Isy von dem Schullandheim in Altgrünheide.

Ihre ganze Klasse war dort und sie waren gerade dabei, eine tolle Party zu feiern, als ihr plötzlich die alte Frau in Berlin-Mitte einfiel. Oh mein Gott!

Amanda und sie machten hier eine Klassenfahrt und hatten dabei die Oma von Wolfram B. Braun völlig vergessen! Wie viel Tage mochten sie ihr keine Brötchen mehr gebracht haben?

Wie lange waren sie überhaupt schon in diesem Schullandheim?

Entsetzt merkte Isy, dass sie sich nicht mehr erinnern konnte. Aufgeregt begann sie Amanda zu suchen, aber die Freundin war in all dem Trubel nirgendwo zu finden.

»Amanda!«, rief sie laut. »Amanda! Wo steckst du? Wir müssen zurück nach Berlin! Wir müssen zum Bäcker! Wolfram B. Brauns Oma braucht ihre Brötchen!«

Schweißgebadet und mit klopfendem Herzen wachte sie auf. Sofort fiel ihr der gestrige Tag ein. Bis in die Nacht hatte sie noch gegrübelt. Etwas musste im Laufe des Tages geschehen sein, das sie irritiert hatte. Etwas, dem sie keine weitere Beachtung geschenkt, das sich jedoch in ihr Unterbewusstsein eingegraben hatte.

Später dann, im Gespräch mit Amanda, musste es ihr wieder ins Bewusstsein gestiegen sein. Flüchtig, verschleiert, nicht fassbar ...

Schließlich hatte sie sich entschieden den heutigen Tag ähnlich wie den gestrigen ablaufen zu lassen. Vielleicht kam die bewusste Situation ja wieder? Gespannt sprang Isy aus dem Bett und schaffte es diesmal, die frischen Brötchen pünktlich um acht Uhr an den Knauf der dottergelben Tür Nr. 1101 zu hängen. Dann hockte sie sich zu Alfredo auf den Boden, umschlang ihre Knie und wartete.

Es war schon eine verrückte Situation! Da hatte sie nun Ferien und könnte noch gemütlich im Bett liegen und in einem Krimi schmökern. Stattdessen hockte sie in einem fremden Haus auf einem fremden Flur und beobachtete eine fremde Tür.

Aus den anderen Wohnungen drangen die typischen Morgengeräusche, rauschende Wasserhähne, streitende Stimmen, laute Musik, das Brummen eines Staubsaugers. Alfredo legte ihr sanft die Schnauze auf die Schulter. Er wollte schmusen. Zärtlich kraulte Isy seinen Kopf. »Morgen geht's ab nach Hause!«, flüsterte sie. »Dein Herrchen kommt nämlich zurück. Und den erwarten wir alle drei auf dem Flughafen!«

Alfredo lauschte mit gespitzten Ohren. Seine Nähe und seine Wärme taten ihr gut.

Vermutlich würden ihre Eltern und besonders die Katze Selma drei Kreuze machen, wenn der vierbeinige Untermieter wieder auszog. Ihr aber würde Alfredo fehlen ...

In ihre Gedanken versunken hatte sie nicht bemerkt, wie sich die Tür neben ihr leise öffnete und eine junge Frau mit einem kleinen Mädchen heraustrat. Überrascht starrte das Mädchen Isy an. Die brauchte einen Augenblick, um zu begreifen, dass das Erstaunen der Kleinen an ihrer Kostümierung lag. Engel saßen üblicherweise nicht auf fremden Fluren herum. Schon gar nicht mit einem großen grauen Hund. Sie lächelte und die Kleine lächelte zurück. »Ich heiße Lia! Wir gehen jetzt schwimmen!«, sagte sie froh.

»Das würde ich auch gern«, seufzte Isy.

116

Sie lauschte den verklingenden Schritten und sah gähnend auf die Uhr. Eine Viertelstunde saß sie schon auf ihrem Beobachtungsposten. Langsam schlief ihr rechtes Bein ein. Doch sie hatte Glück. Noch bevor sie ihre Position gewechselt hatte, öffnete sich auch schon wie von Geisterhand die dottergelbe Tür und genau wie am Vortag wurde ein Arm sichtbar, dessen zierliche Hand blitzschnell den Brötchenbeutel ergriff.

Isy hatte genug gesehen. Dieses Mal war ihr bewusst geworden, was sie gestern nur flüchtig wahrgenommen hatte. Amanda würde vor Staunen der Mund offen stehen!

So schnell es ging, verließ Isy das Haus, die Straße, die laute Gegend rund um den Alexanderplatz, um zu Frau Dr. Ober-Lippe zu fahren. Alfredo trottete geduldig neben ihr her. Isy fragte sich, ob er den Schriftsteller auch so viel begleitete wie sie.

»Ihr beide fahrt doch bestimmt immer bloß Auto!«, neckte sie den Schnauzer, während sie den Briefkasten leerte und die Presse nach Datum geordnet auf den Küchentisch der Studienrätin legte. Bei dem Gedanken, dass diese morgen aus dem Vereinigten Königreich zurückkehren würde, verspürte sie Erleichterung. Auch die Eltern von Fred, die Besitzer des Wintergartens in Weißensee und Max kamen in den nächsten Tagen zurück. Gewiss würde der Job zum Ende der Ferien leichter werden. Nach einem letzten, prüfenden Blick verschloss Isy die Wohnungstür, stopfte die Reklamehefte in die Papiertonne und legte den herumtollenden Alfredo an die Leine.

Zwanzig Minuten später waren sie in Charlottenburg. Das wird auch Zeit, dachte Isy, sonst platze ich noch an meiner Neuigkeit! Ach, wie sie sich schon auf Amandas Gesicht freute!

Leider war Amandas Gesicht weit und breit nicht zu sehen und so ging sie in die Wohnung hinauf, um schon anzufangen. Zuerst schmuste sie mit Otti und Lotti, dann säuberte sie das Katzenklo, und als sie beim Staubsaugen in der Diele war, trommelte Amanda an die Wohnungstür.

»Meine Mutter wollte mich nicht weglassen. Da hab ich gewartet, bis sie einkaufen ging, und da bin ich abgehauen!«, berichtete sie atemlos. »Schließlich hab ich heut wieder Kochkurs! Bist du klargekommen?«

»Und wie! Mir ist sogar ein Licht aufgegangen!«

Wenn Amanda sich über diese Antwort wunderte, so zeigte sie es nicht. Rasch warf sie ihre Jacke ab, behielt aber den dicken Schal um und trug ihre mitgebrachten Näpfchen zum Herd. Aufgeregt jammernd rannten Otti und Lotti hinter ihr her.

»Geht's dir besser?«, rief Isy. »Kannst du einen Schock vertragen?«

»Bloß nicht!«, protestierte Amanda. In ihrer Pfanne zischte das Fett.

»Auch nicht, wenn es um den berühmten Filmregisseur Wolfram B. Braun geht?«

»Echt?« Amanda blinzelte erwartungsvoll.

»Was denkst du, wen wir die ganze Zeit mit Brötchen und Milch gefüttert haben?«

»Seine Oma. Wen sonst?«

»Glaub ich nicht.«

»Was?« Verständnislos starrte Amanda sie an.

»Ihre Hand! Es ist ... eine junge Hand. Die gehört keiner alten Frau.«

»Woher willst du das wissen? Ich denke, du hast sie nur kurz gesehen?«

»Ja, aber zweimal.«

»Trotzdem. Ohne ihr Gesicht zu sehen, kannst du gar nichts behaupten. Außerdem, was soll das beweisen?«

»Dass hier was nicht stimmt!«

»Oh mein Gott!« Amanda schlug die Augen zur Decke. »Fängst du schon wieder an?«

»Ich fang überhaupt nicht wieder an! Aber ist es nicht seltsam, wenn eine alte Frau, die gerade aus der Reha-Klinik kommt und so klapprig ist, dass sie sich nicht mal Brötchen holen kann, zarte, glatte Hände mit ultrablau lackierten Fingernägeln und einem Dutzend scharfer Silberringe hat?«

Isy wischte sich eine widerspenstige Strähne aus ihrem Gesicht. Amandas Begriffsstutzigkeit machte sie wütend.

»Merkst du nicht, was hier abgeht? Dein berühmter Regisseur spinnt lauwarm! Der hat keine Omi. Der hat eine Geliebte. Und die ist morgens zu müde sich die Brötchen zu holen. Oder er hält sie ... geheim.«

»Du meinst, als Sexsklavin?« Amanda kicherte begeistert.

»Keine Ahnung. Auf alle Fälle will er uns für dumm verkaufen. Ausgerechnet der! Weißt du noch, wie er sich über uns lustig gemacht hat?«

Isy holte tief Luft. »Ich finde, wir sollten diesem Scheinheiligen eins auswischen!«

Eine Weile war es still in der Diele. Dann hob Amanda zögernd den Kopf. »Und wenn du dich nun irrst?«

»Ich irr mich nicht. Aber bitte überprüfe es ruhig morgen selbst! Und eh ich es vergesse: Herr Rimpau landet morgen 11:22 Uhr in Tegel. Da müssen wir hin!«

»Meinst du, dafür ist Zeit?«, fragte Amanda skeptisch. Dann ließ sie ein brenzliger Geruch an den Herd eilen. Isy hörte sie schimpfen und in der Pfanne stochern.

Sie wollte gerade den Staubsauger wieder zurück in die Kammer bringen, als sie plötzlich ein leises kratzendes Geräusch an der Wohnungstür vernahm. Oha! Da hatte wohl einer den falschen Schlüssel? Ehe sich es die Freundin versah, hatte Isy die heiße Pfanne vom Herd gerissen und Amandas Wantans auf einen Teller gekippt. Dann begab sie sich, wild die Pfanne schwenkend, zur Wohnungstür und öffnete sie mit einem Ruck.

Einen Augenblick starrte sie betroffen in ein blaues Augenpaar, bevor sie reflexartig zuschlug und die Person mit einem ungläubigen Lächeln zu Boden ging.

»Es ist Janho!«, meldete sie der versteinerten Amanda. »Bring mal Wasser!«

»Gibt es in diesen Ferien vielleicht mal ei... einen Tag o... ohne Stress?«, stammelte die.

Doch als sie mit dem Becher in der zitternden Hand erschien, hatte Janho schon die Augen aufgeschlagen. Benommen sah er sich um. »Wo bin ich?«

»Im Himmel!«, spottete Isy. »Willkommen bei den Engeln!« Dann wurde ihr Ton schärfer. »Was willst du hier?«

»Sagt lieber, was ihr hier wollt?«, stöhnte der Junge. »Hier wohnt meine Tante. Ich bin Janho von Leinungen. Kennen wir uns?«

»Klar kennen wir uns. Bloß dass du der miese Neffe bist, ist uns neu.« Amanda zeigte ihr charmantestes Lächeln, während Alfredo Janhos Schuhe beschnupperte.

»Meine Tante erzählt viel, wenn der Tag lang ist!« Janho erhob sich und befühlte die rote Stelle an seiner Stirn. »Ganz schön heißer Empfang! Ich nehme an, ihr füttert die Katzen, weil sie wieder mal in der Brinkenbühl-Mühle auf Mörderjagd ist.«

»Was hast du gegen Cluedo?«

»Nichts. Ich hab es ihr ja beigebracht. Aber inzwischen ist ihre Spielleidenschaft voll krass geworden. Sie und die anderen Tattergreise haben sich auf irgendeinem vorpommerschen Acker sogar die Cluedo-Villa nachgebaut.«

»Ist ihnen auch gelungen«, bestätigte Amanda. »Voll cool!«

»Und deine Tante blüht richtig auf!«, fügte Isy hinzu. Neugierig musterte sie den Eindringling. Ob der wirklich auf Drogen stand? Auf jeden Fall sah er ziemlich verschärft aus. Sogar jetzt, wo ihm ein heller Blutsfaden aus der Nase rann.

Verlegen suchte er nach einem Taschentuch.

»Sorry, das hab ich öfter. Manchmal sogar recht

heftig. Ist eben mein blaues Blut!« Janho grinste. »Wozu tragt ihr eigentlich diese abartigen Kostüme?«

»Das ist die Dienstkleidung für Urlaubsengel. Deine Tante kommt übrigens nächste Woche zurück.«

»Super. Kann ich ihr ja noch Blümchen hinstellen.«

Die Mädchen wechselten einen Blick.

»Das wird nicht gehen. Wir haben nämlich das Schloss ausgewechselt. Einer der Verwandten hat hier letzte Woche was gesucht und sich dann in der Kammer versteckt, als wir kamen.« Isy lächelte honigsüß. »Natürlich haben wir alles wieder aufgeräumt und auch das Blut im Bad weggewischt. Ich wette, es war blaues. Vielleicht hatte der Verwandte ja auch plötzlich heftiges Nasenbluten gekriegt?«

Wenn sie gehofft hatte irgendeine Spur von Verlegenheit auf dem Gesicht des Jungen zu entdecken, hatte sie sich geirrt. Janho von Leinungen war ein total abgecheckter Typ!

»Schon möglich«, räumte er ein. »Eine gewisse Neugier und spontanes Nasenbluten liegen ja bei uns in der Familie. Aber ist es denn sicher, dass es ein Verwandter war?«

Selbst als sie schon längst in anderen Haushalten tätig waren, beschäftigte sie dieser Janho immer noch.

»Was für eine Coolness!«, sagte Amanda bewundernd, während sie Frau Knosallas Teebüchse mit neuen Teebeuteln füllte. »Wetten, dass der jetzt grübelt, wer wir sind?«

»Bestimmt! Der platzt vor Neugier.«

»Wie bist du überhaupt auf Janho gekommen?«

»Instinkt«, sagte Isy bescheiden. »Jetzt muss ich nur noch wissen, was er gesucht hat.«

»Ich nicht. Das kann uns doch piepegal sein.«

Isy aber dachte, dass ihr das keineswegs egal war. Genauso wenig wie das geheimnisvolle Wesen, dem sie seit einer Woche morgens frische Brötchen an die Tür hängten. Wer sich auch immer hinter Wolfram B. Brauns dottergelber Tür verbarg: Morgen früh würde sie sein Geheimnis lüften!

— **17** —

Der Nachtflug 116 von New York nach Frankfurt am Main war ein Flug wie jeder andere und nichts deutete darauf hin, dass es um 2:44 Uhr mitteleuropäischer Zeit über dem dunklen Schatten des Atlantiks an Bord der amerikanischen Boeing zu einer erzwungenen Kursänderung kommen würde.

Der Grund dafür war ein hübsches, mit lavendelblauer Seide bespanntes Kästchen unter dem Fenstersitz, vierte Reihe links, Economy Class, das statt der üblichen drei Stück oval geformter englischer Badeseife eine winzige tickende Zeitbombe enthielt.

Natürlich konnte zu diesem Zeitpunkt niemand mit Sicherheit sagen, ob es sich um eine Bombe oder nur um eine Attrappe handelte, aber der Kapitän der Boeing, der 42-jährige Ronald W. Smith, auf den in Queens, New York, eine Frau, eine Tochter und ein Labrador namens Duke warteten, war darauf geschult, nicht zu neugierig zu sein.

Isy erfuhr von dem Zwischenfall beim Zähneputzen.

Benedikt, den das hartnäckige Läuten aus süßen Träumen gerissen hatte, war der wütende Überbringer des Telefonhörers gewesen, aus dem Amanda mit sich überschlagender Stimme »Hast du schon gehört? Herr Rimpau ist entführt worden!« schrie.

Das war vor knapp einer Stunde gewesen. Nun standen sie auf dem Flughafen Berlin-Tegel, wo der Autor in genau zehn Stunden und 22 Minuten nach seinem Abflug aus New York via Frankfurt am Main wieder hätte landen sollen, und stemmten sich auf dem Weg in die schützende Eingangshalle gegen den böig auffrischenden Wind.

Wie Isy vermutet hatte, war das Flughafengebäude kaum von der Presse belagert.

Der wahre Mediensturm tobte zur selben Zeit auf den Flughäfen von New York und Frankfurt am Main. Dort rissen sich die Reporter um die neuesten Informationen von der Boeing, die einsam im heißen Wüstenwind auf dem Flughafen von Riad stand, derweil ihr silbern blinkender Rumpf in den Fadenkreuzen schwarz maskierter, arabischer Scharfschützen lag.

Hier tobten nur die Kinder von Familien, die noch schnell ein paar Last-Minute-Ferientage in der Sonne erhaschen wollten, unter den Augen ihrer genervten Mütter durch die Abfertigungshalle.

Nach einem Augenblick des Zögerns, in dem sie rasch überschlugen, an wen sie sich wenden sollten, gingen sie zu einem der Abfertigungsschalter, an denen Mitarbeiter des Bodenpersonals geduldig Bordkarten ausstellten oder Passagieren behilflich waren ihr Gepäck auf die Waagen zu stellen.

Eine junge Frau mit blauen Ohrclips und solariumgebräuntem Teint hörte ihnen aufmerksam zu. Dann wies sie zum Ende der Abfertigungshalle.

»An der Information kann man Ihnen weiterhelfen!«

Auf dem Weg zum Informationsschalter kamen sie an kleinen Läden mit Zeitungen, Geschenk- und Kosmetikartikeln vorbei. Aus der Tür eines Blumengeschäftes streifte sie der erdige Geruch von Grünpflanzen und frischen Chrysanthemen. Hier hatten sie eigentlich eine Rose für Herrn Rimpau erstehen wollen, eine lange gelbe, mit etwas Grün, die Amanda großzügig spendieren wollte. Vielleicht hatte ja Ruky endlich mit dem Abzahlen seiner Schulden begonnen. Bis jetzt war sein Name allerdings noch nicht gefallen. Noch immer schützte die Freundin den Schuft!

»Vielleicht hat er ja das Flugzeug verpasst?«, murmelte Amanda schon zum dritten Male hoffnungsvoll, doch Isy schwieg. Sie konnte nicht glauben, dass der Schriftsteller den Flieger versäumt hatte. Herr Rimpau war einer, der eher zu früh kam als zu spät.

Der Informationsschalter war dicht umringt. Bei

einigen verschreckten und besorgten Gesichtern ließ sich ahnen, dass es sich um Verwandte, Bekannte oder Freunde der deutschen Passagiere in der entführten Boeing handelte. Andere Mienen verrieten eher professionelles Interesse an dem Entführungsfall. Ihre Besitzer warteten auf neue Informationen oder die Gelegenheit für aufwühlende, herzzerreißende Interviews für ihre Leserschaft.

Nach einem dezent abwägenden Blick auf ihr Outfit erkundigte sich eine ältere Frau vom Flughafenpersonal nach ihrem Anliegen.

»Es geht um Herrn Rimpau, den Schriftsteller!«, raunte Isy so vertraulich, als wäre sie überzeugt, dass die Dame von Herrn Rimpaus spezieller beruflicher Tätigkeit nicht nur wüsste, sondern ihn sogar zu ihren Lieblingsautoren zählte. »Er war eine Woche in New York und sollte heute Vormittag über Frankfurt hier in Tegel landen.«

»Sind Sie Angehörige?«

»Ja, das heißt, nein. Nur er hier!« Isy zeigte auf Alfredo und die Frau lächelte.

»Tut mir leid, aber in diesem Fall darf ich Ihnen keine Auskunft geben.«

»Können Sie uns nicht wenigstens verraten, ob er an Bord ist?«, drängte Amanda, doch die Flughafenangestellte schüttelte mitleidig lächelnd den Kopf.

»Ich kann zwar in die Passagierliste schauen, aber ich darf Ihnen keine Auskunft erteilen. Bedaure.«

»Aber wir machen uns Sorgen um ihn!«, empörte sich Amanda.

»Bedaure!«, wiederholte die Frau mit diesem mitleidigen Lächeln, das wie festgehakt zwischen ihren Kiefern saß. »Wir haben unsere Vorschriften.«

»Da ist nix zu machen«, sagte Isy und gab Amanda einen Schubs. »Komm!«

Niedergeschlagen wandten sie sich zum Ausgang, als sie plötzlich gerufen wurden. Es war der Mann mit dem Bürstenschnitt, der am Informationsschalter direkt neben ihnen gestanden hatte. Sie hatten ihn für einen Angehörigen gehalten.

»Entschuldigt bitte. Habe ich da richtig gehört? Herr Rimpau befindet sich in der Maschine? Der Krimiautor Patrick Mortimer Rimpau?«

»Ja, aber wer sind Sie denn?«, fragte Isy erstaunt.

»Jo Schreiber ist mein Name. Wie der Name, so der Beruf.« Der Mann grinste und hielt ihnen seinen Presseausweis unter die Nase. Er kam von einem Berliner Abendblatt.

»Rimpau war also in New York? Und ihr habt in der Zwischenzeit seinen Hund gehütet?« Sie konnten gar nicht so schnell nicken, wie der Mann fragte. »Ist seine Frau auch an Bord?«

»Nein. Die ist in Rom.«

Herr Schreiber sah sich um und deutete Richtung Kaffeebar. »Wisst ihr was, Mädels? Wir machen ein Interview! Ich lade euch ein. Tasse Kaffee, Stückchen Kuchen oder lieber ein knackiges Brötchen dazu?«

Brötchen? Das Stichwort! Entsetzt sahen sie sich an. Sie hatten die Oma vergessen!

Herrn Rimpaus Entführung hatte alles total durcheinandergebracht.

»Vielen Dank, aber das geht leider nicht«, erklärte Isy hastig. »Wir müssen sofort los.«

»Und das Foto?«, rief Jo Schreiber. »Wir brauchen doch ein Foto von euch! Mit Rimpaus Hund.«

Wie aus dem Boden gewachsen stand plötzlich ein Fotograf vor ihnen und zückte die Kamera. Von wegen ein Foto! Der Typ schoss mindestens zehn. Und während sein Kumpel den Auslöser drückte, klappte Jo sein Notizbuch auf. »Eure Namen und euer Alter, schnell! Und erklärt mal für die Leser, warum ihr so extreme Klamotten tragt?«

»Ich heiße Julia Roberts!«, rief Isy.

»Und ich bin Madonna!«, schrie Amanda. »Wir sind Berlins heißeste Urlaubsengel!«

Dann rannten sie prustend davon. Erst im Bus wurde ihnen klar, was geschehen war. Sie hatten sich fotografieren lassen! Heute Abend würde ganz Berlin ihre Gesichter im Abendblatt sehen. Wie hatten sie bloß so leichtsinnig sein können?

»Meine Eltern!«, stöhnte Amanda.

»Und unsere Klasse erst!«, jammerte Isy. »Da heißt es doch gleich wieder, ja, diese Katastrophenweiber!« Doch dann hellte sich ihre Miene auf. »Was machen wir uns eigentlich einen Kopf? Auf den Fotos können doch höchstens zwei Engel zu sehen sein. Wer soll denn darauf kommen, dass wir das sind?«

Das stimmte. Wieder einmal hatten sie den schützenden Aspekt ihrer Verkleidung nicht bedacht. Was aber machten sie mit der Oma? Es war gleich halb zehn und um diese Zeit hatte kein Bäcker mehr frische Brötchen. Am besten, sie gingen gleich in den Supermarkt.

Im Supermarkt stellte sich Isy zwischen gemächlichen Rentnern und nervösen Müttern am Backstand an, während sich Amanda um die Milch kümmerte. Als sie wieder bei Isy erschien, musterte die erstaunt ihre pralle Einkaufstüte. »Was ist denn da drin?«

Statt einer Antwort ließ Amanda sie hineinschauen. Isy sah auf zwei Milchflaschen und die orangefarbene, genarbte Haut eines mittelgroßen Kürbisses, der Nummer drei.

»Übermorgen ist Pioschlecks Sendung!«, erklärte die Freundin bedeutungsvoll.

Dann eilten sie zu dem Hochhaus, in dem eine alte Frau schon seit zwei Stunden auf ihr Frühstück wartete. Oder war es gar keine alte?

Zu ihrem Erstaunen bemerkte Isy, dass es ihr plötzlich ziemlich schnuppe war, wer die Brötchen verdrückte. Die Sorge um Herrn Rimpau hatte alles andere unwichtig gemacht. In ein paar Tagen würde der Regisseur ohnehin von seinem Dreh zurück sein und seine Frühstücksbrötchen wieder selber holen. Hoffentlich waren Herr Rimpau und die anderen Geiseln bis dahin glücklich befreit.

»Sollen wir klingeln und uns entschuldigen?«, fragte Amanda, als der Aufzug mit ihnen in den elften Stock glitt.

»Lieber nicht. Womöglich sollen wir dann noch reinkommen und Bridge mit ihr spielen, wo wir heute gar keine Zeit haben«, wehrte Isy ab. »Ich hab ein Stück Kirschkuchen extra genommen. Das reicht bestimmt als Entschuldigung.«

»Also bloß Beutel anhängen und abhauen!«, murmelte Amanda zufrieden.

Sie verließen den Lift und schlichen zur Nummer 1101. Auf dem grünen Fußabtreter vor der dottergelben Tür war wie immer kein Krümelchen zu entdecken. Einen Augenblick legte Isy das Ohr an die Tür und lauschte. In der Wohnung war es mäuschenstill. Dann hängte sie den Beutel an den verchromten Knauf. Das war erledigt. Nun konnten sie gehen. Die anderen warteten schon dringend.

»Zu Wolodja?«, schlug sie gerade vor, als sich hinter ihnen geräuschlos die Tür mit der Nummer 1101 öffnete und eine Hand nach den Brötchen tastete. Schnell legte Isy den Finger an die Lippen und zog Amanda zurück. Dabei zeigte sie stumm auf die Hand. Gut, dass es Amanda endlich einmal selber sah. War das die Hand einer alten Frau, he?

Auch Amanda starrte ungläubig auf die zarte Hand mit den blau lackierten Nägeln, den silbern blitzenden Ringen und auf das blau-gelbe Freundschaftsband, das heute den schmalen Arm zierte. Isy mühte sich, ein aufsteigendes Kichern zu unterdrücken. Das Band war die Messe!

Wirklich eine flotte Omi, die der Herr Braun da hatte! Eine Großmutter mit blau-gelbem Freundschaftsband ... Blau-gelb? Moment mal! Wo hatte sie das erst kürzlich gehört? War das nicht in der Schule gewesen?

Noch bevor Isys entsetzter Kopf den atemberau-
benden Verdacht richtig begriffen hatte, packte sie
auch schon zu. Fest wie zwei Klammern umspann-
ten ihre Finger die fremde Hand. Dem Schmer-
zensschrei folgte ein erschrockenes Gesicht. Es war
genau das Gesicht, das Isy seit drei Sekunden erwartet hatte.

»Hallo, Josepha!«, sagte sie freundlich. »Dürfen
wir reinkommen?«

— 18 —

Einmal, es mochte drei Jahre her sein, verabschie-
dete sich Isy an einem beißend kalten Dezember-
morgen unter dem Vorwand von ihrer Mutter, ihre vergessenen Handschuhe zu holen, und lief in
die Wohnung zurück.

Sie eilte die Treppen hoch, riss die Wohnungstür
auf, stürmte ins Schlafzimmer und ertastete den
Schlüssel auf dem Kleiderschrank. Dann schob sie
ihn mit Herzklopfen ins Schloss. Der ersehnte Moment war gekommen. Vor ihr lag der weihnacht-
liche Päckchenberg! Natürlich wollte Isy die Päckchen nicht öffnen, denn ein Heiliger Abend ohne
Überraschungen hätte ihr ja keinen Spaß gemacht.
Nur ein bisschen abtasten wollte sie die Pakete, ihre Geheimnisse erfühlen und dennoch bis zuletzt
im knisternd spannend Ungewissen bleiben.

Kaum aber hatte sie das erste Päckchen berührt,
als sich plötzlich eine schwere Hand auf ihre Schulter legte. Der Schreck war unbeschreiblich und nie

hatte Isy einen Menschen entsetzter angeblickt als ihren Nachbarn, den die sperrangelweit geöffnete Wohnungstür beunruhigt hatte und der nun nach dem Rechten schauen wollte.

An diesen schreckerfüllten Moment musste Isy jetzt denken, als sie die Angst in Josephas geweiteten Augen sah.

»Wer seid ihr?«

»Isy und Amanda aus der 7b!«

»Die Katastrophenweiber?« Ungläubig wich Josepha ins Wohnzimmer zurück.

»Dieselben!« Isy riss sich die Perücke vom Kopf. »Was tust du hier? Weißt du, dass dich die ganze Stadt sucht? Es läuft eine gigantische Fahndung nach dir!«

»Mit Bundeswehrtornados und Hundestaffeln! Während du seelenruhig unsere Brötchen mampfst.«

Amanda starrte Josepha noch immer wie einen Geist an. »Deine Mutter macht sich Riesensorgen um dich!«

Josepha biss sich stumm auf die Lippe.

»Erzähl schon!«, forderte Isy. »Was läuft hier? Wir wollen dir doch bloß helfen!«

»Wenn ihr mir wirklich helfen wollt, dann haut ab!«

Hatte man dafür Töne? Fassungslos starrten sie das Mädchen im blauen Pyjama an.

Wollte Josepha tatsächlich, dass sie wieder gingen? Oder stand sie unter Schock?

»Du bist frei, Josepha!«, beteuerte Isy. »Du kannst nach Hause gehen. Jetzt, sofort!«

»Wir liefern dich persönlich bei deiner Mutter ab!«, versicherte Amanda. »Sie hat nämlich eine Belohnung ausgesetzt.«

»Haut ab!«, wiederholte Josepha. »Hört ihr schwer? Ihr macht nur alles kaputt!«

Einen Moment herrschte verwirrtes Schweigen. Wieso sollten sie abhauen? Und was machten sie kaputt? Dann polterte etwas dumpf zu Boden. Es war die Tüte mit dem Kürbis. Amanda ließ sich in den Ledersessel des Regisseurs fallen.

»Weiß Herr Braun überhaupt, dass du in seiner Wohnung steckst?«, fragte sie erbost.

»Klar weiß er es!«, sagte Isy verächtlich. »Merkst du nicht, dass die gemeinsame Sache machen? Du musst dich endlich von dem Gedanken an eine Filmkarriere trennen, Amanda! Sie erpressen ihre Mutter. Dein angebeteter Regisseur ist ein Gangster!«

Sie musterte das grüne Sofa, auf dem es sich Alfredo gemütlich gemacht hatte. Es war mit Kissen und Decken belegt. Kein Zweifel, dass es Josephas Lager war.

Wolfram B. Braun ein Gangster? Amanda schluckte. »Das glaub ich nicht!«

»Dann frag sie doch! Vielleicht macht sie ja endlich mal den Mund auf?«

Josepha aber dachte gar nicht daran. Sie hatte sich in einen Morgenrock gehüllt und starrte aus dem Fenster. Ihre hübschen Augen wirkten glanzlos und matt. Erst jetzt fiel Isy auf, dass Josepha krank aussah. Es musste anstrengend gewesen sein, so isoliert zu leben. »Fehlt dir was? Brauchst du einen Arzt?«

Doch Isys Worte prallten an ihr ab. Die aber gab nicht auf. »Die Polizei glaubt, dass du verschleppt wurdest und dass man dich gefangen hält. Aber du bist keine Gefangene. Die Tür ist ja offen.«

»Alle Schüler haben in den Ferien dein Foto verteilt und Plakate geklebt!«, mischte sich Amanda ein. »Bei Regen und Sturm. Ich hab mir gleich eine Erkältung geholt.«

Sie hustete ein wenig dramatisch zur Bestätigung. Enttäuscht musste sie feststellen, dass Josepha keineswegs in Mitleid ausbrach.

Inzwischen musterte Isy neugierig den Stapel Bücher neben dem Sofa. Wär ja mal interessant zu wissen, was die so las.

»Sieh mal an! Du scheinst eine Leseratte wie ich zu sein. Hast du die alle durch?«

»Nicht nur einmal. Sonst wär mir wohl die Decke auf den Kopf gefallen!«

Amanda zeigte auf die Brötchen. »Sag bloß, du hast außer unseren Brötchen nichts gegessen?«, forschte sie mit neidvollem Blick auf die schmale Figur des Mädchens.

»Ich brauch nicht viel. Eine Küche gibt's hier nicht mehr und gegen Konservierungsstoffe bin ich allergisch. Aber die Brötchen und die Milch waren schon okay. Heute ist ja sogar ein Stück Kirschkuchen dabei.« Josepha nahm einen Zug von ihrer Zigarette. »Ich glaube, dass man damit auskommen kann. Für eine gewisse Zeit jedenfalls.«

»Was weißt du eigentlich über deinen Entführer?«, fragte Isy, aber Josepha wandte ihr sofort demonstrativ den Rücken zu.

So kamen sie jedenfalls nicht weiter. Vielleicht half ja ein Trick?

»Los, Amanda, ruf Kommissar Rose an!«, verlangte Isy. »Du hast ja die Nummer!«

»Ähh?«, grunzte Amanda verdutzt.

Josepha aber fuhr zusammen wie vor einem Schlag.

»Keine Polizei!«, flüsterte sie entsetzt. »Keine Polizei! Bitte!«

»Wie du willst.« Isy nickte zufrieden. »Aber dann pack aus! Wir haben nicht viel Zeit. Und mach mal das Fenster auf. Du brauchst hier dringend frische Luft!«

»Geht nicht. Nur nachts. Mich ... mich darf niemand sehen.«

»Also gibst du zu, dass du mit Wolfram B. Braun gemeinsame Sache machst?«

»Wer ist das?«

»Ein berühmter Regisseur!«, antwortete Amanda wie aus der Pistole geschossen.

»Er behauptet, hier zu wohnen«, erklärte Isy. »Groß, braune Haare, Anfang vierzig!«

»Aber das ist Lothar! Lothar Loll.«

Sie erfuhren, dass Josepha diesen Lothar durch einen Zufall im Waschkeller in ihrem Haus kennengelernt hatte. Er hatte den Nachbarautomaten belegt und sie kamen bei einer Zigarette ins Gespräch. Als sie erfuhr, dass er auch noch ihre Heimat kannte und liebte, gewann er ihr Vertrauen, und als sie ihm von ihrem sehnlichsten Wunsch erzählte, bei ihrem Vater zu leben, hatte er eine Idee, die es ihrer Mutter unmöglich machen würde, sie

ein drittes Mal von der Polizei aus Bosnien zurück-
holen zu lassen.

Er schlug ihr vor, spurlos zu verschwinden, und
quartierte sie in halb ausgeräumte Wohnungen
ein, wo er sie mit allem versorgte. Dort hätte sie
nicht so spartanisch gelebt. Nur für die letzten Wochen habe er den Urlaubsservice mit den Brötchen
gemietet, da er nach Bosnien fliegen und mit ihrem
Vater Kontakt aufnehmen wollte.

»Er hat gesagt: ›Keine Angst, es sind zwei kleine
Mädchen, die sich für superschlau halten. Die werden uns bestimmt nicht gefährlich!‹« Josepha lächelte entschuldigend.

Das hatte er wirklich gesagt? Dieser Mistkerl!
Nicht ohne Genugtuung sah Isy, wie sich Amanda
am Schreibtisch geranienrot verfärbte.

»Halloween ist er zurück. Dann krieg ich in Pa-
ris alles neu: Papiere, Frisur, Haarfarbe, Lippen und
Nase! Dann erkennt mich keiner mehr!«

»Eine neue Nase? Das ist ja die Kelle!«, stieß
Amanda hervor, aber Isy tippte sich an die Stirn.

»Und wer bezahlt die Knete dafür? Ist dieser Lothar vielleicht Millionär?«

»Mach dir darüber keine Sorgen. Er kriegt noch
Geld von einem Kumpel.« Josepha spielte nervös
mit ihrem blau-gelben Freundschaftsband. »Eigentlich schuldet mir ja Janho noch was. Aber Lothar
sagt, dass mein Papa die Hälfte der Kosten über-
nimmt.«

»Das würde ich ihn lieber erst mal selber fragen.«

»Er ist umgezogen. Ich weiß im Augenblick
nicht, wo er wohnt.«

»Aber ich. Bei deiner Mutter in Berlin.«

Josephas Lippen kräuselten sich verächtlich.

»Josepha!«, drängte Isy. »Wach endlich auf! Gibt's hier eigentlich ein Telefon?«

»Weg. Auch die Küche ist schon ausgeräumt. Bis auf das Zimmer hier ist alles leer.«

»Das passt!«, knurrte Isy. »Fernseher oder Radio gibt's natürlich auch nicht. Und weißt du, warum? Damit du deine Eltern nicht im Fernsehen heulen sehen kannst!«

»Deine Mutter ist sauer, weil dein Retter von ihrer halben Million Euro die Hälfte verlangt!«, fügte Amanda hinzu. »So steht es jedenfalls in allen Zeitungen!«

Josephas Lachen klang unerwartet schrill. Hastig zündete sie sich eine neue Zigarette an. »Eine halbe Million Euro? Soll das ein Witz sein? Wir haben nichts! Wir sind normale Gastarbeiter. Schon deshalb stimmt eure Geschichte nicht!«

»Unsere Geschichte stimmt. Deine Mutter hat im Frühjahr ein Haus geerbt.«

»Das alte Haus von Tante Olga? Das war doch nichts wert!«

»Denkst du!« Isy warf einen Blick auf die Uhr. Ihre anderen Haushalte warteten! Trotzdem zwang sie sich zur Geduld, bis Josepha die Situation zu akzeptieren begann.

»Ich hab ihn doch nur durch Zufall kennengelernt!«, murmelte die verstört. »Er hatte rein zufällig den Waschautomaten neben mir.«

»Zufälle kann man arrangieren.« Isy nahm Josephas Hand. »Das steht in jedem Krimi. Er wusste genau, wann du in den Waschkeller gehst, Josepha. Er wusste alles von dir!«

Abrupt stand das Mädchen auf. »Kann ich irgendwie meinen Vater sprechen?«

»Hier!« Amandas rosa Handy segelte durch die Luft, aber Isy fing es gerade noch ab.

»Bist du wahnsinnig? Die haben Fangschaltung! Willst du die Bullen auf dem Hals?«

»Warum nicht?« Amanda hatte ihre Kosmetik ausgepackt und malte sich die Lippen neu. »Denk mal an die Belohnung! Außerdem haben wir Josepha nicht entführt, sondern gefunden. Die Polizei kann uns ewig dankbar sein.«

»Ihr habt versprochen, keine Polizei!«, protestierte Josepha.

Isy nickte. »Alles klar. Ich bin jedenfalls nicht scharf darauf, der Polizei und unseren Eltern zu erzählen, was wir hier in der Wohnung wollten. Dann müssten wir ihnen nämlich eine ganze Menge erklären und besonders du, Amanda!«

»Und das Geld?«, schrie die erbost. »Heißt das, wir können das jetzt vergessen?!«

»Hast du keine anderen Sorgen? Erst mal muss Josepha in Sicherheit!«

»Warum geht Josepha denn nicht einfach nach Hause?«

»Was soll ich denn meiner Mutter sagen?«, flüsterte die niedergeschlagen. »Außerdem weiß er, wo ich wohne. Wenn das alles stimmt, dann ...«

»Sie hat Recht. Sie ist Zeugin! Darum ist es besser, sie geht heute nicht nach Hause«, entschied Isy. »Wir verstecken sie, solange der Kerl auf freiem

Fuß ist. Wann seid ihr verabredet? Wir sollten dich noch bis Halloween versorgen.«

Josepha nickte. »Er kommt an Halloween gegen vier. Vorher darf ich keinem öffnen!«

»Gut, dann schnappen wir ihn uns eben an Halloween!«

»Wir?«, fragte Amanda entsetzt.

»Ja, wir, die kleinen Mädchen, die sich für superschlau halten und ihm nicht gefährlich werden können. Wetten, dass er seine Meinung ändert, wenn wir ihn erst mal Dr. Rose als verfrühtes Weihnachtsgeschenk präsentieren?« Isy grinste wie ein Honigkuchenpferd. »Bis dahin muss Josepha in einer der Wohnungen untertauchen!«

»Und wie stellst du dir das vor? Die ersten Mieter kommen heute zurück!«

»Einer kommt mit Sicherheit nicht zurück. Der muss nämlich seine Sendung mit der Kürbistarte für eine gewisse Amanda Bornstein vorbereiten!«

»Nicht Pios Wohnung!«, rief Amanda entrüstet. »Eher platzt der Mond!«

— 19 —

Der Mond ging an diesem Abend sehr früh auf. Er hing wie eine dicke rosige Pampelmuse über Charlottenburg und war kein bisschen geplatzt.

Otti und Lotti waren endlich satt. Zufrieden streckten sie die Glieder. So lange hatten sie noch nie auf ihr Futter und ihre Streicheleinheiten warten müssen.

Erschöpft kraulte Isy die weichen Katzenbäuche. Die Aufregung um Herrn Rimpau, der Schock mit Josepha und schließlich die Zankereien mit Amanda, die Josepha partout nicht in Professor Pioschlecks Studio lassen wollte, hatten sie zermürbt.

»Die qualmt ihm doch bloß die Bude voll!«, behauptete Amanda empört.

Erst nachdem Josepha ihr Ehrenwort gegeben hatte, nicht in der fremden Wohnung zu rauchen, hatten sie sich auf eine Nacht geeinigt. Für die nächste mussten sie sich etwas Neues einfallen lassen. Im Grunde hatte Amanda ja Recht, dass es nicht okay war, das Vertrauen ihrer Kunden zu missbrauchen.

Langsam wächst uns das alles über den Kopf, dachte Isy beklommen. Die Sache mit Josepha war so heikel, dass es einem den Atem verschlagen konnte! Da suchte die ganze Stadt nach diesem Mädchen und sie wussten, wo Josepha war. Da warteten Eltern verzweifelt auf ein Lebenszeichen ihres Kindes und sie ließen sie im Ungewissen. Konnten sie das überhaupt noch verantworten? Den ganzen Tag hatten sie darüber leidenschaftlich gestritten.

Zuerst auf dem Weg zu dem Penthouse, in dem Professor Pioschleck wohnte, derweil Josepha mit Amandas Perücke, Brille und Umhang bis zur Unkenntlichkeit verkleidet, stumm zwischen ihnen in der S-Bahn hockte. Später bei Wolodja in Wilmersdorf, bei Gottfried in Karlshorst und im Wintergarten in Britz. Auch als sie der gepanzerten Leila ein letztes Mal ihr Frühstück gaben und für Max mit

Lippenstift ein knallrotes »Herzlich willkommen! Räum mal deine Socken weg!« an den Flurspiegel malten oder als sie zu dem kleinen gelben Fred nach Neukölln fuhren, war das Thema immer wieder hochgekommen.

Nun aber, in Frau von Leinungens Küche, umhüllt von dem würzigen Duft des Chopsuey, waren sie zu müde für weiteren Streit.

»Dieser Rose wird uns stechen!«, prophezeite Amanda düster. »Alle werden es tun.«

Sie kratzte in dem halb leeren Wok. »Die Katzen schaffen es heute nicht. Willst du?«

Isy wollte. Redlich teilten sie den Rest zwischen sich auf.

»Lecker!«, lobte Isy. »Ich glaube, ich war noch nie in einem Chinarestaurant. Wir gehen überhaupt nicht viel essen. Alles kann man sich nicht leisten, sagen meine Eltern.«

»Bald kannst du dir alles gönnen!«, versprach Amanda strahlend. Eine Weile genossen sie die Eintracht zwischen sich.

Dann murmelte Isy fast beschwörend: »Hab bloß kein schlechtes Gewissen, Mandi! Was wir jetzt tun, wird so lange mies in den Augen anderer sein, bis wir damit Erfolg haben. Dann wird jeder sagen, er hätte es genauso gemacht.« Sie musterte das betrübte Gesicht der Freundin. »Ich weiß, was du denkst. Wenn wir Josepha heute früh nach Hause geschickt hätten, wären jetzt alle happy und der Polizeipräsident würde uns die Hand schütteln. Dieser Lothar aber wäre für immer abgetaucht!«

»Aber ich könnte heute schon den Kochkurs be-

zahlen!« Amanda spielte nervös mit der Gabel.
»Was ich nicht verstehe. Ein Regisseur, der mit
Maximilian Schell gedreht hat, der berühmt ist ...
Wieso hat der denn so was Fieses nötig?«

»Kapier doch endlich, Amanda, der ist kein Regisseur! Der dreht keine Filme. Der dreht bloß
krumme Dinger!«
Wider Willen mussten sie lachen.

Dann spülte Amanda das Geschirr ab und goss
die Küchenmyrte, während Isy die Wassernäpfe
füllte und die Jacken holte.

»Das Wichtigste ist, dass Josepha in Sicherheit
ist«, versicherte sie dabei. »Niemand kann uns später vorwerfen, dass wir leichtsinnig gehandelt haben. Wissen wir, ob wir Josepha nicht heute das Leben gerettet haben? Was, wenn dieser Schuft sie
gar nicht am Leben lassen wollte, wenn er sein Ziel
erreicht und ihre Mutter endlich gezahlt hatte?«

Entsetzt riss Amanda die Augen auf.

»Siehst du! Uns bleibt auf jeden Fall das Ver-
dienst, sie rechtzeitig gefunden und in Sicherheit
gebracht zu haben, egal was die anderen später me-
ckern! Wenn wir jetzt noch herausfinden, wieso
der Mann so viele leere Wohnungen kennt und
woher er von Frau Boskovs Erbschaft weiß, haben
wir ihn!«

»Wir fangen ihn aber auf keinen Fall allein!«,
bockte Amanda.

»Versprochen!« Erleichtert schloss Isy die Wohnungstür ab. Dann warteten sie zum letzten Mal an
diesem Tag auf einen Bus und fuhren durch den
flimmernden, schimmernden, brausenden Westen

Berlins in den etwas weniger flimmernden, schimmernden Osten der Stadt. Sie wollten sich gemeinsam die Tagesschau mit den neuesten Nachrichten von der Flugzeugentführung bei Isy ansehen. Den ganzen Tag hatten sie immer wieder Radio gehört, aber die Lage war unverändert ernst.

Kaum aber hatte Isy daheim die Wohnungstür aufgesperrt, öffnete sich schon geräuschlos die Tür des Nachbarn, der sie damals beim Stöbern gestört hatte.

»Hallo!«, grüßte er freundlich. »Niemand zu Haus heut? Ihr hattet nämlich Besuch.«

»Meine Eltern sind eingeladen und Benedikt ist auf Klassenfahrt. Wer war's denn?«

»Ein Mann. Groß, dunkles Haar, Anfang vierzig. Ein Bekannter von euch?«

»Vielleicht«, sagte Isy. »Vielen Dank!« Dann schlüpfte sie mit Amanda in die Wohnung, wo sie sofort den Fernseher einschalteten und sich auf die Couch warfen.

»Eurem Nachbarn entgeht wohl nichts?« Amanda grinste und Isy nickte in peinlicher Erinnerung.

»Er soll früher bei der Stasi gewesen sein. Jetzt langweilt er sich.«

Sie verschwand in der Küche, um was zum Knabbern zu holen. Mit Tacos und Kartoffelchips bewaffnet kehrte sie zurück.

Die Tagesschau hatte noch nicht begonnen und so betrachteten sie die rasch wechselnden Reklamebilder und knabberten die Snacks.

Isy dachte an Josepha und das blau-gelbe Freundschaftsband. Hatte sie es wirklich von Janho gekriegt? Und wieso schuldete er ihr Geld? Was mochte die verbinden?

Auf dem Bildschirm wechselte sich jetzt eine Werbung für Schmusewolle mit einer für Sicherheitstüren ab. Automatisch fiel Isy der fremde Besucher ein. Auch Amanda war beunruhigt. »Wer könnte das gewesen sein?«

»Null Ahnung ... 'n Bekannter von Benni vielleicht.«

»Sagtest du nicht, der ist auf Klassenfahrt?«

Stimmt, dachte Isy. Wie hatte der Nachbar den Mann noch gleich beschrieben?

»Du brauchst gar nicht deine kleinen grauen Zellen anzustrengen!« Nervös rutschte Amanda von der Couch. »Ich sage dir, das war er. Dunkelhaarig, groß, Anfang vierzig. Er hat deine Adresse herausgekriegt und will Josepha zurück!«

»Spinnst du? Wie soll er denn meine Adresse herausgekriegt haben? Er kennt ja nicht einmal meinen Namen. Das glaubst du doch selber nicht.«

»Doch, doch, das glaube ich!«, beharrte Amanda. Die Tacotüte fiel von ihrem Schoß und ihr Inhalt verstreute sich krümelnd auf dem Teppich.

»So einer ist zu allem fähig. Vielleicht hat er uns nachspioniert?«

Das erschien Isy zwar unwahrscheinlich, aber nicht unmöglich. 1 : 0 für Amanda.

»Du machst dich!«, sagte sie anerkennend. Dann schoben sie die schwere Kommode im Flur vor die Wohnungstür. Bis die Polizei eintraf, würde sie als Barriere allemal standhalten. Außerdem hatten sie ja noch Alfredo.

Die Tagesschau hatte schon begonnen, als sie in das Wohnzimmer zurückkehrten.

Silbern blinkend stand die Boeing auf dem saudiarabischen Flughafen. Sachlich teilte die Stimme des Nachrichtensprechers mit, dass die Regierung Saudi-Arabiens mit dem jemenitischen Hijacker in Verhandlungen getreten war. Stumm starrten sie auf den Bildschirm. Hinter einem dieser winzigen Fenster saß also Herr Rimpau. Was mochte er in diesem Augenblick tun? Dachte er an seine Familie, an seinen Hund? Sprach er den Geiseln flüsternd Mut zu oder machte er sich Notizen für einen neuen Krimi? Träumte er von seiner Rückkehr oder von einem Whisky mit Eis? Plante er vielleicht, den Entführer todesmutig zu entwaffnen, oder betete er nur still?

»Wir sollten eine Kerze für ihn anzünden!«, schlug Amanda vor.

Schweigend brachte Isy eine Haushaltskerze herbei und sie versuchten sie in Brand zu setzen, aber die Streichhölzer brachen entweder ab oder ihr Flämmchen erlosch, bevor es den Docht erreicht hatte. Endlich gelang es und sie stellten sich ergriffen vor die helle Flamme und zogen auch Alfredo in ihren Kreis.

»Auf eine glückliche Heimkehr!«, sagte Isy feierlich und ihre Stimme flackerte dabei wie das Licht. Amanda schluchzte auf. In diesem Moment läutete es schrill an der Tür.

Das Geräusch traf sie so unvermutet wie ein elektrischer Schlag. Entsetzt starrten sie einander an. Er war zurückgekommen!

Wie weggeblasen war plötzlich ihr Mut. Sie wagten kaum zu atmen. Ein, zwei Sekunden, die ihnen wie eine Ewigkeit erschienen, rührten sie sich nicht vom Fleck. Dann brachte sie Alfredos Bellen zur Besinnung. Ein Glück, dass er noch hier ist, dachte Isy. Ein Hund ist immer gut. Aber vielleicht war ja auch alles ganz harmlos? Auf Zehenspitzen schlichen sie in den Flur. Dort kletterte Isy mit Amandas Hilfe auf die Kommode und spähte durch den Spion.

»Kannst du was erkennen?«, wisperte Amanda.

»Ja!«, flüsterte Isy. »Eine maisgelbe Krawatte.«

»Maisgelbe Krawatte?« Amandas Gesicht färbte sich grün. »Das ist er, Isolde!«

Erneutes, hartnäckiges Klingeln ließ den Hund aufjaulen. Sein Gebell war kaum noch auszuhalten. Wie rasend kratzte er an der Kommode, um an die Tür zu kommen.

»Rufen wir die Polizei!«, sagte Isy entschlossen und griff zum Telefon. Doch erschreckt hielt sie mitten im Wählen inne. Was war das jetzt? Hatte sie eben richtig gehört?

Auf dem Flur vor der Tür war plötzlich Herrn Rimpaus vertraute Stimme zu vernehmen, die beruhigend auf den aufgeregten Hund einsprach.

»Ganz ruhig, Alfredo, mein Alter! Herrchen ist ja wieder da! Warum, zum Kuckuck, lassen mich denn die Mädchen nicht rein?«

20

Das ist eine Falle!, dachte Isy. Das kann gar nicht sein. Herr Rimpau sitzt doch im Flugzeug!

Doch noch bevor sie Amanda warnen konnte, krachte und splitterte schon die Wohnungstür und die schwere Kommode flog wie ein Spielzeug beiseite. Im Flur aber stand Wolfram B. Braun alias Lothar Loll mit seiner maisgelben Krawatte, den Finger am Abzug einer hässlichen Maschinenpistole. Er blickte sich um.

»Wo ist Josepha?«, fragte er kalt.

»Geh in Deckung, Amanda!«, schrie Isy und schrie und schrie und schrie.

Als sie die Augen aufschlug, saß ihre Mutter in einem bunt gemusterten Nachthemd an ihrem Bett und strich ihr beruhigend die Stirn. Das Nachtlicht brannte und Isy hörte ihren Vater in der Küche wirtschaften.

»Was ist passiert?«, fragte Isy verwirrt.

»Du hattest einen Albtraum, Liebling, und hast ganz laut geschrien. Papa kocht dir gerade einen Beruhigungstee.«

»Ich will keinen Beruhigungstee!« Isy richtete sich im Bett auf und starrte auf den leeren Bettvorleger. »Wo ist Alfredo?«

»Uns hast du erzählt, dass ihn Herr Rimpau gestern Abend abgeholt hat!«

»Wirklich?«

Ihre Mutter betrachtete sie besorgt. »Was hast du nur Schlimmes geträumt? Dir muss ja etwas ganz entsetzlich auf der Seele liegen!«

»Herr Braun stand plötzlich mit einer MP in unserem Flur und wollte Josepha zurück!«

»Wer ist denn Herr Braun?«

»Na, der Kidnapper.«

»Es geht also doch um das Mädchen, das vermisst wird?«

»Quatsch!« Isy ließ sich in die Kissen zurücksinken. Langsam wurde ihr Kopf klar. Auch die Erinnerung kam wieder. Das fehlte noch, dass sie ihrer Mutter jetzt eine Beichte ablegte!

»Das war doch alles bloß ein Traum, Mami. Den Mann gibt's doch gar nicht. Geh wieder schlafen!« Demonstrativ drehte sie sich auf ihre Einschlafseite und wartete darauf, dass ihre Mutter das Zimmer verließ.

»Hier sieht es aus!«, murmelte die und hob ein paar Bücher vom Boden auf. »Aber man ist ja immer unterwegs! Mit Augenringen wie Untertassen!«

Vorwurfsvoll klappte die Tür. Isy aber drehte sich wieder auf den Rücken und blinzelte in die Dunkelheit. Das war nun schon der zweite Albtraum. Diese Ferien hatten sich tatsächlich zu einem gigantischen Stress entwickelt. Wenn sie nur an Josepha und den Kidnapper dachte! Oder an Herrn Rimpau, der gestern Abend wie vom Himmel gefallen vor ihrer Tür gestanden hatte, groß, dunkles Haar und noch locker wie Anfang vierzig aussehend. Kein Wunder, wenn man da Albträume kriegte!

Natürlich hatte die Tatsache, dass sie erst eine schwere Kommode beiseitewuchten mussten, um ihn einzulassen, sofort sein Misstrauen geweckt. Doch Alfredos Freude und die Kerze, die im Wohnzimmer für ihn brannte, hatten ihn zutiefst bewegt und abgelenkt. Außerdem waren sie wie Moskitos mit ihren Fragen über ihn hergefallen. Wie kam es, dass er nicht in Riad im Flugzeug saß? Wo war er gewesen? Wann war er zurückgekehrt?

Tatsächlich war Herr Rimpau an diesem Vormittag wie verabredet um halb zwölf in Berlin-Tegel gelandet, wo er sich vergeblich nach Alfredo und den beiden Mädchen umgeschaut hatte. Die Erklärung dafür, dass er nicht in der Unglücksmaschine von New York nach Frankfurt am Main gesessen hatte, war sein Wunsch, sich noch einen Tag Shopping in London zu gönnen. Aus diesem Grund hatte er New York 24 Stunden früher als geplant verlassen, um in London-Heathrow zu landen.

Welch glückliche Entscheidung! Statt in der entführten Boeing um sein Leben zu bibbern, hatte er sich in aller Ruhe diese schöne gelbe Seidenkrawatte in der Bond Street gekauft. Doch er hatte nicht nur an sich gedacht. Entzückt hatte jede von ihnen einen hübsch verpackten Karton mit einer schweren Glaskugel in Empfang genommen, in deren Mitte eine Distel ihre aparten Blütenblätter spreizte. Isys Distel war blau, Amandas gelb.

»Wahnsinn!«, hatten sie geschrien. »Woher wissen Sie, dass wir Paperweights sammeln?«

Herr Rimpau hatte ihnen auch die Berliner Abendzeitung mitgebracht. Auf Seite zwei prangte ihr Bild mit Alfredo. Die Überschrift lautete:

»**Rimpau in Riad**? *Zwei süße Engel und Hund Alfredo müssen um das Leben des bekannten Krimiautors bangen!*«

»Wollt ihr meine Frau eifersüchtig machen?«, hatte er stirnrunzelnd gefragt und sie hatten ihm erklären müssen, wie ein gewisser Jo Schreiber ihnen auf dem Flughafen auf die Pelle gerückt war. Zum Glück kannte Herr Rimpau die Methoden der Presse.

Ja, so war das gestern Abend gewesen und zum Glück nicht wie in dem grässlichen Traum. Beinahe konnte sie schon wieder über den geträumten Unsinn lächeln. Wolfram B. Braun mit einer Maschinenpistole! Das war doch eher zum Kichern! Trotzdem verspürte Isy ein starkes Gefühl innerer Unruhe. Es hatte ihr schon am Abend vor dem Schlafengehen zugesetzt. War das die Angst um Josepha? Die Sorge, wo sie das Mädchen in den nächsten Tagen sicher unterbringen sollten?

Außerdem bedrängte sie die Frage, an wen sie und Amanda sich um Mithilfe wenden sollten. Erwachsene schieden selbstverständlich aus. Die hatten viel zu viel Schiss, was sie gerne »Vernunft« nannten. Auf keinen Fall wären sie bereit diesen Mann ohne die Hilfe der Polizei zu fangen. Sogar Herrn Rimpau würden sich die Haare sträuben, obwohl er doch harte Krimis schrieb.

Blieben wieder einmal nur Tannhäuser und Gummibärchen übrig. Zum Glück waren die für jedes Abenteuer zu haben! Hauptsache, es versprach Action! Gleich morgen früh würde sie die beiden anrufen und ihnen irgendeine Story erzählen. Natürlich durfte sie ihnen keinesfalls sagen, dass es um Josepha ging.

Angespannt lauschte Isy in das Dunkel, aber die leisen Stimmen in der Küche waren verstummt. Ihre Eltern waren wieder zu Bett gegangen. Isy hatte es ihrer Mutter vom Gesicht ablesen können, wie verstört und besorgt sie war. Aber darauf konnte sie keine Rücksicht nehmen. Erst mal mussten sie die Sache durchziehen!

Am liebsten hätte sie auf der Stelle Amanda angerufen. Amanda, die mit ihrem blöden Überweisungsscheck den Stein ins Rollen gebracht hatte, der nun zu einer Lawine zu werden drohte. Aber Bumble-Bee schnarchte längst selig in ihrem Heiabett, während sie, Isy, Albträume und bohrende Fragen plagten. Wenn ihr wenigstens ein Ort einfiele, an dem Josepha die nächsten Tage sicher war! Er brauchte gar nicht in der Nähe zu sein. Hauptsache, sie war dort nicht bekannt. Wo aber war Josephas Gesicht zurzeit nicht bekannt? Wo wurde nicht fieberhaft nach ihr gesucht?

Sie grübelte so lange erfolglos, bis sie endlich müde wurde. Wieder fiel sie in einen Traum, aber dieses Mal war es ein schöner, hilfreicher Traum.

Isy sah einen Ort, an dem man Josepha nicht vermuten würde, ein Haus, in dem sie niemand suchte, und Menschen, die sie ahnungslos beschützen würden. Sie erwachte mit einem Gefühl der Erleichterung und wusste sofort, was zu tun war.

21

Am nächsten Morgen meldeten die Agenturen auf dem ganzen Erdball die glückliche Befreiung der Geiseln in Riad. Der Hijacker hatte in der Nacht aufgegeben. Die Maschine musste nicht gestürmt werden.

Erleichtert fuhren Isy und Amanda zu Josepha ins Penthouse.

Sie hatten ihr ein Ei gekocht, Pizzabrötchen mit leckerem Käse belegt und Apfelsinen eingepackt, doch als sie das Studio des Professors betraten, schnupperten sie schon im Eingang, dass Josepha ihr Wort gebrochen hatte. Amandas Stimmung sank auf den Gefrierpunkt. Stumm knallte sie Josepha das Frühstückspaket auf die Esstheke und riss die Fenster auf.

»Kennst du Cluedo?«, fragte Isy, als sich das Mädchen über das Essen hermachte.

»Was ist das?«

»Ein Spiel.« Isy öffnete den mitgebrachten Karton. »Ich werde es dir erklären.«

Während Amanda vorwurfsvoll daranging Josephas Spuren in der Wohnung des verehrten Professors zu tilgen, erklärte Isy dem Mädchen die Spielregeln. Dann spielten sie zwei Runden mit ihr, die Josepha souverän gewann.

»Na bitte«, seufzte Isy zufrieden. »Nun bist du reif für die Brinkenbühl-Mühle!«

Rasch zauberte sie ein großes, dunkelbuntes Kopftuch aus ihrem Rucksack und band es Josepha um den Kopf. Amanda und sie hatten es bei ihrer

»türkischen Nummer« im Berliner Zoo getragen, als sie dort im letzten April einen Vogeldieb beschattet hatten. »Jetzt siehst du wie eine Muslimin aus!«, sagte sie bewundernd.

»Ich bin eine Muslimin!«, sagte Josepha stolz.

»Verbietet dir deine Religion nicht derart zu qualmen?«, nörgelte Amanda, als sie ihr zur Sicherheit noch eine Sonnenbrille auf die Nase schoben.

»Verbietet es dir denn deine?«, gab Josepha zurück.

»Los, kommt, der Bus nach Brinkenbühl wartet nicht extra auf uns!«, drängte Isy.

Unterwegs in der U-Bahn erklärte sie Josepha, dass sie nicht allein fahren würde.

»Wir müssen zwar in unsere Haushalte, aber Gummibärchen und Tannhäuser bringen dich hin. Du kennst sie bestimmt. In Brinkenbühl erwartet dich dann eine reizende alte Dame, die sich um dich kümmern wird. Niemand von denen weiß, wer du bist.«

Isy dachte an das Telefongespräch mit Frau von Leinungen heute früh im Cluedo-Haus. Auch Gummibärchen und Tannhäuser hatte sie erreicht. Was ihr aber nahezu unglaublich erschien, war die Tatsache, dass alle ihre haarsträubende Geschichte akzeptiert hatten. Frei nach dem Motto: Es gibt nichts, was es nicht gibt!

»Isy hat allen erzählt, du wärst ihre Freundin Harissa und auf der Flucht, weil dich deine Eltern nächste Woche in Damaskus an einen alten, glatzköpfigen Kaufmann verscherbeln wollen«, ergänzte Amanda. Dass Isy den Jungen für diese Gefälligkeit selbst gestrickte, rot-weiße Unionschals versprochen hatte, erwähnte sie nicht. Auch nicht, wie unfair das ihr gegenüber gewesen war. Schließlich konnte Isy gar nicht stricken und verließ sich wieder einmal voll auf ihre Gutmütigkeit!

»Coole Story!« Josepha lächelte. »Wer ist Tann... häuser?«

»Das ist Reginald Häuser. Der liebt Musik von Wagner und nuschelt wie Udo Lindenberg. Von unserer Klasse hat er den größten IQ. Im Gegensatz zu Gummibärchen, seinem Freund, der den IQ einer Pizzatomate hat.«

»Tja, Gegensätze ziehen sich eben an.«

»Also genau wie bei Janho und dir?« Kaum war der Satz heraus, bereute ihn Isy sofort. Josephas Lächeln blieb geheimnisvoll hinter der Brille versteckt.

»Ich glaube, das wird jetzt ein bisschen zu privat!«, sagte sie wie ein Filmstar, der einen lästigen Reporter abwehrt.

Zum Glück hielt der Zug und Isys wütende Verlegenheit blieb beim Aussteigen unbemerkt. Blöde Zicke!, dachte sie und verfehlte beinahe eine Bahnsteigstufe. Sie rissen sich hier den halben Arm für die ab und die spielte sich auch noch auf. Also ehrlich, dieser Janho hatte vielleicht einen Geschmack!

Es ärgerte sie noch und machte ihren Ton barscher und ihre Miene mürrischer, als sich Josepha schon längst in Begleitung von Reginald und Hagen auf dem Weg nach Brinkenbühl befand und sie und

Amanda die ersten Haushalte schon wieder hinter sich hatten. Heute waren sie besonders in Eile. Am Nachmittag, wenn Gummibärchen und Tannhäuser aus Brinkenbühl zurück waren, sollte Treffpunkt bei Amanda sein. Dann würden sie die Katze aus dem Sack lassen müssen. Die Frage war nur, wie viel von der Katze sollten sie die Jungen sehen lassen? Wie viel würde gut für sie sein?

Nichts davon ist gut für sie, dachte Isy grimmig. Sobald die einen Fuß in der Tür haben, sind sie auch schon drin. Das Beste wäre, wir brauchten sie gar nicht. Doch Amandas Angst, den Kidnapper allein zu stellen, ließ ihr keine Wahl. Na, mal sehen, wie Amanda guckte, wenn die Jungen ihren Anteil an der Belohnung fordern würden!

Sie wischte ein letztes Mal Wolodjas Pfützen auf, während die Freundin auf der Galerie mit ihrem Handy telefonierte.

»Müssen wir noch zu Lullula arborea?«, fragte sie, als ihr Plausch beendet war. »Oder ist die Heidelerche schon zurück?«

»Schon zurück!«

Isy schleppte das Wischwasser ins Bad und goss es in die Toilette. Dann wusch sie sich die Hände und trocknete sie sorgfältig ab. Ein Blick in den Badezimmerspiegel bestätigte ihr, dass ihre Mutter Recht hatte. Sie sah wirklich ziemlich mickrig aus. Wolodja kauerte währenddessen wie üblich unter dem Sofa. Isy schenkte ihm einen freundlichen Abschiedsblick.

»Tschüs, Kater, morgen ist dein Frauchen wieder da!«

Dann fuhren sie zu Gottfried und kümmerten sich anschließend um Otti und Lotti.

Als sie endlich Amandas Wohnung betraten und die Perücken vom Kopf rissen, war es schon fast Zeit für den Termin mit den Jungen. Wie gewöhnlich war die große Wohnung leer. Amandas Papa arbeitete häufig bis in die Abendstunden in der Kanzlei und ihre Mutter traf sich zum Shoppen oder zum Ausritt im Grunewald.

»Eigentlich braucht ihr gar keine Sechs-Zimmer-Wohnung«, stellte Isy fest und machte es sich in dem blauen, aufblasbaren Sessel bequem. »Du bist doch fast immer allein.«

»Was?« Amanda grinste. »Das sieht meine Mutter aber ganz anders. Die findet die Wohnungen hier im Osten viel zu klein. Die brauchte so 'ne Art Cluedo-Villa.«

Entspannt legte Isy die Füße hoch und ließ sich eine Weile von Madonna berieseln.

»Endlich ein Haushalt, in dem man mal nicht ackern muss. Weit und breit kein Wintergarten, kein Goldfisch, kein Vogel und keine Katze!« Sie gähnte zufrieden.

»Nur Äschylos!«, erinnerte Amanda. Liebevoll goss sie ihren Kaktus.

Äschylos hatte zweifellos seine Vorzüge. Isy wusste, dass ihn Amanda sogar mit auf Reisen schleppte.

»Irgendwie fehlt mir Alfredo«, bekannte sie traurig.

»Mir nicht«, sagte Amanda.

Dann schellte es an der Tür und Hagen Golz, genannt Gummibärchen, und Reginald Häuser alias Tannhäuser machten ihre Aufwartung. Sie hatten »Harissa« wie verabredet an der Bushaltestelle von Brinkenbühl einer Frau von Leinungen übergeben.

»Schönen Gruß von der ›Verkauften Braut‹!«, nuschelte Tannhäuser und warf sich auf Amandas Liege, während Gummibärchen das Poster von Prinz William studierte.

»Meinst du Harissa?«, fragte Amanda.

»Er meint die Oper von Wagner«, erklärte Isy.

»Ich versteh immer Wagner«, rügte Tannhäuser. »Diese Oper ist von Smetana.«

»Quatscht keine Opern!« Gummibärchen warf sich an Amandas Computer und klickte sich in das Programm. »Sagt mir lieber die Steigerung von dämlich!«

»Amanda Bornstein und Isolde Schütze!«, schlug Tannhäuser vor.

Amanda verzog das Gesicht. »Ich glaube, die Herren wollen gehen, Isy!«

Gummibärchen schien Amandas Einwand nicht gehört zu haben. Sein Cursor flitzte durch die Programme.

»He, Pfoten weg! Was suchst du denn da?«, ärgerte sich Amanda.

»Deine Liebesbriefe, Bratwurst!«

»Da kannst du lange suchen! Die schreib ich auf meinem Handy.«

»Also, nun mal im Ernst«, brummte Gummibärchen, »haltet ihr uns für Idioten?«

Sie haben es also herausgefunden, dachte Isy bedrückt. War ja auch nicht schwer.

»Ihr kriegt eure Unionschals, also gebt Ruhe!«, sagte Amanda nervös. »Wollt ihr Cola?«

»Wir wollen keine Cola.« Gummibärchen lachte. »Wir wollen fünfzig Prozent!«

»Fünfzig Prozent ... von was denn?« Amanda stellte sich großartig dumm.

»Was denkst du, Reggi? Sind es böse Mädels? Haben sie Josepha entführt?«

»Wie bitte?« Amanda schnappte nach Luft. »Gefunden haben wir sie und gerettet!«

»Ihr gebt es also zu?«, frohlockte Tannhäuser.

Erschreckt riss Amanda die Augen auf, aber Isy nickte. »Es war der reine Zufall.«

»Aber was soll sie jetzt in diesem Kuhnest Brinkenbühl? Warum habt ihr sie nicht gleich nach Hause gebracht und die Belohnung kassiert?«, staunte Gummibärchen.

»Weil wir dir was abgeben wollten!«, zischte Amanda.

»Weil ... wir wollen, dass der Mann, der ihre Mutter erpresst, nicht entkommt«, erklärte Isy. »Er heißt Lothar Loll, aber uns hat er erzählt, dass er Regisseur ist und Wolfram B. Braun heißt. Ich hatte ja gleich das Gefühl, dass mit dem was nicht stimmt, aber Amanda hofft immer noch, dass er ihr 'ne Traumrolle gibt!«

»Ihr kennt den?«, riefen Tannhäuser und Gummibärchen wie aus einem Munde.

»Klar, denn er hatte sich ja erst ganz harmlos als Kunde auf unsere Aktion ›Ferien für alle!‹ gemeldet.«

Starr vor Spannung lauschten die Jungen Isys

Bericht. Die ließ nichts aus. Lediglich über Amandas beabsichtigte Fälschung und ihre Schulden breitete sie das Tuch des Schweigens.

»Ihr seid wirklich Katastrophenweiber!«, murmelte Gummibärchen ergriffen, als Isy geendet hatte. Die spürte, dass es den Jungen plötzlich nicht mehr nur um das Geld ging. In ihren Augen brannte jetzt Jagdfieber und sie überschlugen einander dabei, Vorschläge zu machen. Besonders beschäftigte alle die Frage nach dem Job des Kidnappers. Was für eine Tätigkeit musste einer haben, der allzeit mit leeren Wohnungen zu tun hatte?

»Wohnungsmakler?«, fragte Amanda.

»Handwerker!«, brummte Gummibärchen.

»Haushaltsauflöser!«, warf Tannhäuser nach einer Weile in die Debatte.

»Eh?« Isy hielt beim Schreiben ihrer Notizen inne. »Was ist das denn?«

»Ein Dienst, der Haushalte auflöst. Von Verstorbenen ohne Verwandtschaft zum Beispiel oder für Verwandte, die keinen Bock darauf haben. Auch für Leute, die ins Ausland gehen, lösen sie die Haushalte auf.«

»Interessant!« Isy kaute an ihrem Stift. »Gilt das auch für Erbschaften?«

»Na logo.«

Zufrieden lehnte sich Isy zurück. »Passt! So hatte er Zugang zu allen Wohnungen, in denen er gerade Haushalte auflöste, und konnte Josepha dort unterbringen. Sie musste sich bloß schön verborgen halten. Und weil er ihr diesen Schwachsinn mit den neuen Papieren und der neuen Nase erzählt hat, hat sie alles brav mitgemacht.«

»Und ihre Mutter hat er vermutlich kennengelernt, als sie den Haushalt dieser Tante Olga in dem geerbten Haus auflösen ließ«, kombinierte Amanda. »Aber wieso hat sie ihm denn die Sache mit der halben Million Euro gleich auf die Nase gebunden?«

»Hat sie?«, zweifelte Tannhäuser. »Vielleicht hat er sie ja auch erst auf den Wert einiger Dinge, alte Möbelstücke oder Bilder zum Beispiel, aufmerksam gemacht?«

»Jedenfalls wusste er nun über ihre Vermögensverhältnisse Bescheid und beschloss sie abzuzocken!« Isys Wangen brannten vor Eifer. Von dieser Story konnte man ja einen »Tatort« schreiben!

»Nun musste er sich nur noch an Josepha heranpirschen, um über die vorgetäuschte Entführung an den plötzlichen Geldsegen ihrer Mutter zu gelangen. Und wir hätten bis Halloween der überall gesuchten Josepha Boskov frische Brötchen an die Klinke gehängt! Nicht zu fassen!«

»Auf alle Fälle müssen wir an diesem Tag vor dem in der Wohnung sein«, legte Gummibärchen fest. »Am besten mit einem Kampfspray. Habt ihr die Schlüssel?«

Amanda nickte. »Josepha meint, er komme so um vier.«

»Dann müssen wir spätestens um halb drei da sein, um uns zu verstecken.«

»Und wenn er nicht kommt? Wenn er Lunte riecht?«, warnte Tannhäuser vor zu viel Optimismus. Das stimmte. Aber ein Risiko blieb ja immer, oder?

Amanda und Tannhäuser, die Handybesitzer, tauschten ihre Nummern aus, um jederzeit erreichbar zu sein. Die Parole für den Notfall lautete »Harissa«.

Kurz darauf drängte Amanda zum Aufbruch. Auf sie wartete ein sechsgängiges Abschlussmenü in ihrem Kochkursus. Während die Spice Girls sanft »Viva for ever« sangen, schlüpfte sie in ihr schärfstes schwarzes T-Shirt und ummalte ihre Augen mit einem strahlend schimmernden Pink.

»Hast du wenigstens ein tolles Rezept für Herrn Rimpau gelernt?«, rief Isy, die das verrauchte Zimmer lüftete und leere Coladosen in den Mülleimer warf.

»Eigentlich wollte ich ihm lieber was Chinesisches machen. Gebackene Glasnudeln nach Shanghaier Art. Die Chinesen nennen es ›Auf Bäume krabbelnde Ameisen‹.«

»Igitt! Hast du 'ne Meise? Mach das lieber für Otti und Lotti!«

»Aber es ist mit Schweinefleisch und nicht wirklich mit Ameisen!«

»Trotzdem! Bei dir kann man nie wissen! Die Kürbistarte, die Pio morgen vorstellt, wäre bestimmt eine bessere Idee für Herrn Rimpau!«

Ein Schrei aus dem Badezimmer war die Antwort.

»Oh Gott, der Kürbis!«, stammelte Amanda. »Wo hab ich denn den Kürbis gelassen?«

22

In der Tat! Wo hatten sie den Kürbis gelassen?

Das war die wichtigste Frage, als sie am anderen Vormittag nach dem ersten gemütlichen Sonnabend-Familien-Frühstück seit scheinbar ewigen Zeiten in die wenigen Haushalte fuhren, die ihnen verblieben waren.

»Er ist bei Otti und Lotti!«, behauptete Isy.

»Quatsch, dorthin haben wir nie einen Kürbis mitgenommen!«

»Dann ist er eben bei Gottfried. Kein Wunder, dass man ganz durcheinanderkommt.«

Doch auch in Karlshorst bei ihrem geduldigsten Kunden fand sich der Kürbis nicht.

»Haben wir ihn etwa zu Wolodja mitgenommen?«, grübelte Isy, doch Amanda schüttelte den Kopf.

»Das war Nummer zwei, der mit der U-Bahn weitergefahren ist.«

»Stimmt. Nummer drei hattest du ja gerade erst im Supermarkt gekauft. Aber wohin haben wir ihn dann mitgeschleppt?« Ja, wohin?

»Zu Josepha!«, kam Amandas Antwort wie aus der Pistole geschossen. »Das heißt, natürlich zu Wolfram B. Brauns Oma. Dass wir die Brötchen jeden Morgen für Josepha geholt haben, konnten wir ja zu diesem Zeitpunkt noch nicht wissen.«

»Richtig!«, rief Isy erleichtert. »Und anschließend sind wir dann mit ihr in Professor Pioschlecks Wohnung gefahren. Pass auf, dort werden wir ihn finden.«

Wie gut, dass Pios Wohnung gerade als nächste auf ihrem Programm stand.

Sie versorgten Gottfried und fuhren zurück in die City, wo sie sich auf dem Weg zum Penthouse durch das Gewimmel bummelnder Passanten schoben. Familienshopping am Samstag war immer mehr zum beliebten Freizeitvergnügen der Berliner geworden.

Sie wollten gerade in die Eingangshalle des modernen Mietshauses schlüpfen, als Amanda plötzlich erschreckt ihren Arm umklammerte. Von dem Schaufenster einer benachbarten Boutique hatte sich ein Mädchen gelöst, das nun wie ein dünner, blasser Hüttenkäse auf sie zuschwebte. Es war Jennifer Niemann. Wollte die nicht die Ferien in der Domrep verbringen? Wie sie das wohl gemacht hatte, ohne einen Sonnenstrahl abzukriegen? Nur mühsam konnte sich Isy ein Kichern verkneifen. Aber Jennifer hatte ja schon so manches behauptet. Alle in der Klasse wussten, dass sie eine Aufschneiderin war.

»Bleib cool!«, flüsterte sie. »Die erkennt uns nicht.«

Jennifer Niemann erkannte sie tatsächlich nicht, doch als sie auf gleicher Höhe waren, zischte Amanda verächtlich: »Lügen haben kurze Beine, Jennifer!«

Erschreckt starrte ihnen das Mädchen nach, während sie prustend in dem Penthouse verschwanden. Dieses Mal mussten sie nicht mit der vermummten Josepha am Empfang vorbeischleichen. Außerdem schien der Portier gerade unter-

wegs zu sein. Das Telefon auf seinem Tresen läutete hartnäckig.

»Fast wie in New York«, bemerkte Amanda,
während sie aus Pios Briefkasten drei Briefe und
einen Stoß Reklame angelte. »Fehlt bloß der Wach-
mann vor der Tür.«

»Gibt's hier auch ein Parkhaus?«

»Hier gibt's alles«, versicherte Amanda, während sie im Lift mit leiser Musik nach oben
schwebten. Wieder bewunderte Isy die schöne Ter-
rakottavase, die neben Pios Eingangstür stand,
während Amanda kichernd auf das Messingschild
der Nachbarwohnung wies.

»Dr. Alois Kirschpubs«, las Isy. Also ehrlich, Namen gab's!

Dann betraten sie die Wohnung, die nicht groß,
aber in Isys Augen supertoll eingerichtet war.
Schon bei ihrem ersten Besuch war ihr die amerikanische Küche aus warmem Holz und edlem Gra-
nit aufgefallen. Nun musterte sie die hohen Fenster mit Blick über die Stadt und den einzigen,
riesigen, sparsam möblierten Raum mit den bevor-
zugten Materialien Leder, Holz, Chrom und Glas
etwas eingehender. So unglaublich cool sie das alles fand – irgendetwas schien zu fehlen.

»Ich dachte, dass hier viel mehr Kochbücher wären.«

»Die hat er alle in seinem Hauptwohnsitz. Kochen kann nämlich ganz schön stressig sein!«
Amanda lächelte wissend. »Deshalb geht er in Berlin meistens essen.«

»Und woher weißt du das?«

»Von seiner Haushälterin. Sie hat mich um Diskretion gebeten. Das gehört sich so.«

Amanda legte gerade die Post für Pio auf einen wuchtigen alten Sekretär an der Stirnseite des Raumes, als das Handy in ihrem Parker klingelte. Amanda verschwand im Flur und gleich darauf hörte sie Isy in lieblichen Tönen flöten. Ah, Ruky rief an. Vielleicht wollte er endlich seine Schulden bei Bumble-Bee bezahlen. Soweit sie wusste, wechselte Amanda mit dem Halbkubaner seit ihrer damaligen Begegnung in Altgrünheide gelegentlich ein Fax oder eine SMS. Was aber mochte sie dazu bewegt haben, ihm eine solche Summe Geld zu leihen? Weil sie verknallt in ihn ist, dachte Isy seufzend, und zwar von Anfang an! Trotz der blonden Bäckerstochter Doreen. Nur schade, dass sie nicht offen und ehrlich zu ihr war. Sie jedenfalls hätte Amanda gegenüber bestimmt kein Geheimnis aus dem verliehenen Geld gemacht. Dafür würde sie sich im Gegenzug eher die Zunge abbeißen, als Amanda zu verraten, wie seltsam anziehend sie einen gewissen Janho von Leinungen fand. Und wie kein Tag verging, an dem sie nicht irgendwann einmal an diesen Typen dachte.

In diesem Moment kehrte Amanda ins Zimmer zurück.

»War bloß Tannhäuser!«

»Was wollte er denn?«, erkundigte sich Isy misstrauisch.

»Wissen, ob's was Neues gibt. Die nehmen sich jetzt wichtig. Die wittern Geld!«

So kann man sich irren, dachte Isy beschämt.

Dann begannen sie mit der Suche nach dem Kürbis, von dem Amanda behauptete, dass sie ihn überall wiedererkennen würde.

»Er hat so eine kleine Ausstülpung an der linken Seite. Wie ein Ohr!«

Doch schon nach kurzer Zeit war klar, dass ihnen die Erinnerung einen Streich gespielt hatte. Weit und breit keine Spur von einem Kürbis! Weder mit noch ohne Ohr. Enttäuscht sank Amanda auf einen Stuhl.

»Es gibt noch eine Möglichkeit«, sagte Isy zögernd. »Wir haben ihn gar nicht mit hierhergenommen. Wir haben ihn in der Aufregung ... dort vergessen.«

Entsetzt riss Amanda die Augen auf. Sie begriff sofort, was Isy meinte. Sie hatten Nummer drei in der Wohnung des Erpressers gelassen.

»Als wir zu Josepha in die Wohnung gingen, hast du dich sofort an den Schreibtisch geflätzt. Und dann hat es auf einmal so gerumst und ich dachte noch, jetzt ist Amanda der Kürbis runtergefallen.«

»Das ist wahr«, gab Amanda zu. »Ich glaube, er ist unter den Schreibtisch gerollt. Es war ja so ein Durcheinander! Weißt du nicht mehr?«

»Doch.« Isy nickte. »Was hältst du davon, wenn ... wir ihn holen?«

»Willst du etwa, dass der uns erwischt?« Entsetzt sprang Amanda auf und griff nach den Schlüsseln. »Vielleicht kriegen wir ja im nächsten Supermarkt noch einen!«

Im nächsten Supermarkt und im übernächsten gab es keine Kürbisse mehr. »Nächste Woche ist

Halloween«, sagte das Verkaufspersonal. »Die Leute kaufen wie verrückt!«

Als sie das letzte Geschäft verließen, jagten drei Polizeiautos mit Blaulicht an ihnen vorbei. Zu Isys Verblüffung behauptete Amanda, auf einem der Rücksitze Kommissar Rose erkannt zu haben. Dieser Mann schien wirklich nicht im Verborgenen zu blühen!

»Glaub ich nicht!«, zweifelte sie trotzdem. »So einen mögen sie zu Schulkindern schicken, aber doch nicht zu einem richtigen Einsatz!« Sie wusste genau, wie Kommissare waren. Sie hatte schließlich genug Krimis gelesen und geguckt. Einige machten auf Bulle, andere auf Gentleman oder Trottel. Diese waren besonders raffiniert. Bei Dr. Rose schien das alles nicht zu stimmen. Er war einfach anders. Das Auffälligste an ihm war seine Unauffälligkeit. Amanda merkte das natürlich nicht.

Es tat Isy leid, wie niedergeschlagen die Freundin auf der Heimfahrt wirkte. In einer Stunde begann ihre Lieblingssendung und sie würde ohne Kürbis dasitzen.

»Das ist doch kein Unglück«, versuchte sie Amanda zu trösten, »du kannst ja zugucken, wie er die Tarte macht, und mitschreiben. Dann besorgen wir einen neuen Kürbis und du bäckst die Tarte für Herrn Rimpau und mich. Was hältst du davon?«

Davon hielt Amanda viel. Sie hatte zwar darauf gebrannt, das Rezept gleich in die Tat umzusetzen, aber Isys Worte klangen überzeugend. Nur als sie der Freundin spontan vorschlug, mit ihr zusammen die Sendung anzusehen, erntete sie Protest.

»Kochsendungen guck ich nie!«

»Kannst du nicht mal eine Ausnahme machen?«

»Nee!«, beharrte Isy, die sich schon auf ihr spannendes Buch daheim freute.

»Guck ich mir eben auch keinen Krimi mehr mit dir an!« Enttäuscht machte sich Amanda allein auf den Heimweg und kauerte sich mit einem Wurstbrot und einem Schüsselchen Tortillachips vor den Fernsehapparat. Wie sie aus Erfahrung wusste, machten Pios Sendungen Appetit.

Doch bevor sie den ersten Bissen heruntergeschluckt hatte, klingelte es. Verflixter Störenfried, dachte sie ungnädig. Das war bestimmt jemand für ihre Mutter, die an diesem Nachmittag mit Amado ausritt. Verärgert ging sie in den Flur, um zu öffnen.

»Hat es schon angefangen?« Außer Atem stürzte Isy an ihr vorbei ins Zimmer.

»Ich denke, du magst keine Kochsendungen?«

»Ich kann ja mal 'ne Ausnahme machen.« Grinsend warf sich die Freundin auf das weiße Leinensofa und probierte Amandas Wurstbrot.

Auf dem Bildschirm erschien nun der Vorspann mit der vertrauten Musik und dann betrat der Professor mit den strahlend blauen Augen die sonnengelbe Studioküche und stellte seinen Gast vor. Es war eine junge Schauspielerin, die in einer neuen Serie mitspielte. Sie wollte einen Salat nach dem Rezept ihrer Mutter vorstellen.

Der Professor selbst präsentierte wie angekündigt einen großen goldenen Kürbis, den er mit einigen kräftigen Hieben zerteilte, während Amanda

die angegebenen Zutaten von dem seitlich einge-
blendeten Rezeptblock notierte.

»Super!«, murmelte sie anerkennend. »Ist was
für dich, Isy! Mit Zucker und Zimt.«

Dann verfolgte sie hingerissen, wie Pio einen bereits vorgebackenen Kürbisschnitz von einem Kilo
Gewicht zum Abkühlen aus dem Ofen nahm und
anschließend mit kräftigen Händen einen Mürbeteig knetete, während er den Zuschauern erklärte,
dass diese Kürbistarte eine amerikanische Wiege
habe und Pumpkin Pie genannt werde.

Amanda schrieb wie eine Besessene mit und Isy
dachte mit Wehmut an ihr Buch, das zu Hause auf
sie wartete.

»Wie war denn euer Abschlussmenü?«

»Schweinelecker!«, stöhnte Amanda. »Bin fast
geplatzt! Und natürlich haben alle, außer meiner
Wenigkeit, pünktlich den Rest der Teilnahmege-
bühr bezahlt, aber ich hab gesagt, ich hätte mein
Portemonnaie vergessen und käme am Montag
vorbei.«

»Das kannst du ja auch. Morgen machen wir
Kasse!«

Professor Pioschleck kratzte inzwischen das vor-
gebackene Kürbisfleisch von der Schale und pü-
rierte es zu einem gelben Brei, dem er Eier, Zucker
und saure Sahne zufügte, und die junge Schauspielerin raspelte Möhren für einen Salat und erzählte
zwitschernd von ihren Lieblingsrollen, die passen-
derweise Frühlingsrollen waren. Dann legte Pio
eine vorgekühlte Tarteform mit dem Mürbeteig
aus, goss die Kürbismasse hinein und bestreute sie

großzügig mit geraspelter Zitronenschale und Zimt, bevor er sie in die heiße Backröhre schob, wo er sie durch eine fertige Pumpkin Pie mit goldbrauner Kruste austauschte. Das nämlich war sein beliebter Zaubertrick.

Eine Sekunde vermeinten sie den warmen Geruch von Butter und Zimt zu riechen.

»Ist er nicht toll?«, flüsterte Amanda und sah zufrieden, dass Isy beifällig nickte.

»Absolut! Ist die Sendung jetzt aus … oder passiert noch was?«

»Was soll denn passieren? Ist doch kein Krimi!«

In diesem Moment entstand eine unvermutete Unruhe in dem kleinen Fernsehstudio und die Kamera erfasste zwei Männer, die sich eilig dem Tresen der Fernsehküche näherten. Einer von ihnen kam Amanda seltsam bekannt vor.

»Aber das ist ja Dr. Rose!«, rief sie verblüfft. »Was macht der denn da?«

»Vielleicht will er ein Autogramm?«, kicherte Isy, als plötzlich der Ton ausfiel.

Lautlos wie in einem Stummfilm bewegten sich die Lippenpaare des überraschten Moderators und des Kommissars mit dem blumigen Namen, bis dieser schließlich etwas metallisch Blinkendes aus der Manteltasche zog.

Dicht aneinandergedrängt sahen sie mit ungläubigem Entsetzen, wie sich ein Paar Handschellen um die Handgelenke von Professor Pioschleck schloss.

23

»Kürbis criminale!«, lautete am Sonntagmorgen die Überschrift in allen Tageszeitungen. »Professor Pioschleck unter Verdacht!«

Fassungslos studierten sie die Presseaushänge des Bahnhofskiosk, in denen doch nur stand, was sie schon der Morgenzeitung beim Frühstück entnommen hatten.

Auf Grund eines anonymen Hinweises war die Soko im Entführungsfall »Josepha Boskov« in den Mittagsstunden des vergangenen Tages in ein Berliner Penthouse gefahren, um in Anwesenheit des zuständigen Hausmeisters das Berliner Domizil von Professor Pioschleck zu durchsuchen.

Noch bevor die Spurensucher eine Haut- und Haaranalyse von dem vermissten Mädchen vorlegen konnten, war den Ermittlern das blau-gelbe Freundschaftsband auf dem Boden der Dusche aufgefallen, das, wie die Mutter bestätigte, eindeutig Josepha gehörte.

Daraufhin sei der Leiter der Soko, Kommissar Dr. Rose, der bekannt dafür sei, dass er schmerzhaft zustechen könne, persönlich zu dem Sender geflogen und habe den beliebten Moderator noch zur selben Stunde beim Backen einer Kürbistarte im Fernsehstudio festgenommen. Professor Pioschleck, der hartnäckig behaupte, seit drei Wochen nicht mehr in Berlin gewesen zu sein, werde zurzeit noch verhört. Die Fahndung nach seiner Haushälterin in den Niederlanden sei eingeleitet worden.

»Und das lesen jetzt alle!« Amandas Stimme zitterte vor Wut.

»Ruf mal Reginald an!«, schlug Isy vor. »Parole ›Harissa‹! Es brennt! Wir müssen uns heute Nachmittag bei dir treffen. Oder sind deine Eltern etwa zu Hause?«

»Ich glaube, die sind zum Kaffee eingeladen.« Amanda zog ihr Handy aus der Jacke. »Wer war denn von Anfang an dagegen, dass wir Josepha dort unterbringen?«, erinnerte sie Isy grimmig, während sie Tannhäusers Nummer eintippte. »Ich hab ja gleich gewusst, dass das nicht gut geht mit der! Erst bricht sie ihr Versprechen, nicht zu qualmen, dann lässt sie auch noch ihr Freundschaftsband liegen und jetzt müssen wir zusehen, wie wir den Professor wieder aus dem Knast kriegen!«

Sie hat Recht, dachte Isy betreten, es ist total dumm gelaufen. Sie fühlte sich schuldig und mies, aber am meisten ärgerte es sie, dass sie sich nicht vorstellen konnte, wie das überhaupt passiert war. Amanda schien dasselbe zu denken.

»Wer soll denn dieser anonyme Anrufer überhaupt gewesen sein?«, empörte sie sich, nachdem sie Tannhäuser die Message durchgegeben hatte.

»Der Portier!«, sagte Isy.

»Der Portier? Du machst Witze! Josepha war doch außerhalb der Wohnung immer verkleidet gewesen.« Amanda schüttelte die falschen Locken. »Wenn, dann fällt mir nur einer ein und den werd ich gleich mal besuchen.«

»Wollten wir nicht erst mal abkassieren fahren?«

»Fang schon an. Wir treffen uns bei Otti und Lotti.«

»Wo willst du denn hin?«, rief Isy, aber Amanda hatte bereits den Bahnhof verlassen und fegte wie ein Hurrikan durch die morgenkühlen Straßen, bis sie endlich vor einem ockerfarbenen Plattenbau stand. Sie kochte vor Wut.

Wenn sie den bewunderten Professor schon nicht hatte schützen können, so wollte sie ihn wenigstens rächen. Denn was niemand, nicht einmal Isy, von ihr wusste, war, dass sie sich manchmal wünschte, wie Lara Croft zu sein. Zugegeben, es waren nicht viele Augenblicke in ihrem friedvollen Dasein, aber jetzt war so einer gekommen.

Ungeduldig stemmte sie sich gegen die Eingangstür, und als diese nachgab, rauschte Amanda entschlossen an graffitibesprühten Wänden vorbei in den dritten Stock, wo ihr ein buntes Durcheinander von großen und kleinen Kinderschuhen den Weg zur richtigen Wohnungstür wies.

Auf diesem Flur hatten sie vor zwei Wochen Alfredo abgeliefert, bevor sie in den Bus nach Brinkenbühl gestiegen waren. Damals hatte ihnen die Jüngste der Familie bei ihrem ungewöhnlichen Anblick erschreckt die Tür vor der Nase zugeknallt.

»Da bist du ja wieder!«, staunte die kleine Schwester, als Amanda den Daumen von der Klingel genommen und sich die abgewetzte Eingangstür einen Spaltbreit geöffnet hatte.

»Lässt du mich heute rein?«, fragte Amanda und fuhr der Kleinen sanft durchs Haar.

Dann folgte sie dem verheißungsvollen Geruch von gebratenem Speck, Eiern und frischem Kaffee zu einer Tafel im Wohnzimmer, an der sich die ganze Familie zum Frühstück versammelt hatte.

Zu ihrer Verwunderung wandte niemand den Kopf, als sie hinzutrat. Aller Augen waren gebannt auf die Show in dem laut aufgedrehten Fernseher gerichtet. Nur der älteste Junge am Tisch, der sich gerade ein Brötchen bestrich, blinzelte verwirrt, als sie ihn sacht an der Schulter berührte.

»Du?!«

»Da staunst du, was?«, fragte Amanda grimmig. »Schönen Gruß von Pioschleck!«

Dann ergriff sie seinen Teller mit dem gelben Berg aus lauwarmem, fettig glänzendem Rührei und drückte ihn Gummibärchen schwungvoll ins Gesicht.

— 24 —

Nichts wird so heiß gegessen, wie es gekocht wird, dachte Isy, die es eigentlich voll langweilig fand, wenn ältere Erwachsene ständig Sprichwörter und Ratschläge in ihre Kommunikation häkelten. In diesem Falle aber traf der Lieblingsspruch ihrer Oma total zu.

Man hätte ihn höchstens aus Gründen der Aktualität in »Nichts wird so heiß ins Gesicht gedrückt, wie es gebraten wird!« umwandeln können. Zum Glück hatte Hagen Golz' Gesicht Amandas Racheakt ohne nennenswerte Beschädigungen überstanden. Zumal der Verdacht unsinnig gewesen war. Schließlich hatte Gummibärchen Josepha mit Tannhäuser nur nach Brinkenbühl gebracht. Wenn er der Polizei wirklich einen Tipp gegeben hätte, so wäre es mit Sicherheit die Villa Brinkenbühl-Mühle gewesen, in der sich das Mädchen zurzeit in Gesellschaft von Frau von Leinungen aufhielt, und nicht die Wohnung des Professors, von der er gar nichts wusste und in der sich Josepha nicht mehr befand.

Nein, wer dahintersteckte, musste ein anderer sein. Auch wenn Amanda das noch immer zu bezweifeln schien. »Wer soll es denn sonst gewesen sein?«, widersprach sie erbost. »Der Heilige Geist?« Sie konnte einfach nicht glauben, dass sich Lara Croft geirrt haben sollte.

»Wenn ich das wüsste!«, stöhnte Isy. Vielleicht würden sie es ja nie erfahren, wer Josepha in Pioschlecks Wohnung gesehen hatte. Bei anonymen Anrufern war selbst die Polizei ratlos. Wie aber war das überhaupt möglich gewesen?

Ohne im Besitz eines Schlüssels zu sein, hätte Josepha die Wohnung an jenem einzigen Abend ohnehin nicht mehr verlassen können. Da musste einer schon über hellseherische Fähigkeiten verfügen, um sie in Pios Wohnung zu erspähen. Aber vielleicht hatte der anonyme Anrufer ja die Gabe, durch die Wände zu gucken?

Das war wirklich ihr schwierigster Fall, dachte Isy. Kaum passten endlich zwei Teile des Puzzles zusammen, da tauchte ein neues auf und alles fing wieder von vorne an.

Sie hatten sich um zehn Uhr bei Frau von Leinungen getroffen und Otti und Lotti mit einer kantonesischen Fischpfanne erfreut. Nun saßen sie im Bus zu Max, und Isy spürte das pralle Portemonnaie in ihrer Jacke. Stolz hatte sie Amanda den frisch kassierten Lohn ihrer Mühe entgegengestreckt: »Hier, riech mal dran! So riecht Geld!«

Dein Geld, hatte sie hinzufügen wollen, denn nun konnte die Freundin am Montag endlich ihren Kochkursus bezahlen. Einige Kunden hatten in dankbarer Zufriedenheit extra noch was draufgelegt. Sogar Frau Dr. Ober-Lippe hatte ihnen einen Zehner spendiert. Doch statt sich zu freuen, wirkte Amanda todunglücklich.

»Entspann dich! Dein Pio ist spätestens heut Abend wieder frei«, hatte Isy die Freundin getröstet, als sie Frau von Leinungens Wohnung wieder verschlossen. »Er kann ja beweisen, dass er die letzte Zeit gar nicht in seiner Berliner Wohnung war.«

»Aber wenn sie seine Haushälterin vernehmen, werden sie auf uns kommen!«

»Auf zwei Urlaubsengel vielleicht – aber nicht auf uns! Du kannst dich also ruhig über die Kohle freuen!«

»Das tu ich ja die ganze Zeit, aber trotzdem muss ich immerzu an Pio denken. Ohne uns wäre er nie in diese Situation geraten.«

»Deshalb versprech ich dir, dass wir uns entschuldigen und alles aufklären werden. Dann wird die Presse andere Schlagzeilen bringen müssen«, hatte Isy prophezeit. »Zum Beispiel: ›Pios Penthouse als Fluchtburg für Josepha! Wo sich Josepha

Boskov vor ihrem Entführer verbarg‹. Gegen solche Schlagzeilen wird er doch nichts haben, oder?«

»Na gut«, gab Amanda widerstrebend zu, »aber bis dahin wird über ihn geklatscht!«

Sie hatte Recht. Überall, wohin sie auch kamen, sprachen die Leute von Pioschleck. Am Imbissstand, wo es lecker nach Currywurst duftete, auf der Straße und im Bus zu Max. Am liebsten hätte sich Amanda die Ohren zugehalten.

»Es ist ein Skandal!«, wandte sich gerade eine Frau an ihre Banknachbarin. »So ein begabter Koch! Und immer charmant! Keine Sendung hab ich versäumt. Und nun sagen die Leute, dass er ein Erpresser ist!«, schloss sie in hilfloser Empörung.

»Man sagt, er braucht Geld!«, flüsterte die Banknachbarin mit boshaftem Blinzeln.

»Dass ich nicht lache!«, mischte sich eine dritte Frau in das Gespräch. »Der Professor ist ein Gentleman! Jemand muss gewusst haben, dass er sich zurzeit nicht in seiner Berliner Wohnung aufhält, und hat dieses Wissen schamlos ausgenutzt.«

»Ganz meine Meinung!«, brüllte Amanda so laut, dass sich die Leute nach ihnen umdrehten. »So manch einem werden seine Verdächtigungen noch peinlich sein, wenn erst die Wahrheit ans Licht kommt!«

Zum Glück mussten sie den Bus verlassen, bevor Amanda weitere Erklärungen abgeben konnte.

Wenn sie bei Max bloß nicht wieder Rotwein trinkt, dachte Isy, doch sie sorgte sich umsonst. Es gab keinen Rotwein. Es gab nicht einmal Max. Er schien ausgeflogen zu sein.

»Er wusste doch, dass wir kassieren kommen!«, zischte Amanda, während Isy auf Geräusche aus der Wohnung lauschte. Doch drinnen war alles mäuschenstill.

Und wenn sie einfach hineingingen? Immerhin hatten sie noch die Schlüssel. Aber waren sie dazu noch berechtigt? Sie beschloss die Sache anders anzupacken.

»Lass uns abhauen!«, sagte sie laut. »Gottfried wartet!« Doch anstatt die Treppe hinabzusteigen, zog sie Amanda eilig ein Stockwerk höher. Keine Sekunde zu früh, denn in diesem Moment schob sich Max' schwarzer Haarschopf aus der Tür. Der Anblick erinnerte Isy an einen Specht, der aus seiner Höhle schaut, ob die Luft rein ist.

»Hi«, rief sie laut, »da bist du ja endlich!«

Überrascht wandte Max den Kopf. »Ihr seid's? Ich dachte schon, ein Klingelstreich.«

»Wir waren verabredet«, sagte Amanda argwöhnisch. »Heut ist Zahltag!«

»Aber ihr habt doch noch den Schlüssel, oder?«, gab Max mit lässigem Lächeln zurück. Weit hielt er die Tür auf, die ihnen eben noch versperrt gewesen war.

Wie üblich mussten sie über Bücher, Zeitschriften und herumliegende schwarze Socken steigen, während Max eine Flasche mit wasserhellem Schnaps entkorkte.

»Ich dachte, ich bedanke mich bei meinen lieben Engelchen am besten mit einem Gläschen feinstem finnischen Wodka! Oder wollt ihr lieber einen Joint?«

»Wodka«, sagte Amanda zögernd, aber Isy schnitt ihr das Wort ab. »Am liebsten wär uns Geld!«, stieß sie hervor. »Wir sind in Eile. Dreißig Euro, wenn's geht, passend!«

»Ich denke, bei eurer Aktion gibt's Studentenermäßigung?«

»Das ist die Studentenermäßigung.«

Statt einer Antwort kratzte sich Max mit einer Grimasse am Kopf.

Er will nicht zahlen, schoss es Isy durch den Kopf. Er wollte uns auch nicht reinlassen. Mit einem Blick sah sie, dass in dem kleinen Fernseher im Bücherregal ein Krimi lief. Ein Mann mit Teleobjektiv sah von seinem Fenster aus in eine fremde Wohnung.

»Ein Klassiker«, bemerkte Max. »Hitchcocks Lieblingswerk.«

»Wir sind jeden Tag treu hierhergelatscht, um deine Leila zu versorgen«, mischte sich nun auch Amanda ein. »Vierzig sind loyal, aber von mir aus, dreißig, weil du es bist!«

»Dreißig Euro sind eine Stange Geld für einen armen Studenten!«

»Für zwei arme Schülerinnen auch!«

»Ihr seid Schülerinnen?« Max musterte sie erstaunt. »Ich dachte, ihr studiert?«

Na, prima! Jetzt hat sie ihm auch noch verraten, dass wir noch zur Schule gehen, dachte Isy entsetzt. Da können wir unser Geld sowieso vergessen.

Auch Amanda schien ihren Leichtsinn zu begreifen. Wie von der Tarantel gestochen sprang sie von ihrem Stuhl auf und stürzte Richtung Terrarium. »Pass auf, Max! Entweder du zahlst oder wir nehmen Leila mit!« Doch ihre Hand, die in dem gläsernen Gehäuse nach der Schildkröte suchte, hing plötzlich schlaff in der Luft. »Wo ist sie denn?«, fragte sie erstaunt.

»Im Gemüsefach.«

»Wo?«, riefen sie entsetzt wie aus einem Munde.

»Im Kühlschrank. Das ist von Ende Oktober bis Ende Februar jedes Jahr ihr Winterquartier. Von Tierärzten empfohlen.« Max drückte seine Zigarette aus. »Ich bin zwar zurzeit etwas klamm, aber ein Tierquäler bin ich nicht. Leila ist mein Liebling!«

»Und?«, fragte Amanda unbeeindruckt. »Wann kannst du endlich zahlen?«

Eine verlegene Pause entstand, in der sie vergeblich Blickkontakt zu Isy suchte.

Die aber starrte wie gebannt auf den Bildschirm im Bücherregal. Jetzt sah der Mann mit dem Fernglas aus seinem Fenster doch tatsächlich noch einem Mord in der fremden Wohnung zu! Wieso kam er der Frau denn nicht zu Hilfe?

»Er sitzt im Rollstuhl«, erklärte Max liebenswürdig. »Soll ich dir die Kassette leihen?«

Isy starrte den Studenten an, als käme er aus einer anderen Welt. »Du, entschuldige, aber mir ist da gerade was eingefallen. Los, komm, Amanda! Ich hab 'ne Idee!«

»Und das Geld?«, zeterte Amanda, als Isy sie die Treppe hinabzerrte. »Was ist denn jetzt schon wieder?!«

»Das Fenster!«

»Max' Fenster?«

»Quatsch! Das Fenster im Film! Wir müssen in Pios Penthouse!«

»Ich denke, zu Gottfried?«

»Später!«

»Aber ich muss zum Mittagessen zu Hause sein. Sonntags essen wir pünktlich.«

»Wir auch, aber ich dachte, es interessiert dich, wer Josepha verpfiffen hat?«

— 25 —

Natürlich interessierte es Amanda. Verdrossen folgte sie der Freundin zur nächsten U-Bahn-Station und fuhr mit ihr in die City zurück, wo sich vor Pios Penthouse bereits eine Schar von Reportern drängte. Schon von weitem erkannten sie Jo Schreiber und den Fotografen, der die Aufnahmen von ihnen geschossen hatte.

Wie angewurzelt blieb Isy stehen. Wie hatte sie nur die Presse vergessen können!

»Hier kommen wir nie durch«, sagte sie mutlos.

Dieses Mal war es Amanda, die einen Einfall hatte. Stracks marschierte sie in ein benachbartes Parkhaus, von wo aus sie über eine verwinkelte Treppe in das Parkhaus des Penthouses gelangten. Natürlich wurde es kontrolliert und sie mussten hinter einem alten Mercedestransporter den Zeitpunkt abwarten, bis ihnen die beiden Beamten die dunkelgrünen Uniformrücken zuwandten, um flink durch die Eisentür am Ende der Autoreihe in einem Labyrinth von getünchten Gängen zu verschwinden, bis sie irgendwann vor einer Aufzugtür standen.

»Geschafft!«, keuchte Amanda und drückte den elften Stock.

Doch die Freude währte nicht lang. Schon im Erdgeschoss wurde ihre Fahrt unterbrochen und ein Polizeibeamter steckte den Kopf in den Lift.

»Zu wem möchten Sie bitte?«

»Zu Dr. Alois Kirschpubs!«, sagte Amanda wie aus der Pistole geschossen und schwenkte demonstrativ Professor Pioschlecks Schlüssel.

Clever, Amanda, dachte Isy bewundernd. Einen derart komischen Namen vergisst man ja auch nicht.

»Handelt es sich um einen Besuch?«

»Wir sind seine Urlaubsengel! Wir gießen seine Blumen.«

»Aha!« Der Beamte musterte ihre Perücken und blauen Brillen mit diskretem Blick.

»Können Sie sich ausweisen?«

Erschrocken starrten sie ihn an.

»Es ist, weil Reporter versuchen hier ins Haus zu gelangen. Sogar in Verkleidung.«

Isy sah einen Schweißtropfen auf Amandas Stirn.

»Keine Herbstferien wegen des Ficus? Keine Kur wegen Katze und Co.? Das sind Sorgen von gestern!«, rezitierte sie laut aus ihrem Gedächtnis. »Heute kümmert sich die Aktionswoche ›Ferien für alle!‹ um Ihre Lieblinge! Rufen Sie uns an und

Ihr Urlaubsengel kommt prompt!« Sie lächelte den Beamten tapfer an. »Und wissen Sie, wer unser treuester Kunde ist? Sie werden es kaum glauben! Hauptkommissar Dr. Rose! Den kennen Sie doch bestimmt auch, oder?«

Die Überraschung zauberte zwei niedliche Grübchen in das Gesicht des jungen Mannes.

»Ehrlich? Uns erzählt der Chef immer, er macht gar keinen Urlaub!« Verschwörerisch blinzelte er ihnen zu. »So kommt man dahinter! Schönen Tag auch!«

»Hu, das war knapp!«, stöhnte Amanda, als sich die Aufzugtür schloss. Erleichtert fuhren sie in den elften Stock, wo sie auf Pios versiegelte Wohnungstür stießen.

»He, sieh mal! Da kommen wir ja gar nicht mehr rein, Isy!«

»Wollen wir ja auch nicht.« Zielstrebig eilte Isy zum Ende des Flures und versuchte das weiße Bogenfenster zu öffnen. Endlich gelang es und sie steckte die Nase hinaus, um die Umgebung zu inspizieren. Schnell war ihr klar, dass es nur das Haus schräg gegenüber dem Penthouse sein konnte. Nur von dort und nur von der Wohnung mit dem Balkon im obersten Stock konnte man vielleicht aus einem bestimmten Winkel mit einem Fernglas in den Wohnraum des Professors blicken.

»Kannst du mir mal sagen, was das soll?«, erkundigte sich Amanda ungeduldig.

Sie hatte Hunger. Sie dachte an ihr Mittagessen. Aber Isy rief schon wieder den Lift. »In fünf Minuten bist du schlauer!«

Sie verließen das Haus durch den Vordereingang und drängten sich durch die Menge der Reporter. Aus den Augenwinkeln sah Isy, wie Jo Schreiber bei ihrem Anblick ruckartig den Kopf hob und überlegte. Doch da überquerte sie auch schon die Fahrbahn, um in einem der gegenüberliegenden Gebäude zu verschwinden. Amanda kam kaum nach. Schweigend fuhren sie in den obersten Stock, wo Isy auf den Klingelknopf einer Wohnung drückte, aus der es nach Braten und Rotkohl roch. Natürlich war klar, dass sie ohne einen überzeugenden Grund keinen Einlass finden würden.

»Überraschung! Sie haben gewonnen!«, überfiel sie die silberhaarige Dame, die sie erstaunt durch ihre Brille musterte. »Wir sind Ihre Glücksengel! Dürfen wir reinkommen?« Ohne eine Antwort abzuwarten, schoss Isy geradewegs durch die offene Wohnzimmertür zum Tisch am Fenster, wo ein älterer Herr mit Glatze erschreckt von seinem Schmorbraten aufsprang.

»Guten Appetit!«, sagte sie höflich und spähte durch die Spitzengardinen. Der Blickwinkel stimmte, aber die Wohnung hatte keinen Balkon.

»Wir haben was gewonnen, Herbert!«, teilte die alte Dame ihrem Mann mit, während Amanda gierig auf die gefüllten Teller starrte. »Die beiden Engel bringen uns unseren Gewinn.«

Erwartungsvoll sah das Ehepaar auf Isy. Die setzte eine zerknirschte Miene auf.

»Ja, äh, tut mir leid, aber wie es aussieht, scheinen wir Ihre Wohnung verwechselt zu haben. Der Gewinn geht leider … an Ihre Nachbarn.«

»Das war echter rheinischer Sauerbraten mit Rosinen!«, murmelte Amanda wehmütig, als Isy den Daumen auf die Klingel der Nachbarwohnung presste.

Als Antwort ertönte das heisere Bellen eines alten Hundes. Sonst blieb es still.

Bestimmt werden wir erst durch den Spion gemustert, dachte Isy. Sie las den Namen auf dem Türschild. Er lautete »Grigoleit«. Inzwischen schnüffelte Amanda den Türspalt ab. »Gefüllte Paprikaschoten!«, stellte sie fest.

»Hallo?«, rief Isy und klopfte sanft an die Tür. »Bitte öffnen Sie! Es ist wichtig!«

Der Hund bellte nun lauter und endlich ließ sich auch eine hohe, dünne Frauenstimme vernehmen. »Wer ... ist denn da?«

»Überraschung!«, rief Isy verheißungsvoll.

Die Tür öffnete sich vorsichtig einen Spalt und Isy sah in schwarze, misstrauisch funkelnde Augen. »Ich will nichts mit der Polizei zu tun haben!«

»Das haben Sie nicht, Frau Grigoleit.«

»Und mit der Zeitung auch nichts!«

»Wir sind nicht von der Zeitung. Wir sind Ihre Glücksengel! Sie haben gewonnen!«

Als hätte sie ein Zauberwort gesagt, öffneten sich nun die Wohnungstür und der schmale, runzlige Mund.

»Aber wieso? Ich spiele doch gar nicht Lotto!«

»Es handelt sich um ... äh ... das neue Sonntagsgewinnspiel. Wir haben Sie unter Tausenden Berlinern aus dem Telefonbuch gefischt! Herzlichen Glückwunsch!«

Aufgeregt schritt die hochgewachsene Frau Gri-
goleit in ihren grünen Seidenpantoffeln voran und
sie folgten ihr und dem alten Cockerspaniel ins
Wohnzimmer, das in seinem Grundriss bis auf den
kleinen Balkon der Nachbarwohnung glich. Auch
hier stand das Mittagessen schon auf dem Tisch.
Gelbe, scharf angebratene Paprikaschoten mit
Hackfleisch in Tomatensoße für eine Person. Der
Tisch stand direkt vor dem Fenster und neben dem
Teller stand das Fernglas.

»Oh!«, rief Isy mit gespieltem Entsetzen. »Sie
haben ja schon ein Fernglas!«

»Ach! Wäre das mein Gewinn gewesen?« Die
Stimme der Frau klang enttäuscht.

Schnell griff Isy nach dem schweren Glas und
trat damit ans Fenster. »Ja, das wäre Ihr Preis gewesen. Aber Ihr altes ist doch auch noch recht scharf,
oder?«

»Es ist Zeiss-Optik!«, sagte Frau Grigoleit stolz.
»Von meinem verstorbenen Mann ...«

»Damit kann man wirklich toll sehen«, gab Isy
zu. »Direkt bis in Professor Pioschlecks amerikanische Küche! Es ist echt schade, dass Sie nicht gerade Rührei essen, nicht wahr, Amanda?«

— 26 —

Das Schnitzel war kalt, als sie nach Hause kam,
und die Blicke ihrer Mutter eisig.

Schuldbewusst würgte Isy das Fleisch hinunter.

»Bleibst du nun heute mal zu Hause oder sehen

wir dich auch nicht zum Kaffee?«, fragte Frau Schütze, als sie ein Schälchen mit eingelegten Pflaumen brachte. Aus dem Backrohr in der Küche roch es himmlisch nach Käsekuchen.

»Weiß noch nicht«, murmelte Isy, die es nicht übers Herz brachte, ihre Mutter noch mehr zu enttäuschen. In einer Stunde war sie mit Tannhäuser und Gummibärchen bei Amanda verabredet. Das klappte reibungslos, weil deren Lieblingsmannschaft Union zum Glück heute Nachmittag auswärts Fußball spielte.

»Den Käsestreusel hab ich extra für dich gebacken!«, klang es vorwurfsvoll vom Herd. Wenn sie ihrer Mutter doch bloß erzählen könnte, wie unheimlich wichtig dieses Treffen war! Wie wichtig ihr ganzes Tun und Treiben in den vergangenen Wochen überhaupt gewesen war. Aber das durfte sie nicht. Das würde ihre Mutter erst eines Tages wieder mit einer Gänsehaut in der Zeitung lesen können.

Isy löffelte das Kompott auf und ging in ihr Zimmer. Ein Weilchen saß sie an ihrem Schreibpult und trug die Ereignisse der letzten Tage in ein leeres Aufgabenheft ein.

Das war bisher nicht nötig gewesen. Jetzt aber, wo sich die Dinge immer mehr zu verwirren begannen, konnte eine Gliederung Übersicht bringen. Mit der Zungenspitze zwischen den Lippen schrieb sie die wichtigsten Punkte auf. Danach fertigte sie ein Personenschema von allen Beteiligten an, die sie untereinander mit verschiedenen Filzstiftfarben verband. Nachdem sie zunächst Josepha in den Mittelpunkt der Zeichnung gestellt hatte, tauschte sie den Namen des Mädchens gegen den Lothar Lolls aus. Josepha war schließlich in Sicherheit. Derjenige, der im Zentrum ihrer Aufmerksamkeit stehen musste, war Lothar Loll.

Ganz bestimmt hatte er die heutigen Schlagzeilen gelesen und wusste nun, dass Josepha nicht mehr seine Gefangene war. Wie aber würde er reagieren? Würde er der Presse glauben oder vielmehr eine Falle der Polizei wittern? Und würde er das Apartment 1101 zum verabredeten Zeitpunkt noch einmal betreten oder vorsichtshalber von der Bildfläche verschwinden? Davon hängt alles ab, dachte sie erregt, ob wir ihn erwischen oder nicht. Mal sehen, was die Jungen dazu meinten.

Gespannt lehnte sie sich zurück und überflog noch einmal die Notizen.

Ein Gefühl heimlichen Triumphes beschlich sie bei dem Gedanken, dass nicht einmal der wohlriechende Dr. Rose wusste, wo sich Josepha aufhielt, wer der Polizei den anonymen Hinweis auf Professor Pios Wohnung gegeben hatte und was für eine Schurkenrolle Lothar Loll alias Wolfram B. Braun spielte.

Kaum zu glauben! War es wirklich erst zwei Wochen her, seit sie sich die blonden Perücken übergestülpt, die blauen Brillen auf die Nase geschoben und ihren Job als Urlaubsengel begonnen hatten? Inzwischen steckten sie bis über die Ohren in einem Fall, der ganz Berlin und Umgebung in Atem hielt. Und nur sie hatten den Durchblick!

Natürlich kam ihnen der morgige Schulbeginn

in die Quere, aber auch das würden sie packen. Sie hatten doch bis jetzt alles geschafft!

Schnell riss Isy die beschriebenen Seiten aus dem Heft und schob sie in die Taschen ihrer Jeans. Dann schlich sie in den Flur, wo es nach dem frischen Kuchen duftete, und nahm den Parker von der Garderobe. Das Letzte, was sie beim behutsamen Zuschnappen der Wohnungstür hörte, war das herzliche Lachen ihrer Eltern. Sicher guckten sie gerade einen lustigen Film.

Auf der Straße war es ungemütlich. Der Himmel hatte sich eingetrübt und eine kühle Feuchtigkeit, die weder Regen noch Nebel war, fiel lautlos herab und ließ den Asphalt glänzen. Mit Wehmut dachte Isy an den liebevoll gedeckten Kaffeetisch daheim, doch siehe da, welch Überraschung: Auch Amanda hatte gebacken! Auf der marmornen Arbeitsplatte der weißen Traumküche bestreute sie gerade einen knusprigen Sandkuchen mit Puderzucker.

»Was du alles kannst!«, staunte Isy.

»Mit 'ner Fertigbackmischung kann das jeder.«

»Ich bewundere dich trotzdem«, sagte Isy aufrichtig. »Soll ich den Tisch decken?«

Amanda starrte sie an. »Wieso? Der Kuchen ist doch nicht für uns.«

»Nicht für uns?«

»Nein, für Pio. Wir müssen ihn nachher nur noch ins Gefängnis bringen.«

In diesem Augenblick schrillte die Klingel und Amanda ging an Isys sprachloser Miene vorbei zur Wohnungstür, um den Jungen zu öffnen.

Auch sie verkannten die Lage mit dem Kuchen.

Vor allem Gummibärchen schien ihn in Hinblick auf Amandas morgendlichen Anschlag für ein Versöhnungsangebot zu halten.

»Finger weg!«, schimpfte die. »Das ist ein Geschenk. Außerdem ist er sehr eisenhaltig.«

»Eisenhaltig?«, nuschelte Tannhäuser und zupfte an seinem grünen Schlabbershirt. »Du meinst, du hast viele Nüsse drin?«

»Ich hab eine Feile drin!«, sagte Amanda stolz. »Frisch eingebacken! Aus dem Werkzeugkasten von meinem Dad. Damit kriegt Pio jedes Gitter durch.« Empört blinzelte sie in das brüllend einsetzende Gelächter. »Wir müssen doch was für den Professor tun!«

»Wisst ihr denn noch nicht, dass der Mann wieder frei ist?«, fragte Tannhäuser. »Sie haben es vorhin in den Nachrichten gebracht. Du kannst uns also ruhig bewirten.«

Pio war frei? Erleichtert fielen sich Isy und Amanda in die Arme. Eine bessere Nachricht hätten ihnen die Jungen gar nicht bringen können.

Als Amandas Backwerk bis auf die Eisenfeile verputzt war, erläuterte Isy am Küchentisch ihre Notizen. »Es geht um Lothar Loll«, schloss sie. »Wo steckt er? Was denkt er? Wie wird er reagieren?«

Diese Fragen machten alle still.

»Den kriegen wir sowieso nicht mehr«, nuschelte Tannhäuser nach einer Weile.

»Das verdanken wir dem Kerl, der Josepha verpfiffen hat«, knurrte Gummibärchen. »Sagt mir seinen Namen und ich polier ihm die Fresse. Aber nicht bloß mit Rührei.«

»Anni Grigoleit!«, sagte Isy, während Lara Croft peinlich berührt errötete.

Gummibärchen quollen fast die Augen aus dem Kopf. »'ne Frau war das?«

Sie nickten.

»Habt ihr das von der Polizei?«

»Nee, aber das kann die Polizei von uns haben.« Mit einer Kopfbewegung wies Amanda zu Isy. »Frau Kriminalrat hatte den richtigen Riecher!«

»Und wie konnte die Frau Josepha überhaupt sehen?«

»Mit ihrem Fernglas. Vom Balkon. Bestimmt wollte sie nur ihren prominenten Nachbarn beobachten, aber da war plötzlich dieses Mädchen, nach dem die ganze Stadt sucht.« Isy spürte, wie sie Mitleid mit der alten Frau überkam. »Gewiss wollte sie Pio nicht schaden, aber sie hatte auch Angst um Josepha. Das war ihr Konflikt.«

»So hab ich das noch nicht gesehen«, gab Amanda zu. »Es war also eine gute Tat.«

»Uns hat sie mit der guten Tat den Erpresser verscheucht!«, stellte Tannhäuser fest.

»Und wenn er's gar nicht gelesen hat?« Gummibärchen schob seinen Stuhl fort und begann sich nach einem Aschenbecher umzuschauen.

»Josepha meinte zwar, dass er verreist ist und erst an Halloween gegen vier Uhr zurückkommt«, erinnerte sich Amanda, »aber vielleicht hat er bloß Quatsch erzählt.«

»Ich glaube nicht, dass er verreist ist«, ergriff Isy das Wort. »Auch nicht, dass er es nicht gelesen hat. Eher glaub ich, dass er der Geschichte mit Josephas

Armband in Pios Wohnung nicht traut. Wahrscheinlich hält er es für eine Falle. Ist ja bekannt, dass die Polizei mitunter gezielt Falschmeldungen herausgibt, und da Josepha nirgends auftaucht, wird ihn das in seiner Annahme bestärken.« Sie klopfte nachdrücklich mit einem Stift auf das Papier. »Ich behaupte, dass er in das Apartment zurückkehrt. Er muss sich selbst überzeugen. Schließlich geht es für ihn um eine Viertelmillion!«

»Kann sein, kann nicht sein«, befand Tannhäuser. »Gibt es hier ein Branchenbuch?«

»Logo!«, sagte Amanda und schleppte den gewünschten Wälzer herbei.

»Das ist die Lösung!«, platzte Isy heraus. Sie ahnte Tannhäusers Vorhaben. Er wollte auf Nummer sicher gehen. Wenn es ihnen nämlich gelang, Lothar Loll über seinen Job ausfindig zu machen, würden sie ihn auf alle Fälle schnappen, egal ob sie ihn in der Wohnung erwischten oder nicht.

Gummibärchen, der inzwischen einen Aschenbecherersatz gefunden hatte, kehrte mit einem leeren Weißblechdeckel zum Tisch zurück.

»Ich weiß wirklich nicht, warum ihr solche Brühe um den Kerl macht. Warum servieren wir Josepha nicht endlich ihren Eltern und kassieren ab?«

Niemand antwortete ihm. Während Tannhäuser die Gelben Seiten durchblätterte und Amanda die Telefonnummern dreier Berliner Unternehmen diktierte, grübelte Isy krampfhaft, wie sie als Schüler einer siebenten Klasse, Lichtjahre entfernt von Haushalt und Besitz, mit diesem Service überhaupt in Kontakt kommen sollten? Solche Dienstleistungsbetriebe verhandelten doch nicht mit Halbwüchsigen.

Das muss ein Erwachsener übernehmen, durchfuhr es sie. Sonst haben wir keine Chance. Wem aber konnten sie das zumuten, ohne ihm reinen Wein einzuschenken? Eigentlich keinem, dachte sie verzagt. Oder?

Unvermittelt sprang sie auf und verließ die Küche. Ihr war ein Gedanke gekommen, noch unreif wie ein grüner Apfel, aber sie musste es probieren. Amandas Handy lag auf ihrem Bett, wo Prinz William jede Nacht schüchtern auf die schlafende Amanda herablächelte, und als Isy die Nummer eingetippt und sich die bewusste Stimme gemeldet hatte, holte sie tief Luft.

»Einen schönen Sonntagnachmittag! Hier sind wieder mal die Katastrophenweiber. Sie werden es schon ahnen, wir brauchen Ihre Hilfe!«

— 27 —

»Ihr wieder!«, seufzte Herr Rimpau. Er hatte sich für diesen klaren, sonnigen Herbsttag eigentlich vorgenommen das letzte Kapitel seines neuen Romans zu beenden. Doch anstatt in der abgeschirmten Stille seines Arbeitszimmers konzentriert an seinem Manuskript zu arbeiten, kräftigen, duftenden Darjeeling zu trinken und mit den unendlich vielen Möglichkeiten von Worten, Charakteren und Situationen zu jonglieren, saß er seit Schulschluss mit zwei aufgeregten Mädchen in seinem Wohnzimmer und horchte auf das Klingeln im Flur. Unvorstellbarerweise sollte er in wenigen Minuten einem wildfremden Menschen die Auflösung seines Haushaltes anbieten!

Isys telefonischer Bitte entsprechend hatte er am frühen Vormittag alle drei Firmen angerufen und sein Anliegen dringend gemacht. Auch wenn all dies nur zum Schein geschah, so hätte er doch gern gewusst, in was sie da wieder hineingeraten waren. In Verdacht, dass sie sich vor irgendetwas fürchteten, hatte er sie bereits seit jenem Abend, an dem sie sich in Isys Wohnung mit der Kommode verbarrikadiert hatten. Doch die jungen Damen schienen nicht gewillt ihn über den Sinn der heutigen Aktion aufzuklären. Sie taten äußerst geheimnisvoll. Damit er aber nicht ganz so dumm dastand, hatten sie ihm freundlicherweise ein paar Stichworte auf einem kleinen Spickzettel notiert. Auch dass im schützenden Gebüsch der gegenüberliegenden Grünanlage zwei Jungen aus ihrer Klasse Posten bezogen hatten, um auf Amandas Winken mit dem handgewebten Store einer sich als verdächtig herausstellenden Person auf den Fersen zu folgen, hatten sie gerade noch zugegeben.

Nun saßen sie vor Anspannung blass und verkrampft auf dem altersschwachen Biedermeier-Sofa und kraulten Alfredos graue Schnauzerohren.

»Wollt ihr einen Zimttee?«, fragte er mitleidig.

In diesem Moment schrillte es an der Wohnungstür und die Mädchen sprangen aus den Polstern und sausten wie abgesprochen hinter den weinroten Filzvorhang einer Nische im Flur, während der Autor mit dem bellenden Alfredo den Haushaltsauflöser Nummer eins einließ.

Stumm hielten sich Isy und Amanda hinter dem Vorhang an den Händen und lauschten auf die fremde Stimme. Wolfram B. Braun gehörte sie jedenfalls nicht.

Eine Weile zogen die Männer murmelnd ihre Runde durch die große Altbauwohnung und sie konnten nur Wortfetzen verstehen. Es war herauszuhören, wie begeistert der Mann von den wertvollen Antiquitäten des Haushaltes war, doch blanke Panik schien ihn beim Anblick der vielen Bücher in Arbeitszimmer und Flur zu packen. Sie standen jetzt direkt vor dem Filzvorhang. Isy konnte braune Halbschuhe mit dicken hellen Sohlen erkennen. »Mann, wie viel Bücher haben Sie denn? Die kann man ja bloß noch nach Kilo vakoofen!«

»Etwas mehr als viertausend Stück bestimmt«, klärte ihn Patrick Mortimer Rimpau liebenswürdig auf. »Aber keine Angst, von meinen Büchern würde ich mich niemals trennen. Sie machen mir also ein Angebot?«

»So ist es, Meister!« Den Schritten nach zu urteilen begleitete der Autor den Gast jetzt zur Tür. »Ach, ich hätte da noch eine Frage«, sagte er gemäß seinem Spickzettel, und mit Erleichterung und Vergnügen vernahm Isy, wie überzeugend der Schriftsteller schwindeln konnte.

»Außer Spesen nichts gewesen!«, sagte der, als sie sich wieder ins Wohnzimmer zurückzogen und auf die nächste Firma warteten. Haushaltsauflöser Nummer eins hatte unter seinen Kollegen keinen gehabt, der Lothar Loll oder Wolfram B. Braun hieß.

»Was ist eigentlich, wenn der nächste Haushaltsauflöser der Mann ist, auf den ihr wartet?«, erkundigte sich der Autor, seine Pfeife stopfend. »Wird's dann gefährlich? Muss ich mich für euch kloppen?«

Die Frage erübrigte sich. Der nächste Mann, der kam, war eine Frau. Eine Haushaltsauflöserin.

Da waren sie ja überhaupt nicht draufgekommen, staunten Isy und Amanda hinter ihrem Filzvorhang. Warum sollte das kein Job für Women sein?

Herr Rimpau indes begann seinen Streifzug durch die Landschaft seiner Wohnung mit der Haushaltsauflöserin, die verschärfte schwarze Wildlederstiefel trug. Auf ihre Frage, warum er seine schöne Wohnung aufgeben wolle, verriet er, dass er die Absicht habe, seinen Wohnsitz für die nächsten Jahre in die Staaten zu verlegen. »Sie Glücklicher!«, hauchte die Haushaltsauflöserin. Dann tauschten sie Visitenkarten, die Dame versprach ein Angebot und der Autor stellte die ihm aufgetragenen Fragen.

»Aus unserer Branche?«, fragte die Frau gedehnt. »Ein Lothar Loll oder Wolfram B. Braun?« Isy konnte sich richtig vorstellen, wie sie die Augenbrauen hochzog. »Ist mir ehrlich gesagt nicht bekannt.« Fehlanzeige Nummer zwei!

Wieder gingen sie ins Wohnzimmer und Isy trat ans Fenster, um nach Tannhäuser und Gummibärchen zu spähen, die im Schutze einiger Koniferen frierend auf und ab liefen. Sicher war die Haushaltsauflöserin mit ihrem weißen Kombi auch für sie eine Überraschung gewesen. Bis zur Beobachtung von Nummer drei hatten sie noch eine Stunde Zeit. Dann waren sie erlöst.

»Wollen wir nicht was spielen, damit die Zeit schneller vergeht?«, drängte sie.

»Mikado«, schlug Herr Rimpau vor. »Das heißt, wenn ihr es mit japanischen Essstäbchen spielen könnt.«

Sie kicherten.

»Rommé!«, rief Amanda schnell, bevor Isy wieder »Cluedo!« sagen konnte.

»Cluedo!«, sagte Isy trotzdem.

»Bedaure.« Herr Rimpau zuckte die Achseln. »Ich bevorzuge Poker, aber Cluedo ist wirklich ein intelligentes Spiel. Leider haben sämtliche Brett- und Kartenspiele der Familie mit der Zeit dank der Kinder Beine gekriegt ...«

»Ach was«, tröstete ihn Isy, »lese ich eben. Ist ja wie in einer Bibliothek hier!« Neugierig schritt sie die Regale ab. Plötzlich stieß sie einen Laut der Überraschung aus. »Was denn, Liebesgedichte haben Sie auch geschrieben? Ist ja krass!«

»Nun, äh, in früheren Jahren. Aber meiner Frau haben sie gefallen.«

»Lesen Sie mal vor!«, forderte Amanda.

»Da sei Gott vor!«, rief Herr Rimpau entrüstet. Und Gott war vor. Er ließ es eine halbe Stunde zu früh klingeln. Erschreckt flitzten sie hinter den Filzvorhang und lauschten mit klopfenden Herzen, wie der Schriftsteller den Vertreter der dritten Firma einließ.

Dieses Mal galt es! Diesmal musste er es sein!

Alfredos ohrenbetäubendes Gebell ließ es zunächst nicht zu, die Stimme des Fremden zu identifizieren, und erst als Herr Rimpau den Hund weggesperrt hatte, lauschten sie niedergeschlagen dem fremden Klang. Tannhäuser hatte sich offensichtlich geirrt. Wolfram B. Braun alias Lothar Loll musste einen anderen Job als den des Haushaltsauflösers haben.

Was jetzt, dachte Isy, während Herr Rimpau die dritte Besichtigungstour dieses Nachmittages durch seine heiligen vier Wände startete, alte Möbel, neue Technik und kostbares Porzellan erklärte und schließlich die übliche Frage stellte, die für ihre Ohren zu leise beantwortet wurde.

»Diese Namen sagen Ihnen also nichts!«, wiederholte der Autor lautstark Richtung Filzvorhang. Dann fiel auch hinter diesem Besucher die Tür ins Schloss.

»Das war's!«, seufzte Herr Rimpau. »Ihr habt es gehört: Wieder nichts!«

Wieder nichts? Katapultartig schoss Isy an dem verdutzten Schriftsteller vorbei ins Treppenhaus, wo ein schwergewichtiger Mann mittlerer Größe in einem dunkelblauen Wollmantel umständlich die Treppe hinunterstapfte.

»Entschuldigen Sie bitte einen Augenblick. Mein, äh ... Vater hat Ihnen die falsche Frage gestellt. Vielleicht kennen Sie ja keinen Mitarbeiter namens Wolfram B. Braun oder Lothar Loll, aber möglicherweise haben Sie ja jemanden in der Firma, der etwa so groß ist wie Sie, ein bisschen schlanker und der braunes Haar und dunkle Augen hat?«

»Braunes Haar?« Der Mann atmete keuchend. »Bei uns sind eigentlich alle blond.«

Vor ihrem geistigen Auge sah Isy Wolfram B. Braun wieder am Schreibtisch sitzen und in der Geldbörse nach Euros suchen. Hatte sein braunes Haar da nicht im Schein der Schreibtischlampe wie eine stumpf schimmernde Tönung gewirkt?

»Könnte gefärbt sein«, fügte sie hastig hinzu, denn sie spürte, dass sich der Mann nicht aufhalten lassen wollte. »Aber er ist ein Filmfreak und ein Fan von Maximilian Schell.«

»Ach, der Rainer!« Der Mann im blauen Wollmantel schmunzelte. »Rainer Wutzke. Stimmt, der hat mal bei uns gejobbt. Ist schon ein paar Monate her. Mit alten Filmen kannte der sich wirklich gut aus. Die Jungens nannten ihn nur den ›Regisseur‹.«

»Haben Sie seine Adresse?«

»Unsere Personalabteilung vielleicht.« Er nickte ihr zerstreut zu und setzte mit leichtem Keuchen seinen Weg fort. Isy aber sank erleichtert auf die nächste Stufe. BINGO!

— 28 —

Es würde der härteste Tag des Jahres werden! So viel war sicher.

Die erste Stunde war Mathe, die nächste Deutsch, die dritte Musik und die vierte Biologie. Pünktlich zu Beginn der fünften Stunde musste Amanda entweder laut jammernd Zahnschmerzen kriegen, mit dem Fuß umknicken oder in Ohnmacht fallen. Isy ließ ihr die Wahl. Auf jeden Fall würde sie Amanda begleiten müssen – natürlich zu Otti und Lotti in die Kantstraße und zu Gottfried nach Karlshorst! Sie würden sich sogar beeilen müssen, denn um drei warteten bereits Hagen und Reginald vor dem Apartment 1101 auf sie. Es galt, diesen Rainer Wutzke alias Lothar Loll alias Wolfram B. Braun zu erwischen und der Gerechtigkeit zu übergeben.

Am späten Abend würde dann auch Frau von Leinungen mit »Harissa« aus Brinkenbühl zurückkehren und sie konnten Josepha endlich im Triumphzug zu ihren Eltern bringen. Außerdem war Halloween. Das volle Programm also!

Zu alledem hatte sie auch noch schlecht geschlafen. Mit Schaudern dachte sie an den Albtraum, der sie wieder einmal gequält hatte. Amanda und sie waren in dem Cluedo-Haus gewesen und hatten es sich gerade in der behaglichen Bibliothek gemütlich gemacht, als auf einmal Direktor Grün in der Tür stand.

»Ich nehme an, Sie haben die Leiche der Frau Weiß in der Küche schon gesehen?«, fragte er streng. »Der Tatort steht also fest. Bleibt die Frage, mit welchem Werkzeug das Verbrechen verübt wurde. Mit dem silbernen Leuchter, dem Heizungsrohr, dem Seil, der Pistole oder dem Dolch?«

»Aber Frau Weiß ist ja gar nicht Frau Weiß, Herr Direktor!«, hatte sie entsetzt ausgerufen. »Das ist doch Frau von Leinungen, die sie nur spielt!« Dann war sie, gefolgt von Amanda und Direktor Grün, in die Cluedo-Küche gestürzt, wo eine große Puppe mit weißer Spitzenschürze und grauen Löckchen auf dem schwarz-weiß gefliesten Boden lag, aus deren altmodischem Samtmieder gelblich weiße Holzwolle quoll.

Reg dich nicht auf, es ist nur eine Puppe!, hatte sie Amanda erleichtert zurufen wollen, als mit Direktor Grün eine seltsame Verwandlung geschah. Sein schütteres, grau meliertes Haar wurde plötzlich zusehends dunkler und dicht, der gewichtige Body schmolz in Sekundenschnelle zu einer sportlichen Figur und in die hervorquellenden braunen Augen des Mannes trat ein grauer, gnadenloser Sperberblick. Wie vom Donner gerührt erkannte sie, wer da vor ihr stand.

»Wir sind in der Falle, Mandi!«, hatte sie in panischem Entsetzen geschrien. »Er hat uns getäuscht! Es ist gar nicht Direktor Grün! Es ist Rainer Wutzke!«

Schweißgebadet war sie erwacht und selbst beim Zähneputzen war sie noch fahrig gewesen. Wie gut, dass dieser Spuk heute ein Ende haben würde!

»Wünsch mir Glück, Mama!«, sagte Isy an diesem Morgen beim Abschiedskuss und stopfte die Strippe zum Fesseln von Rainer Wutzke in ihre Tasche. »Wenn heute alles glattgeht, hab ich bald jede Menge Zeit. Sogar zum Aufräumen.«

»Schreibt ihr eine Arbeit?«

Isy schüttelte den Kopf.

»Aber wieso . . .«

»Kein Wieso, Mama! Alles wird gut!«

Alles wird gut, dachte Isy auf ihrem Weg zu Amanda. Die Luft roch nach Schnee und die drei kleinen Ahorne vor dem Supermarkt hatten endgültig die letzten gelben Blätter abgeworfen. Ein Mann im blauen Kittel fegte sie fort. Er fegte sie an dem kleinen Reisebüro vorbei, das sein Schaufenster mit Weidekörben voller Kastanien und rotbackiger Äpfel geschmückt hatte. Es warb nun für Südtirol.

»Ich schlage vor, wir fliegen auf die Malediven!«, frohlockte eine helle Stimme. Amandas Spiegelbild tauchte neben dem ihren in der Schaufensterscheibe auf. Fröstelnd rieb sie sich die Hände. »Dort ist es wenigstens nicht so arschkalt. Und leisten könnten wir es uns auch. Ich wette, die Belohnung steigt noch.«

»Man soll den Tag nicht vor dem Abend loben!«

»Wie bitte?«

»Sagt meine Oma immer. Noch haben wir den Kerl schließlich nicht erwischt.«

»Weil du gerade davon sprichst.« Amandas Räuspern klang verlegen. »Heut Nachmittag, äh ... klappt's bei mir leider nicht.«

Bestürzt blinzelte Isy in den sanft einsetzenden Schneefall. »Ist nicht dein Ernst, oder?«

Doch Amanda nickte betreten.

Na, toll! Den restlichen Weg hielt Isy die Lippen gepresst, während ihr jede Menge wütender Anklagen gegen Amanda durch den Kopf gingen. Diese Zimtzicke sollte ihre Freundin sein? Das war ja zum Kichern! Seit wann ließ einen denn eine richtige Freundin in einer so wichtigen Stunde im Stich?

Hatte diese Verräterin etwa schon vergessen, wie sie, Isy, ohne mit der Wimper zu zucken, die ganzen Ferien mit ihr geputzt, gegossen, gefüttert und sich gekümmert hatte, um die drohende Katastrophe mit einem gefälschten Scheck zu verhindern?

Die Enttäuschung bereitete ihr Kopfschmerzen. Was mochte Bumble-Bee denn so Unaufschiebbares vorhaben? Vielleicht ein Date mit dem geheimnisvollen Schuldner?

Nasser, klumpiger Schnee stiebte ihr ins Gesicht, kühlte die heiße, klopfende Stirn und verklebte die Wimpern. Auch Amandas Haaransatz und ihre Brauen sahen im Nu wie weiß gepudert aus. Heute würden sie die Schule als zwei Schneemänninnen betreten. Doch sie würden nicht die Einzigen sein. Zwei vertraute Gestalten verließen gerade die warme Backstube neben dem zu dieser Stunde noch geschlossenen »Georgio« mit einer prallen Tüte Gebäck. Trotz des dichten Flockenwirbels erkannte Isy ihre Klassenkameradinnen Saskia und Binette.

Sie winkte ihnen zu und die wenigen Schritte bis zum Schulhof ließ sie sich von Saskia von dem heißen Liebesfilm berichten, in den die sich vergangene Nacht gezappt hatte. Isy war es nur recht. Sie hätte sich alles angehört, um nicht mit Amanda reden zu müssen, die schweigend neben ihnen hertrottete und ab und zu stehen blieb, um durch das dichte Schneetreiben zurückzuspähen.

»Jemand verfolgt mich!«, flüsterte sie. »Schon von der Haustür an.«

Trotz ihrer Wut auf Amanda musste Isy lachen.

»Das ist dein schlechtes Gewissen! Es hat sich einen Hut aufgesetzt und schleicht dir hinterher.«

Erst als sie das Klassenzimmer betraten und sich den Schnee von den Jacken klopften, sagte Amanda trotzig: »Er trägt wirklich einen braunen Hut! Aber was ist nun, soll ich nachher Zahnschmerzen kriegen, umknicken oder in Ohnmacht fallen?«

»Was du lieber willst. Aber nicht vor der fünften Stunde!«

Natürlich fiel Amanda prompt in der dritten Stunde in Ohnmacht. Zwei Stunden zu früh. Das war, als sie in Musik gerade »Sah ein Knab ein Röslein steh'n!« sangen und der zarte Dr. Rose wie aufs Stichwort in den Unterricht schneite, um mit Trischis Hilfe ein Blatt an die Tafel zu heften, das zwei weibliche Gestalten mit wallenden Engelsperücken und identischen runden Brillen zeigte. Eine Art formloser Umhang vervollständigte die Phantomzeichnung, die Spezialisten der Polizei nach Angaben von Professor Pioschlecks Haushälterin und dem Portier des Penthouses angefertigt hatten.

Isy fühlte, wie ihr beim Anblick der Porträts alles Blut aus den Wangen wich.

Auch Amanda war kreidebleich geworden und selbst auf Gummibärchens Stirn erschienen feine Schweißperlen.

Wie von fern hörte Isy die Stimme des Kommissars, der die 7b davon in Kenntnis setzte, dass die beiden abgebildeten Personen weiblichen Geschlechts zurzeit in Berliner Haushalten als Urlaubsengel tätig und in diesem Zusammenhang dringend verdächtig wären, mit dem Entführungsfall Josepha Boskov in Verbindung zu stehen.

»Es könnten Studentinnen sein«, erklärte der Polizist. »Allerdings lässt die Tatsache, dass sie erst in den Herbstferien aktiv wurden, eher darauf schließen, dass sie Schülerinnen der höheren Stufen sind. Aus diesem Grund erscheint es uns sinnvoll, die Phantomzeichnung besonders jenen Schülern zu zeigen, die in dieselbe Schule wie das Entführungsopfer gehen. Unsere Frage in diesem Zusammenhang: Wer kann Angaben über die als Urlaubsengel verkleideten Personen machen?«

»Wer von euch ist ihnen möglicherweise begegnet?«, mischte sich nun auch Dr. Trisch ein. »Und wann und wo könnte das gewesen sein?«

Wie zu erwarten blieb es mäuschenstill in der Klasse. Auch Isy starrte stur auf ihren Tisch. Das hatte ja irgendwann so kommen müssen. Jetzt nur keinen Fehler machen!

Endlich hellte sich Trischis besorgte Miene auf. Er hatte einen Finger entdeckt.

»Jennifer?«

»Ich habe sie gesehen!«

Alle Köpfe flogen zu Jennifer Niemann, die – verlegen und wichtig – fortfuhr: »Es war letzten Sonnabend beim Cityshoppen. Ich hatte mir gerade eine gelbe Bluse in einer Boutique angeguckt, als sie direkt auf mich zukamen. Ich wusste natürlich nicht, dass sie Urlaubsengel sind – ich hielt sie eher für Weihnachtsengel oder so was. Als wir ungefähr auf gleicher Höhe waren, sagte einer der Engel etwas zu mir.« Jennifer machte eine Pause.

Vermutlich erwog sie, ob sie den Rest der Begegnung auch noch erzählen sollte. Dann entschied sie sich für die Wahrheit. Schließlich konnte es wichtig sein. »Er zischte etwas wie: ›Lügen haben kurze Beine, Jennifer!‹«

»Hast du die Stimme erkannt?«, fragte Herr Dr. Rose sanft in das boshaft einsetzende Gelächter.

Das Mädchen schüttelte den Kopf.

»An wen würde sie dich denn erinnern?«, hakte der Kommissar geduldig nach.

»An ... an Amanda Bornstein vielleicht ...«, flüsterte Jennifer und drehte sich schuldbewusst nach ihrer Mitschülerin um.

Oh, Gott! Hätte Amanda doch bloß die Klappe gehalten! Eine eiskalte Hand griff Isy ans Herz. Jetzt ist es aus, jetzt verliert sie die Nerven und gibt alles zu, dachte sie entsetzt, als sie zu ihrer unendlichen Erleichterung die Freundin unter Dr. Roses ahnungsvollem, stachligem Lächeln nur langsam und stumm von ihrem Stuhl gleiten sah.

— 29 —

Es war nicht mehr zu übersehen, dass nun auch in deutschen Landen an jedem 31. Oktober die lustigen, gelben Kürbisfratzen die Macht übernahmen.

Isy hatte gelesen, dass der ursprünglich keltische Brauch, sich in der Nacht zu Allerheiligen mit Schauerkostümen und geschnitzten Rübenmasken vor bösen Geistern zu schützen, Ende des 19. Jahrhunderts mit Tausenden hungernden Iren in die

Neue Welt gelangt war, wo in Ermangelung von Rüben der ausgehöhlte Kürbis zum Fackelsymbol des amerikanischen Halloween wurde. Auch die Berliner machten seit einigen Jahren begeistert mit.

Sie stellten leuchtende Kürbisköpfe in die Fenster, hielten Süßigkeiten und Münzen für die Umzügler bereit und feierten gänsehautmäßige Gruselpartys. Vor einem Jahr waren sie und Amanda auch auf solch einer starken Fete gewesen, wo die Würste »Heiße Leichenfinger« und die Tänze »Sargpolka« und »Gerippewalzer« hießen.

Auch Frau Knosalla kannte sich mit den Bräuchen des Tages aus. Kaum hatten sie den Daumen auf ihrer Klingel, als sich ihnen auch schon Kekse, Dropse, Lollis und Schokoladenriegel entgegenstreckten.

»Aber Frau Knosalla«, wehrten sie verlegen ab, »wir sind's doch bloß! Ihre Urlaubsengel!«

»Ihr?« Frau Knosalla musterte sie scharf. »Wo sind denn eure schönen Kostüme?«

Im Mülleimer, hätte Isy ehrlich antworten müssen, denn gleich nach ihrer frühen Heimkehr mit der angeschlagenen Amanda hatte sie die Kostüme eiligst zerfetzt, verpackt und unterwegs in die verschiedenen Müllcontainer gestopft, damit sie nicht als Beweisstücke identifiziert werden konnten. Doch das durfte Frau Knosalla nicht wissen.

»Wir konnten sie leider nicht behalten«, erklärte sie diplomatisch. »Haben Sie sich denn wenigstens gut erholt?«

»Und wie!« Frau Knosalla strahlte mit frisch gezupften Augenbrauen und einem Teint, auf den Masken, Massagen und Waldluft wieder rosige Frische gezaubert hatten.

»So eine Schönheitsfarm ist wirklich ein toller Ort zum Ausspannen!« Sie stapfte ein wenig schwerfällig in ihr Wohnzimmer, wo sie gerade beim Auswickeln neuer Gewinne war. Während ihrer Abwesenheit hatte sich einiges auf dem Postamt angesammelt: ein Waffeleisen, zwei Kosmetiksets mit exquisitem Haarshampoo, eine wildlederne Brieftasche, ein Satz blauer Glasschüsseln, ein flauschiges Badelaken und ein Karton mit einem Römertopf.

»Wie machen Sie das bloß?«, rief Amanda beeindruckt, als ihr rosa Handy bimmelte und sie sich in den Flur zurückzog.

»Das wollte ich Sie auch gerade fragen«, gestand Isy.

»Ach, Gottchen, als Arbeitslose hat man ja Zeit, nicht? Da kann man so ziemlich jedes Preisausschreiben mitmachen.« Frau Knosalla deutete auf einen Stapel Illustrierte. »Da warten schon wieder die nächsten.«

Dann bedankte sie sich, holte das Geld und legte auch noch die Kosmetiksets drauf. »Von Gottfried! In Liebe! Damit ihr keine Schuppen kriegt!« Sie kicherte fröhlich.

»Die ist wirklich nett«, sagte Isy, als sie unter einem schweren, grauen Schneehimmel auf dem Weg zu Otti und Lotti waren. »Obwohl sie am Anfang so unfreundlich war.«

»Ich muss es auch mal probieren«, murmelte

Amanda fasziniert. »Preisausschreiben gibt es in fast allen Zeitungen und eine Woche Schönheitsfarm wär doch toll, oder?«

»Meinst du, dass Trischi uns dafür eine Woche freigibt?« Belustigt sah Isy auf ihre Uhr. Dank Jennifer Niemanns folgenschwerer Behauptung, für die sie sich anschließend hundertmal bei der mit vereinten Kräften wieder ins Bewusstsein zurückgeholten Amanda entschuldigt hatte, lagen sie mit zwei Stunden Vorsprung hervorragend in der Zeit. Doch die Beunruhigung, die sie seit dem Aufwachen verspürte, wollte nicht weichen. Zum ersten Mal war ihr der Gedanke gekommen, dass dieser Rainer Wutzke vielleicht eine Waffe besaß. Würden sie sich gegen so einen überhaupt wehren können? Tannhäuser und Gummibärchen hatten zwar mehrfach davon gesprochen, ein besonders wirksames Abwehrspray mitzubringen, aber würde das genügen?

Noch immer saß ihr der Schreck mit der Phantomzeichnung in den Gliedern, und als sie eine halbe Stunde später an einem Blumenstand nach einem Sträußchen frischer Herbstblumen für Frau von Leinungen spähten, glaubte sie sogar für einen Augenblick, ebenfalls einen Mann mit einem braunen Schlapphut zu sehen. Doch als sie sich nach ihm umwandte, war er verschwunden.

Jetzt fange ich auch noch an zu spinnen, dachte Isy nervös, während Amanda schon ein Gebinde aus winzigen lavendelblauen Asternknöpfchen und duftigem Schleierkraut von einer Verkäuferin einwickeln ließ. Ihre Wahl bewies, dass die Freundin Frau von Leinungens Persönlichkeit gut erfasst hatte. Isy war sich nicht sicher, ob sie ihr das zugetraut hätte. Aber Amanda war ja immer für eine Überraschung gut!

Oder wie sollte man es nennen, dass sie nach ihrer Rückkehr in die bewusste Welt mittels eines nassen Tafellappens plötzlich die Entscheidung traf, sich nun doch mit ihr und den Jungen heute Nachmittag im Apartment 1101 in Mitte zu treffen?

Isy hatte keine Ahnung, was diesen Sinneswandel der Freundin bewirkt haben mochte, aber sie war erleichtert darüber, bis ihr Amanda direkt vor der leinungschen Wohnungstür plötzlich das Gebinde in dem knisternden Klarsichtpapier samt Katzenfutter in die Hand drückte und verschwörerisch »Ich muss noch was erledigen!« hauchte. »Du schaffst das doch allein, oder?«

Im nächsten Augenblick war sie verschwunden. Wie vom Donner gerührt hörte Isy die schwere Haustür ins Schloss fallen. Was war denn jetzt schon wieder? Hatte Bumble-Bee etwa vorhin, als ihr Handy klingelte, ihr geheimnisvolles Date vorverlegt?

Sie will nicht, dass ich ihr auf die Schliche komme, dachte sie wütend und kostete von dem gekochten Huhn mit Lauch und zarten Sprossen aus der Pfanne. Wenigstens für Otti und Lotti hatte sie vorbildlich gesorgt. Das musste man ihr lassen. In der folgenden halben Stunde bürstete Isy die schnurrenden Katzen, säuberte das Katzenklo, fegte die Wohnung und stellte den Strauß auf den Beistelltisch neben der Couch. So würde sich Frau von Leinungen gleich willkommen fühlen, wenn sie in ihre Wohnung zurückkehrte.

Danach erledigte sie, verfolgt von Ottis und Lottis unergründlichen, bernsteingelben Augen, die letzten Handgriffe und sah sich prüfend um. Weiter war hier nichts mehr zu tun. In ihre Erleichterung, nun auch den letzten Haushalt endgültig verlassen zu können, mischte sich ein wehmütiges Gefühl. Irgendwie hatten sie in den letzten Wochen doch alle zu ihrem Leben gehört: die gepanzerte Leila und der fröhliche Fred, der geduldige Gottfried, Wolodja, der Stinker, und ganz besonders Frau von Leinungens schwarz-weiß gepelzte Feinschmeckerinnen ...

»Macht's gut, ihr zwei!«, flüsterte sie zärtlich. »Wir kommen euch bestimmt mal besuchen.« Dann kämmte sie ihr Haar und schlüpfte in den Parka, als sich der Schlüssel, den sie vorsichtshalber für die Freundin in der Tür hatte stecken lassen, leise im Schloss bewegte. Typisch Amanda! Kam pünktlich, wenn alles fertig war.

»Die Party ist leider aus!«, rief sie spöttisch und starrte verblüfft in Janhos blaue Augen. Der schon wieder!

»Was machst du denn hier?«, erkundigte sich Frau von Leinungens Neffe stirnrunzelnd. Irgendwie sah er aus, als wäre er unter einen Bus geraten. Die rechte Gesichtshälfte war geschwollen und aufgeschrammt und die Schläfe mit einem Pflaster versehen. Auch seine Nase schien etwas abgekriegt zu haben.

Na, das weißt du doch, wollte Isy antworten, als ihr einfiel, dass sie Janho ja das letzte Mal blond gelockt und in der Uniform eines Urlaubsengels gegenübergestanden hatte.

»Ich, äh, bin einer von den Urlaubsengeln. Aber ich will gerade Schluss machen.«

»Du bist das?« Janho grinste mit verschwollenem Gesicht. »Wo hast du denn heute deine Bratpfanne?« Zögernd holte er hinter seinem Rücken ein paar zerdrückte, pinkfarbene Astern hervor. »Wär schön, wenn sie in eine Vase könnten.«

»Komm rein! Siehst ja schlimm aus.«

»Vor drei Tagen sah's schlimmer aus.«

Isy hängte ihren Parka wieder an die Garderobe zurück. »Aber wo die Vasen sind, weiß ich nicht. Ich hab vorhin die genommen, die auf dem Beistelltisch stand.«

»Lass mal, ich kenn mich hier aus!« Frau von Leinungens cooler Neffe drückte sich an ihr vorbei und verschwand im Wohnzimmer. Eine Weile hörte Isy Schranktüren klappen und Schübe schurren. Wenn er keine passende Vase fand, wieso nahm er nicht einfach ein schönes Glas? Isy öffnete den Küchenschrank und spähte nach dem Glaszeug. Ihre Wahl fiel auf einen halbhohen Krug mit fein geschliffenem Henkel. Dabei warf sie einen Blick in die spiegelnde Schrankscheibe und fuhr sich rasch über die widerspenstigen Locken. Was für ein Witz! Nun war der Typ, an den sie in letzter Zeit so oft gedacht hatte, plötzlich hier und suchte nach einer Vase. Suchte er wirklich nur eine Vase?

Isy stellte den Krug ab und lief ins Wohnzimmer.

Es sah aus, als käme sie im richtigen Moment. Janho stand vor den geöffneten Fächern des Sekretärs und ließ gerade ein kleines Päckchen in seiner Hosentasche verschwinden.

»Na, fündig geworden?«

Ertappt fuhr er herum. »Wieso?«

»Ich dachte, du suchst eine Vase für die Blumen?«

»Tu ich auch. Früher standen sie dort.« Er zeigte auf einen mittelhohen Schrank mit Bleiverglasung. »Jetzt hat sie da scheinbar andere Sachen drin.«

»Und was war das, was du dir gerade in die Tasche gesteckt hast?«

»Mein Taschentuch. Bist du immer so neugierig?«

»Du bist voll cool!«

»Du aber auch.«

Einen Augenblick musterten sie einander prüfend. Dann nahm Isy die Astern vom Tisch und trug sie in die Küche. Sollte ihr dieser Janho doch den Buckel runterrutschen! Sie lauschte und warte darauf, dass er abhauen würde, jetzt, wo er doch endlich gefunden hatte, was er suchte. Das Wasser aus dem Leitungshahn war warm und sie ließ es einen Augenblick laufen, bevor sie es frisch und kalt in den Glaskrug füllte. Seiner Tante würde er vielleicht weismachen können, dass er ihr die Blumen zur Begrüßung hingestellt hatte. Dabei waren sie nur ein Vorwand gewesen!

»Du denkst sicher, dass die Blumen nur ein Vorwand waren«, sagte Janho in diesem Moment hinter ihr, »aber das stimmt so nicht.«

»Nee?«

»Nein, Frau Moralapostel! Okay, ich hab was gesucht, aber die Blumen für Tante Gudrun kommen von Herzen.«

»Ich bin kein Moralapostel!«, erwiderte Isy hitzig. »Aber Amanda und ich haben nun mal für die Wohnung deiner Tante die Verantwortung übernommen und da kannst du nicht einfach daherkommen und sie beklauen!«

»Was für ein böses Wort!« Janhos blaue Augen funkelten spöttisch. »Dabei habe ich mir nur mein Eigentum wiedergeholt. Das ist ein Unterschied.«

Bevor Isy etwas entgegnen konnte, schrillte das Telefon. Das Geräusch kam so unerwartet, dass sie zusammenfuhr. Seltsamerweise hatte noch keines der Telefone in den Wohnungen, in denen sie gerade tätig waren, geläutet.

»Bestimmt deine Tante. Sie kommt heute Abend zurück. Gehst du ran?«

Janho von Leinungen schüttelte protestierend den Kopf. »Willst du, dass sie einen Herzanfall kriegt? Ich bin nicht hier!«

Das konnte dem so passen! Natürlich war er hier und genau das würde sie seiner Tante auch sagen. Entschlossen eilte sie ins Wohnzimmer und nahm den Hörer ab. »Isolde Schütze bei Leinungen. Guten Tag!« Erleichtert vernahm sie Frau von Leinungens Stimme, die ihr fröhlich mitteilte, dass sie und Harissa heute Abend erst den letzten Bus aus Brinkenbühl nehmen würden, weil sie noch an Direktor Grüns Halloweenparty teilnehmen wollten. Auch ein Umzug mit den Dorfleuten sei geplant.

»Als was gehen Sie denn?«, erkundigte sich Isy gespannt.

»Als Gerippe!«, lachte Frau von Leinungen.

»Und, äh, Harissa?«

»Die hat sich, glaub ich, für ein Hexenkostüm entschieden.«

Josepha als Hexe? Das passte!

»Na, dann viel Spaß!«, sagte Isy und mit Blick auf Janho, der mit gleichmütiger Miene im Türrahmen stand, fügte sie grinsend hinzu: »Jetzt hab ich noch eine Überraschung für Sie! Ihr Neffe ist gerade hier. Er ist vorbeigekommen, um ein paar Blümchen für Sie abzugeben. Ist das nicht nett? Ich soll Sie auch schön grüßen!«

»Ich soll Sie auch schön grüßen!«, äffte Janho sie nach, kaum dass sie den Hörer aufgelegt hatte. »Müsst ihr Mädels denn immer petzen?«

»Hast du nicht kapiert, dass ich dir eine Brücke gebaut hab?«, verteidigte sich Isy.

»Warum legst du das Päckchen nicht einfach zurück?«

»Klasse Idee! Soll ich mir vielleicht wieder die Fresse polieren lassen?« Vorwurfsvoll fuhr sich Frau von Leinungens Neffe mit den Fingerspitzen über das geschwollene Gesicht. »Du scheinst zu glauben, dass das mein Hobby ist.«

Und als Isy schwieg, fügte er beschwörend hinzu: »Es sind nur ein paar bunte Pillen, die ich für einen Kumpel aufbewahren sollte, ehrlich, doch als mein Vater davon Wind kriegte, flog ich damit raus. Da fiel mir Tante Gudrun ein und ich versteckte das Zeug bei ihr im Dielenschrank, doch als es der Kumpel wiederhaben wollte, konnte ich es nicht finden. Schließlich sprach ich meine Tante darauf an. Na, die ist vielleicht ausgeflippt!« Janho verdrehte die Augen. »Plötzlich war ich ein Fixer, ein Dealer, ein gewissenloses Ferkel, das den stolzen Namen derer von Leinungen in den Schmutz ziehen wollte! Und die bunten Pillen hätte sie eben mal schnell ins Klo gespült, um mich vor dem Abgrund zu retten!«

»Ist ja voll krass! Hat sie das wirklich?«

Janho schüttelte den Kopf. »Natürlich nicht. Ich kenn sie ja.«

»Auf jeden Fall scheint dein Kumpel ein Anhänger schlagkräftiger Argumente zu sein!«

»Das war er doch nicht persönlich, aber er hat sich dummerweise mit den falschen Typen eingelassen ...«

»Warum lässt du dich überhaupt verprügeln? Wieso gehst du nicht zur Polizei?«

»Weil ...« Janho biss sich auf die Lippen. »Eh, ich glaub, ich hab dir ohnehin schon zu viel erzählt!« Abrupt drehte er sich um und ging zur Tür. »Vielleicht wegen deiner schönen braunen Augen?«

Isy konnte nicht verhindern, dass heiße Röte in ihre Wangen schoss. Nahm er sie jetzt auf den Arm oder fand er ihre Augen wirklich schön? »Geh zur Polizei, Janho, bitte, klär das auf! Die wissen so was zu schätzen.«

»Geht definitiv nicht. Da ... steckt ein Mädchen mit drin. Eine, mit der ich mal gegangen bin. Sie hat das vermittelt. Wir hätten jeder 200 Euro von dem Typen fürs Aufbewahren bekommen. Inzwischen ist mir klar geworden, dass man sie entführt hat und sie so lange versteckt hält, bis ich ihnen endlich diese verdammten Pillen bringe. Kapierst du jetzt endlich, warum es so wichtig für mich war, das Zeug zu finden?«

»Wenn du Josepha meinst, machst du dir unnötige Sorgen«, bemerkte Isy ruhig. Sie angelte ihren Parka von dem Garderobenständer und schlüpfte hinein. »Die befindet sich in der Obhut deiner Tante im Cluedo-Haus in der Brinkenbühl-Mühle und kommt heute Abend mit ihr zusammen zurück.«

»Sag das noch mal!«, stammelte der blonde Junge verwirrt.

Das ungestüme Öffnen der Wohnungstür ließ sie beide zusammenfahren. Amanda steckte ihr von der Kälte gerötetes Gesicht herein. Als sie erkannte, mit wem Isy in der Diele stand, riss sie vor Überraschung den Mund auf. »Also wirklich, dich kann man doch keine Minute alleine lassen!«

— 30 —

Der Mann mit dem braunen Hut verfolgte sie immer noch.

Er löste sich als Schatten aus Hauseingängen, huschte hinter ihnen in den Bus und klebte an ihren Fersen, aber wenn sich Isy nach ihm umwandte, war er wie vom Erdboden verschluckt. Das kann eigentlich nur Rainer Wutzke sein, schoss es ihr durch den Kopf. Der hat wie ein Wolf Josephas

Fährte aufgenommen und will wissen, wo wir hingehen. Nur merkwürdig, dass ihr die Sache mit dem auffälligen braunen Hut irgendwie bekannt vorkam. Hatte sie das vielleicht in einem Film gesehen?

Sie überlegte, ob sie Amanda auf den Verfolger aufmerksam machen sollte, aber die Freundin würde vermutlich wieder überreagieren und eine Ohnmacht heute reichte!

Doch als sie sich dem Apartmenthaus am Alexanderplatz näherten, in dem sie mit den Jungen verabredet waren, packte Amanda plötzlich ihren Arm.

»Lach mich jetzt nicht aus, Isy, aber ich glaube, gerade hab ich ihn wieder gesehen!«

»Der folgt uns schon die ganze Zeit.«

»Echt? Dann bilde ich mir das gar nicht ein?« Amanda strahlte wie ein Kind.

»Nee, leider nicht.« Isy blickte über ihre Schulter, aber außer eiligen Passanten, einem jungen Schäferhund, der mit seiner Leine spielte, und drei kleineren Jungen in Halloweenkostümen konnte sie nichts Auffälliges entdecken. Trotzdem wusste sie, dass er da war, irgendwo in ihrer Nähe. »Er ist mir schon vorhin am Blumenstand aufgefallen.«

»Meinst du, dass es . . . ?«

»Dass es dein Traumregisseur ist? Wer denn sonst?« Bedrückt gingen sie weiter. An der Kreuzung hatte Isy eine Idee. »Los, hängen wir ihn ab!«

Sich fest an der Hand haltend sausten sie bei Rot auf die andere Straßenseite, bogen in eine matschige Nebenstraße ein, rannten durch einen offenen

Hauseingang und gelangten in einen verlassen wirkenden Hof. Keuchend sahen sie sich um. Von hier gab es kein Entrinnen. Es sei denn, sie hatten den Mut, über die alten, unverputzten Brandmauern zu klettern.

»Du zuerst!«, befahl Isy. »Ich stütz dich.«

»Und wenn dahinter ein Kampfhund ist?«

»Dahinter ist kein Kampfhund!«

Obgleich ihr Amanda kein Wort glaubte, kroch sie schließlich seufzend über die Mauer. Isy stützte sie, so gut sie konnte. Doch als sie der Freundin den schwarzen Lederbeutel mit der langen, unförmigen Pappwurst nachwerfen wollte, schrie die: »Bist du wahnsinnig? Nur vorsichtig herunterlassen!«

»Noch was?«, knurrte Isy. Amanda tat ja wirklich so, als hätte sie da eine Bombe drin! Oder rohe Eier. Bei der konnte man wirklich nicht wissen. Manchmal holte sie nach der Schule einfach ein halbes Dutzend Eier aus dem Supermarkt, weil sie ihnen Eierkuchen machen wollte. Eierkuchen waren seit ihren gemeinsamen Ferien in dem alten Forsthaus von Altgrünheide Amandas Spezialität.

»Warte, ich bring ihn dir mit.« Isy warf sich Amandas Rucksack über die Schulter und umfasste die rissigen Steine. Dann zog sie sich an der Mauer hoch und schwang sich drüber. Nach zwei weiteren Höfen mit vergleichsweise niedrigen Mauern landeten sie vor einer Autowaschanlage, die nicht weit von ihrem Treffpunkt entfernt lag.

»Den hätten wir sauber abgehängt!«, triumphierte Amanda.

Isy aber verspürte ein unbehagliches Gefühl. Wenn es wirklich Rainer Wutzke war, der unter dem braunen Schlapphut steckte, dann müsste ihm inzwischen eigentlich klar geworden sein, dass wir auf dem Weg zu seiner Wohnung sind, grübelte sie. Was aber würde er in diesem Falle tun? Vorlaufen und ihnen einen unangenehmen Empfang bereiten? Sie einsperren und vielleicht sogar quälen? Natürlich wollte er herausfinden, wo Josepha steckt. Trotzdem! Etwas störte sie an dieser Überlegung. Und zwar gewaltig. Aber was? Wo war der Haken?

»Es gibt einen Haken!«, teilte sie Amanda zufrieden mit, als sie sich auf dem Fußabtreter des Hochhauses die traurigen, matschigen Überreste des Vormittagsschnees von den Schuhen streiften. »Der Mann, der uns bis jetzt verfolgt hat, kann gar nicht Rainer Wutzke sein. Und weißt du, warum?« Erleichtert, doch noch den Schwachpunkt ihrer Vermutung herausgefunden zu haben, strich sich Isy eine feuchte Locke aus der Stirn. »Der kann doch überhaupt nicht wissen, wie wir in Wirklichkeit aussehen, oder? Der kennt uns ja nur im Kostüm.«

Nach kurzem Nachdenken stimmte ihr die Freundin zu. »Na schön, aber wer soll es denn dann gewesen sein?«

»Das ist die Fünftausend-Dollar-Frage, Amanda!«

31

Sie waren zu früh. Von den Jungen war weit und breit noch nichts zu sehen.

Verlassen lag der lange Korridor im schwachen Licht der Deckenbeleuchtung und vor der Tür, hinter der das kleine Mädchen Lia wohnte, stand ein buntes Kinderfahrrad.

Wenn es stimmte, was Josepha erzählt hatte, würde es noch eine gute Stunde dauern, bis Rainer Wutzke alias Lothar Loll alias Wolfram B. Braun auf der Bildfläche erschien. Das heißt, wenn er überhaupt erschien.

»Wollen wir nicht lieber auf die Jungen warten?«, flüsterte Amanda.

»Dann fallen wir bloß auf!«

Zögernd schob Isy Josephas Schlüssel in die gelbe Tür von Apartment 1101 und drehte ihn um. Mit gespenstischer Lautlosigkeit glitt sie auf.

»Gut geölt!«, stellte Isy fest und fand ihre Bemerkung im selben Augenblick so blöd, dass sie einen Lachanfall unterdrücken musste. Himmel, war sie aufgeregt!

»Geh mal vor und guck zuerst ins Bad«, wisperte Amanda. »Ich muss aufs Klo!«

»Meinst du vielleicht, dass einer in der Wanne sitzt?«

Kichernd betrat Isy die muffige, ungelüftet riechende Wohnung und widerstand ihrem Impuls, die Fenster aufzureißen. Ein sichtbareres Signal, dass jemand in der Wohnung war, konnten sie dem Verbrecher gar nicht geben.

Sie spähte in den halb leeren Wohnraum mit dem grünen Jugendstilsofa und dem staubigen Schreibtisch. Dann lugte sie in ein weiteres leeres Zimmer und warf auch einen raschen Blick in die Küche, von der nur noch das graue Skelett ausgeräumter Einbauschränke übrig geblieben war. Zuletzt öffnete sie die Tür zu dem winzigen Bad und überzeugte sich für Amanda, dass Rainer Wutzke nicht gerade ein Schaumbad nahm.

»Kannst kommen!«

Vorsichtshalber schloss sie Amanda und sich in der fremden Wohnung ein und packte die Strippe aus. Sie erschien ihr stark genug den Zweck zu erfüllen.

Inzwischen verschwand Amanda auf dem Klo, und als sie zurückkehrte, lehnte sie ihren Lederrucksack behutsam an den Schreibtisch und rutschte zu Isy auf das grüne Sofa. Angespannt lauschten sie auf Tannhäusers und Gummibärchens Schritte.

»Was, äh, machen wir, wenn er zu früh kommt?«

»Weiß nicht«, murmelte Isy. »Aber der kommt nicht zu früh.«

»Und du meinst wirklich, der hält still und lässt sich fesseln?«

»Natürlich müssten Tannhäuser und Gummibärchen zuerst ihr Spray einsetzen.«

»Vielleicht haben wir ja Glück und die Polizei ist schnell da!«

»Dann müsste sie erst mal von dieser Wohnung wissen und das tut sie nicht.«

»Apropos Wohnung! Was wollte Janho eigentlich vorhin in der Kantstraße? Nur die Blumen für seine Tante bringen?«

Isy nickte mit ihrem harmlosesten Gesicht.

»Aber weshalb wart ihr dann so ... gestresst?«

»Gestresst?«

Misstrauisch kniff Amanda die Augen zusammen. »Verschweigst du mir was, Isolde?«

»Ich? Wieso? Ich bin genauso ehrlich zu dir wie du zu mir.«

Einige Sekunden musterten sie einander scharf und Isy war entschlossen nicht als Erste wegzuschauen, als sie endlich Stimmen vor der Wohnungstür vernahmen.

Erleichtert sprangen sie auf und ließen ihre Klassenkameraden ein.

Die brachten eine knallrote Spraydose und den frischen Geruch von Kälte in ihren Jacken mit.

»Ist speziell für Kampfhunde«, nuschelte Tannhäuser. »Das Zeug lässt sogar Pittbulls weinen.«

»Jetzt könnt ihr euch sicher fühlen!«, fügte Gummibärchen gönnerhaft hinzu.

Dann inspizierten sie mit ernster Miene die Räumlichkeiten und Gummibärchen verteilte in Feldherrenmanier die Positionen. Seiner Ansicht nach sollte sich Isy hinter dem Sofa verschanzen und Amanda im Kinderzimmer verstecken. Er selber würde mit dem Kampfspray hinter der Wohnzimmertür lauern und Reginald sollte als Verstärkung in der Küche Posten beziehen.

»Ich will mit Isy zusammen sein!«, quengelte Amanda.

»Na schön, dann geht ihr eben in die Küche und

wir halten hier die Stellung!«, entschied Gummibärchen. Nur widerwillig gab ihm Isy die Strippe.
Sie wäre viel lieber im Wohnzimmer geblieben,
aber sie hatte keine Lust auf Kompetenzgerangel.
Außerdem musste einer aufpassen, dass Amanda
nicht durchdrehte. Doch bevor sie mit der Freundin
in der Küche verschwand, berichtete sie noch kurz
von dem Mann mit dem braunen Schlapphut.

»Und ihr meint nicht, dass es unsere Zielperson
gewesen ist?«

»Auf keinen Fall. Der weiß überhaupt nicht, wie
wir in Wirklichkeit aussehen oder wo wir wohnen,
und Amanda behauptet, dass ihr der Mann schon
von zu Hause gefolgt ist.«

»Auf wen würdet ihr denn tippen?«

»Null Ahnung.«

»Vielleicht war's 'n Sittenstrolch, der auf 'ne
Nürnberger Bratwurst Appetit hatte?«, versetzte
Gummibärchen mit hämischem Seitenblick auf
Amanda. »Du darfst nicht immer so enge Hosen
anziehen, Dicke!«

»Du hast's nötig, Fettsack!« Wütend knuffte
Amanda ihren Mitschüler in die Seite.

»In einer Viertelstunde müsste er kommen.«
Tannhäuser warf einen prüfenden Blick auf seine
Uhr. »Und was machen wir mit ihm, wenn er ver-
schnürt ist?«

»Stachelrose anrufen! Damit er denkt, Weihnachten und Ostern fallen auf einen Tag!« Isy grinste. So eine Überraschung hatte der bestimmt noch
nicht erlebt. »Zu guter Letzt holen wir dann Josepha und Frau von Leinungen vom Busbahnhof ab.«

»Vergiss die Belohnung nicht!«, erinnerte Amanda überflüssigerweise. »Außerdem sollten wir uns jedes Interview von den Medien bezahlen lassen. Umsonst war mal!«

»Auf die Plätze!«, kommandierte Gummibärchen.

»Nimm dich bloß nicht so wichtig, du Fruchtzwerg!«, zischte Amanda. Dann folgte sie Isy in die Küche, als plötzlich ein durchdringender Summton an der Wohnungstür die Stille zerriss. Erschrocken fuhren sie zusammen. Auch Gummibärchen und Reginald schmulten entgeistert aus der Wohnzimmertür. Bis jetzt waren sie eigentlich davon ausgegangen, dass der Erpresser einen Wohnungsschlüssel besaß. Damit jedoch, dass er klingeln würde, hatte niemand gerechnet.

Was jetzt, fragte sich Isy, während ihr Herz loshämmerte und sie alle wie versteinert im Korridor standen. Entsetzlicherweise hatte sie das lähmende Gefühl, keines klaren Gedankens mehr fähig zu sein. Doch endlich ließ leises Wispern und Tuscheln hinter der Wohnungstür einen Riesenstein von ihrer Brust purzeln. Erlöst atmete sie auf.

»Es sind bloß Halloween-Kinder!«, flüsterte sie. »Hat einer mal was Süßes?«

»Süßes oder Saures!«, sangen zwei kleine Mädchen begeistert, als Isy die Tür öffnete und ihnen eine Tüte Gummibärchen, eine halbe Rolle Kekse und Tannhäusers angebrochenes Kaugummipäckchen herausreichte.

»Mehr haben wir leider nicht.«

»Macht nichts!«, sagten die Kleinen, die graue

Papierumhänge mit aufgemalten Fledermäusen trugen, und ließen die Süßigkeiten eilig in ihrem Beutel verschwinden.

»Ihr seid wenigstens nett. Nicht wie dieser Mann vorhin.«

»Welcher Mann?«

»Na, der Mann, der gesagt hat: ›Verschwindet! Sonst kriegt ihr Saures! Aber von mir!‹«

»Ist ja total uncool!«, sagte Isy mitfühlend.

Die Mädchen nickten.

Obwohl sie spürte, wie Amanda sie ungeduldig in die Wohnung zurückziehen wollte, riss sie sich los und fragte: »Und wo war das ... mit dem Mann?«

»Hier!«

»Wo ... hier?«

»Na, da, wo du stehst!«

Zweifelnd sah Isy auf die Mädchen. »Seid ihr sicher? Ich meine, hier sieht doch eine Wohnung wie die andere aus, oder?«

Mit einem nachsichtigen Lächeln zeigte das größere Mädchen auf die Fußmatte vor der Tür. »Die ist doch grün, oder? Siehst du hier noch eine grüne auf dem Flur?«

Die Kleine ist pfiffig, dachte Isy. Dann versicherte sie sich noch einmal: »Ihr habt also vorhin genau an dieser Wohnungstür geklingelt?«

»Nicht geklingelt!«, widersprachen die Mädchen. »Weil ... er wollte gerade reingehen.« Dann rissen sie entsetzt die Augen auf. »War das etwa ein Einbrecher?«

»Oh, bestimmt nicht. Vielleicht der Hausverwalter«, versicherte Isy. »Die sind mitunter ziemlich brummig. Also, viel Spaß noch, ihr zwei!« Enttäuscht schloss sie die Tür und sah in drei gespannte Augenpaare. »Habt ihr gehört? Er war schon hier!«

»Glaubst du das wirklich?«, erkundigte sich Tannhäuser stirnrunzelnd.

»Die Flitzpiepen waren doch höchstens dritte Klasse.« Gummibärchen winkte ab. »In dem Alter spinnen sie total rum. Kenn ich alles von meiner Schwester. Die schwört unter Androhung von Keile, dass ein Nashorn in unserer Badewanne liegt und Harry Potter liest.«

Auch Amanda schien von dem Gehörten nicht überzeugt. »Wieso haben sie eigentlich wieder geklingelt, wenn sie der Mann vorhin angeblich so verschreckt hat?«

»Ich glaube ihnen!«, beharrte Isy.

»Aber du hast keinen Beweis«, nuschelte Tannhäuser.

»Genau, du hast überhaupt keinen Beweis«, echote Amanda.

»Wartet mal, vielleicht gibt es doch einen!«, rief Isy plötzlich und stürzte zurück ins Wohnzimmer, wo sie Amandas Rucksack samt Schreibtischsessel beiseitewuchtete und für einen Moment unter dem schweren Eichentisch verschwand. Als sie wieder auftauchte, klang ihre Stimme schrill vor Aufregung: »Er war hier! Hundertpro! Dein Kürbis ist nämlich weg, Amanda!«

32

Was wollte denn der Kerl mit dem Kürbis?

Aber natürlich war die Frage jetzt unwichtig. Isy musste sich eingestehen mit dieser Wendung der Geschichte nicht gerechnet zu haben.

Auch Gummibärchen und Tannhäuser machten Gesichter, als hätte man sie an Heiligabend von der Bescherung ausgeschlossen. Ihr großer Auftritt war geplatzt!

Stumm schwebte die Frage im Raum: *Was jetzt?*

Einen bedrückenden Moment lang war nur das Knistern von Gummibärchens Zigarettenpackung zu hören. Tapfer kämpfte Isy mit dem Gefühl, gleich losheulen zu müssen. So nah am Ziel und doch vorbei!

Dann riss sie sich zusammen. Immerhin hatten sie Josepha gefunden und für Josephas Eltern würde es auf alle Fälle die beste Nachricht seit Wochen sein!

»Der Mensch denkt, Gott lenkt!«, brummte Gummibärchen philosophisch.

»Mit Ausnahme von dir!«, stichelte Amanda.

»Schnauze, du Schneehuhn!«

Bevor Amanda eine Erwiderung einfiel, ließ das dröhnende Geräusch eines nachbarlichen Wandbohrers die Anwesenden zusammenzucken. Mit einem Satz verließ Tannhäuser das Sofa. »Schätze, dass es hier nichts mehr für uns zu tun gibt.«

»Mission beendet!«, entschied auch sein Freund Hagen. »Holen wir uns die Kohle!«

»Aber ihr habt doch noch gar nichts dafür getan!«, brauste Amanda auf. Hilfe suchend blickte sie zu Isy.

Die nickte. »Über Geld reden wir erst, wenn wir's haben. Noch ist Josepha in der Brinkenbühl-Mühle. Die nimmt noch die Halloweenparty mit!«

»Dann hauen wir wohl besser erst mal ab«, zeigte sich Gummibärchen einsichtig.

»Und der Mann mit dem Hut?«, hauchte Amanda. »Der weiß, wo ich wohne!«

»Dann geh doch einfach nicht nach Hause«, schlug Gummibärchen vor.

»Echt witzig!«

»Vielleicht ist ja alles nur Zufall!«, mutmaßte Tannhäuser, als Isy die Tür verschloss.

»Ist es nicht!«, riefen Amanda und Isy wie aus einem Munde.

»Amanda hat Recht«, bekräftigte Isy. »Ich hab ihn auch gesehen. Sogar mehrmals.«

»Und ihr seid euch wirklich sicher, dass es nicht der Erpresser ist?«

»Das haben wir doch schon erklärt«, unterbrach Isy den Mitschüler ungeduldig und drückte den Lift. »Dieser Mensch weiß überhaupt nicht, wie wir ohne Engelskostüme aussehen, und schon gar nicht, wo wir wohnen.«

»Und wenn er euch mal heimlich gefolgt ist, als ihr Brötchen gebracht habt?«

»Dann hätte er uns durch die halbe Stadt in sämtliche Haushalte folgen müssen«, zweifelte Amanda und Isy ergänzte: »Welches Motiv soll er denn gehabt haben? Nee, der wollte uns nur benutzen und dann austricksen! Jedenfalls so lange, bis die Sache mit Josephas Freundschaftsband in Pios Wohnung passierte. Das allerdings müsste alle seine Pläne über den Haufen geworfen haben, denn selbst wenn er es nur für einen Bluff der Bullen hielt, musste er von nun an vorsichtshalber das Haus beobachten. Ich geh jedenfalls mal davon aus, dass er so schlau war.«

Sie hielt einen Moment inne, weil eine alte Dame und ein kleiner Hund mit lila Regendecke den Aufzug verließen.

»Dabei wird ihm natürlich aufgefallen sein, dass die Urlaubsengel trotz Vereinbarung und Vorkasse keine Brötchen mehr liefern, und so hatte er das nächste Problem, denn er konnte sich nicht sicher sein, ob Josepha nicht vielleicht doch in der Wohnung hockte und Knast schob. Also musste er den Termin heute unbedingt einhalten, und siehe da, das Vögelchen mit dem goldenen Gefieder war tatsächlich ausgeflogen ...«, fuhr Isy fort.

»Woher wissen wir denn, ob er nicht denkt, dass sie von selber abgehauen ist?«, erkundigte sich Gummibärchen.

»Weil ihn plötzlich ein dicker gelber Kürbis angrinste, der vorher noch nicht da war!«

»Meine Nummer drei«, fügte Amanda wehmütig hinzu.

»Womit die Spur direkt zu euch führt, denn ihr wart Josephas einzige Verbindung zur Außenwelt und sie könnte ja von ihrer heutigen Verabredung mit ihm gesungen haben!«, murmelte Tannhäuser. »Bestimmt hat er euch schon beim Reingehen beglupscht, vielleicht hat er sogar das Liftdisplay

230

überprüft, auf welcher Etage ihr ausgestiegen seid.«

»Weißt du überhaupt, was du damit sagst?«, grunzte Gummibärchen.

»Was sagt er denn?«, erkundigte sich Amanda, während der Lift abwärtsglitt.

Sie erhielt keine Antwort. Isy und die Jungen aber tauschten stumm einen Blick.

Zweimal noch hielt der Aufzug, bevor sie das Erdgeschoss erreichten und Tannhäuser abwartend vor der blechernen Briefkastenkolonie im Windfang stehen blieb. Auf der Straße hatten sich inzwischen einige lärmende Jugendliche mit Halloweenmasken und lustigen Kürbisköpfen versammelt.

»Wir haben also eine neue Situation. Wenn unsere Vermutung stimmt, könnte er uns in diesem Augenblick aus irgendeiner Deckung heraus ganz locker im Visier haben.«

»Sag ich doch die ganze Zeit!«, beschwerte sich Amanda.

Ein Vater mit dunkelblauer Pudelmütze und zwei kleinen Jungen, die stolz ihre Halloweenlaternen vor sich hertrugen, stieß die Eingangstür auf. Ein kalter Windstoß fegte in den gläsernen Vorbau.

»Sorry, Bratwurst, wir reden hier nicht von deinem Verehrer mit dem braunen Hut!«, brummte Gummibärchen. »Wir meinen den anderen.«

»Aber ...«, sagte Amanda und verstummte. Meinten die etwa, dass ihnen zwei Männer folgten? Rainer Wutzke jetzt auch?

»Wie wär's, wenn wir ihn in eine Falle lockten?« Isy spürte, wie sie wieder Mut fasste.

Zuversichtlich tastete sie nach der Strippe in ihrer Jackentasche. Noch hatten sie die Schlacht anscheinend nicht verloren.

»Ich denke mal, dass der euch überallhin folgen würde«, vermutete Tannhäuser und machte einer Rothaarigen mit lindgrünen Lackstiefeletten an den Briefkästen Platz.

»Beschreibt diesen Rainer Wutzke noch einmal ganz genau!«

Sie beschrieben ihm Rainer Wutzke alias Lothar Loll alias Wolfram B. Braun und Isy fügte hinzu: »Kann natürlich sein, dass er die Haare jetzt anders gefärbt hat.«

»Die Frage ist, wohin locken wir ihn? Zum Potsdamer Platz? Vielleicht eine Runde ums Sonycenter drehen und ihm dann im dunklen Tiergarten auflauern?«

»Zu viel Bullen!« Gummibärchen winkte ab. »Lieber Zoo. Außerdem kennen wir uns seit eurem letzten Fall dort richtig gut aus.«

»Klar, wir werfen ihn in den Löwenkäfig, bis Dr. Rose kommt!« Isy lachte. »Leider schließt der Zoo in einer halben Stunde. Ist schon Winterzeit. Am besten wär wirklich die Wohnung gewesen ...«

»Warum nehmen wir nicht die Luxuskemenate von dieser Strandschnecke hier?«

Gummibärchen zeigte auf Amanda. »Oder ist jemand bei euch zu Hause?«

»Hast du ein Rad ab?«, fauchte Amanda, der langsam dämmerte, um was es ging.

»Irgendwohin müssen wir ihn doch lotsen!«, beschwerte sich Gummibärchen.

Das stimmte. Nachdenklich starrte Isy in die Dämmerung. Die übermütigen Kürbisköpfe zogen lärmend einen Hauseingang weiter. Beobachtete er sie gerade? Wusste er schon, wie Amanda und sie ohne die blonden Engelsperücken aussahen?

Oder bildeten sie sich alles bloß ein? Ein ungutes, nagendes Gefühl sagte ihr, dass es mit ihrer Vermutung gerade mal fünfzig zu fünfzig stand. Aber fünfzig Prozent waren immerhin die Hälfte und für diese Hälfte mussten sie es riskieren, ihn zu erwischen!

»Er ist der meistgesuchte Mann von Berlin!« Gummibärchen gähnte. »Er muss höllisch vorsichtig sein. Allerdings scheint mir, dass er zu schlau ist, um uns so einfach auf den Leim zu gehen. Jedenfalls nicht, bevor er Josepha geortet hat!«

»Wenn du Recht hast, wär sowieso alles umsonst«, antwortete Tannhäuser missmutig.

»Oder auch nicht!« Alle sahen auf Isy. Das klang ja gerade so triumphierend, als ob sie wieder eine ihrer tollen Ideen hätte? »Dann müssen wir eben eine sehr lange Leimrute legen. Zum Beispiel bis nach Brinkenbühl. Überhaupt, warum laden wir ihn nicht gleich zu der Halloweenparty im Cluedo-Haus ein?«

— 33 —

Erst die sprachlosen Mienen der anderen machten Isy klar, was sie da eben Kühnes vorgeschlagen hatte.

»Du spinnst!«, stammelte Amanda schockiert.

»Das lässt sich doch nie realisieren«, grunzte Gummibärchen verächtlich.

»Lass mal hören, wie das gehen soll. Die Busse fahren jedenfalls nur alle zwei Stunden.« Tannhäuser kratzte sich am Ohr. »Wir brauchen ein Auto.«

Isy schenkte ihm einen dankbaren Blick. Wenigstens einer, der sie nicht für verrückt hielt. »Auto hätten wir vielleicht. Augenblick mal.«

Rasch zog sie Amanda ein paar Schritte von den Jungen weg. »Sag mal, ist Ruky wieder mit einem Seat hier?«

Ein heißer Blitz aus der Hölle hätte Bumble-Bee nicht ärger treffen können. Einen Augenblick lang schien sich ihre Gesichtsfarbe nicht entscheiden zu können, ob sie rot, weiß oder grün werden sollte. Dann siegte ein sanftes Erdbeer-Sahne.

»Wieso?«, flüsterte die Freundin heiser. »Ich weiß gar nicht, wovon du sprichst.«

Isys Überraschungsangriff schien sie total aus der Fassung gebracht zu haben.

»Sorry, ich will mich nicht in deine Angelegenheiten mischen, aber eigentlich schuldet er dir ja einen Gefallen, und ein Taxi zur BrinkenbühlMühle können wir uns nicht leisten. Darum, ich meine, wenn er gerade zufällig mit einem Seat ...«

Zwei, drei Minuten vergingen, in denen nichts geschah.

»Bitte, Mandi!«, bettelte Isy.

»Er ist zufällig NICHT mit einem Seat da. Er knackt zufällig keine mehr. Und ohne Fahrerlaubnis fährt er auch nicht mehr. Er ist nämlich noch keine 18. Ich würde ihm jedenfalls nicht mehr aus der Patsche helfen und Doreen sagt auch, dass sie sich dann endgültig von ihm trennt.«

Doreen? Die dünne, gelbhaarige Bäckerstochter aus Altgrünheide?

»Sind die denn immer noch zusammen?«

»Sieht so aus.« Mit beleidigt geschürzten Lippen gesellte sich Amanda zu den abwartend rauchenden Jungen, während Isy überlegte, wer außer Ruky ihnen in dieser Situation noch helfen konnte? Der gefälligste Mensch, den sie kannten, hieß zweifellos Patrick Mortimer Rimpau. Doch der war nicht nur ein begabter Schriftsteller, sondern auch ein begabter Durchgucker. In null Komma nichts würde er den Braten riechen und es nicht zulassen, dass sie sich in Gefahr begaben. Und wenn er sie persönlich an sein altersschwaches Biedermeier-Sofa binden müsste! Außerdem hatten sie schon genug Unruhe in sein ruhiges Schriftstellerleben gebracht! Nein, Herr Rimpau war aus dem Spiel. Jetzt galt es, herauszufinden, wer von denen, die sie kannten, Amanda und ihr noch einen Gefallen schuldete. Und da fiel ihr eigentlich nur einer ein ...

»Gib mal dein Handy«, bat sie Amanda. Dann machte sie den Jungen ein Zeichen und sie verließen gemeinsam den schützenden Windfang, um sich unter die eiligen Passanten auf dem matschigen, zugigen Alexanderplatz zu mischen. Sie gingen betont langsam, ja schlendernd fast, damit sie jener Typ, der ihnen jetzt vielleicht folgte, nur ja nicht aus den Augen verlor.

Es ist verrückt, dachte Isy beklommen, und am verrücktesten wäre es, wenn Rainer Wutzke jetzt, während wir uns hier abmühen, gemütlich daheim vor der Glotze säße. Sie brauchte die anderen nicht anzusehen, um zu wissen, wie sie empfanden, aber eine Theorie mussten sie schließlich haben und an die galt es, sich zu halten.

An der Weltzeituhr, die selbst bei diesem Wetter noch ein beliebter Treffpunkt unerschrockener Paare zu sein schien, hatte das Handy endlich Empfang.

»Grüß dich!«, schnurrte Isy, ohne zu Amandas Leidwesen einen Namen zu nennen. »Ich hab geträumt, du willst Amanda und mir dringend einen Gefallen tun? Ja, jetzt! Nicht übermorgen. Nein, kein Geld. Du und dein Auto. In drei Stunden bist du zurück.«

Zwar war für Amanda nicht zu erhaschen gewesen, wen Isy da in die Mangel nahm und ob ihre Überrumpelungstaktik Erfolg gehabt hatte, doch als sie ihr das Handy zurückgab, sah sie recht zufrieden aus.

So machte sie es immer, machte Druck wie eine Straßenwalze, wenn sie was wollte!

Woher wusste die überhaupt, dass Ruky in der Stadt war? War sie ihr nachgeschlichen, als sie sich bei Georgio getroffen hatten und er ihr das Geld zurückgegeben hatte?

Schnee, fein wie Polentagrieß, begann erneut aus dem hell angestrahlten, violetten Abendhimmel zu stäuben und Amanda spürte an ihrer Nasenspitze, dass es kalt wurde. Sie sehnte sich nach einem warmen Zimmer, einem Fernseher, einem Liebesfilm und Kartoffelchips. Stattdessen würde sie mit Isy durch diesen ungemütlichen Abend düsen, um einen Geist nach Brinkenbühl zu locken. Herausfordernd drehte sie den Hals. Natürlich folgte ihnen kein Mensch! Nicht einmal der mit dem Schlapphut.

Aber diese Wahnsinnige würde es nie zugeben.

Sicher wüsstest du gern, woher ich das mit Ruky weiß, überlegte auch Isy. Weil du so easy zu durchschauen bist wie ein Sprite mit Zitronengeschmack, liebe Amanda!

Sie unterdrückte ein Grinsen und gab die Überraschung bekannt. »In zehn Minuten auf dem Parkplatz vorm Kaufhof!«

Eine Weile trödelten sie noch über den Platz, dann war es Zeit, zum Treffpunkt zu gehen. Der Typ vom Telefon wartete bereits und hatte sein unfreundlichstes Gesicht mitgebracht. Natürlich hätte er sie ohne ihre Perücken und die blauen Brillen nicht erkannt, weshalb Isy schon von weitem winkte. »He, Max! Wir sind's!«

Er starrte sie an, als sähe er sie zum ersten Mal, und eigentlich sah er sie ja auch zum ersten Mal. »Wo soll's denn hingehen?«, fragte er knapp. Der Wind zerrte an seinem schwarzen Haar und dem gelben Schal, in den er sich gewickelt hatte.

»Nach Brinkenbühl zu einer Party«, sagte Isy. »Aber bloß hinbringen!« Gerührt betrachtete sie die Autoschlüssel in seiner Hand. Es war wie ein Wunder. Hatte sie sich das nicht eben erst alles ausgedacht? Und jetzt war es tatsächlich wahr! Eine Gänsehaut lief ihr über den Rücken. Sie konnte zaubern! Und vor allen Dingen konnte sie nun den meistgesuchten Mann von Berlin und Umgebung in eine Falle locken, aus der es kein Entrinnen mehr für ihn gab!

— 34 —

Am Steuer seines Wagens wirkte Max wie umgewandelt. Entspannt, beinahe gesprächig steuerte er den blauen Hyundai aus der Stadt.

Okay, er war erst ein wenig flockig gewesen, als Isy ihn so unvermutet zum Alex zitiert hatte, doch nun versprach es ja vielleicht noch ein richtig toller Abend zu werden. »Um was für eine Party geht's denn?«, erkundigte er sich hoffnungsvoll und probierte die Radiosender durch. »Und warum dreht ihr euch ständig um? Ist was?«

»Könnte sein, dass uns jemand folgt«, gab Isy zögernd zu. Doch auf keinen Fall hatte sie die Absicht, Max ins Vertrauen zu ziehen. Das fehlte noch!

»Cool! Wer denn?«

»Da gibt es verschiedene Möglichkeiten«, brummte Gummibärchen, der auf dem Beifahrersitz thronte, während Isy sich mit Amanda und

Reginald in den Fond gequetscht hatte. Eine Weile hatte sie auf das Schulterklopfen der Freundin gewartet, auf ihr Lob zu der Idee, Max auf diese Weise endlich zur Kasse zu bitten, aber Amanda hüllte sich noch immer in beleidigtes Schweigen.

Draußen flogen abwechselnd schwarze Waldwände und hell erleuchtete Fenster vorbei und über den dunklen Mustern verlassener Felder schwammen eilige Wolken über einen blassen Mond.

Zweimal schon hatte sie ein Golf überholt und sich wieder zurückfallen lassen. Ein Taxi und ein weißer Opel schienen ihnen ebenfalls an den Reifen zu kleben.

»Merkt ihr, was ich merke?«, fragte Isy laut. »Er fährt vielleicht einen Golf!«

»Einen Golf fährt doch jeder«, wiegelte Gummibärchen ab.

»Trotzdem!«, beharrte Isy. »Der Golf hat uns schon zweimal in der letzten halben Stunde überholt.«

»So gesehen fahren ein Taxi und ein weißer Opel auch schon eine ganze Weile hinter uns her«, mischte sich Tannhäuser ein. »Vielleicht hat er sich eine Taxe genommen?«

»Also, was für ein Fest wollt ihr denn da abfeiern?«, bohrte Max, der die ganze Verfolgungsstory kindisch zu finden begann. »Sind hübsche Mädchen da?«

»Ehrlich gesagt sind es mehr ältere Damen«, sagte Isy schnell. »Es handelt sich, äh, um ein Seniorenheim. Sie haben heute Halloweenparty.«

»Verstehe!«, sagte Max, der nichts verstand. Was wollten Isy und Amanda denn mit diesen beiden Jungen auf einer Halloweenparty im Seniorenheim? Na, ihn ging das schließlich nichts an. Er würde diese Küken in diesem gottverfluchten Nest Brinkenbühl absetzen und dann waren sie quitt. Was er mit dem angebrochenen Abend beginnen sollte, stand noch in den Sternen, aber ihm würde schon etwas einfallen. Im Altersheim jedenfalls würde er nicht landen! Fluchend starrte er auf die glatte Fahrbahn. Es hatte wieder zu schneien begonnen. Eine Weile fuhren sie schweigend durch eine transparente Wolke auseinanderstiebender weißer Flocken, bis der Golf erneut an ihrem Heck aufkreuzte.

»Er ist wieder da!«, flüsterte Isy. »Ganz dicht an uns dran.«

»Und er trägt einen Schlapphut!«, kreischte Amanda, die sich ebenfalls umgewandt hatte. »Ich hab doch gesagt, dass der mich verfolgt! Aber mir wollte ja keiner glauben!«

»Unsinn!«, protestierte Isy. »Der trägt keinen Hut!« Aber sicher konnte sie sich nicht sein, zumal der Golf schon wieder zu viel Abstand hielt, um das genau zu erkennen.

»An mir kommt keiner vorbei!«, verkündete Max. »Mit oder ohne Hut.« Wurden die Kids jetzt sogar von zwei Männern verfolgt? Na, ihm sollte es egal sein. »Ist es noch weit?«

»Halbe Stunde höchstens, der Rest führt durch den Wald«, schätzte Tannhäuser und nach genau dieser Zeit bremste Max den Hyundai tatsächlich

240

vor dem hell erleuchteten Portal der alten Mühle. »Wow! Sieht so ein Seniorenheim aus? Hier würde ich gern in fünfzig Jahren meinen Lebensabend verbringen.«

»Dann komm doch mit rein und warte solange!«, schlug Amanda vor.

Max grinste. »Sind wir quitt?«, fragte er.

»Hundertpro«, sagte Isy und reichte ihm die Hand. »Vielen Dank fürs Bringen!«

Sie sahen ihm nach, wie er das Rondell auf dem Vorplatz umfuhr und mit wippenden Rückleuchten in Richtung Wald verschwand. Seit ihrem Abbiegen von der Fernstraße schien ihnen kein Auto gefolgt zu sein, dachte Isy. Kein Golf, kein weißer Opel und eine Taxe schon gar nicht. Allerdings war das auf den finsteren, verwinkelten Waldwegen mit ihren Wänden aus dichtem Fichtengeäst auch nicht mehr zu erkennen gewesen. Nachdenklich folgte sie den anderen zum Eingang und stieß die angelehnte Eichentür auf.

— 35 —

Die Villa war groß genug, um sich darin zu verlaufen, und von edelstem Geschmack. Tannhäuser und Gummibärchen, die noch nie hier gewesen waren, sahen sich mit glänzenden Augen um. Wer immer auch der Besitzer sein mochte – sein Landhaus war spitze! Und in diesem altmodischen Luxuswigwam sollte Josepha, pardon, Harissa untergebracht sein?

Zwar war die Eingangshalle gähnend leer, aber vom Flügel des Salons wehten die zarten Töne eines Klavierstücks über den Flur. Auch aus den anderen Räumen drangen Lachen, Stimmen und Musik. Zwei alte Damen mit pinkfarbenen Fledermausflügeln kamen vorsichtig über die Marmorfliesen getrippelt.

»Die Idee mit dem Seniorenheim war klasse«, lobte Tannhäuser. »Aber wo sind wir hier wirklich?«

»Denk mal scharf nach! Isy und ich haben's schließlich auch gepackt«, riet Amanda.

In diesem Moment brach das Klavierstück im Salon plötzlich ab und Herr Direktor Grün kam im Batmankostüm auf sie zugeeilt.

Hoffentlich erkennt er uns nicht, durchfuhr es Isy, der die wilde Jagd mit Direktor Grün im Treppenhaus einfiel, aber sie hatten ja zum Glück Kostüme angehabt.

»Ah, die ersten Gäste aus dem Ort!«, rief der Direktor herzlich. »Schaut euch bis zum Umzug ruhig ein wenig auf unserer Party um und greift tüchtig am Buffet zu!«

Mit diesen Worten öffnete er das Speisezimmer und gab den Blick auf einen riesigen Nussbaumtisch mit Bergen von goldbraunen Hühnerbeinen, knusprigen Buletten, leckeren Salaten und einem ausgehöhlten Kürbis frei, aus dem eine würzige Suppe dampfte. Auf dem polierten Holz der Kredenz lag noch immer der funkelnde Dolch.

»Ist der etwa echt?«, fragte Tannhäuser und prüfte seine Schneide mit dem Daumen. Sie war

mindestens so scharf wie Amanda auf ein Hühnerbein.

»Das nenne ich einen Empfang!«, brummte
Gummibärchen und stürzte sich auf die Buletten.

Isy klaubte sich eine Brezel aus dem Korb und
ging zu Tannhäuser. »Hast du gesehen, ob uns jemand gefolgt ist?«

»Möglich. Ich mein, es sah mal so aus, als wär da
ein Auto hinter uns, vielleicht auch zwei, aber dann
war der Spuk auch schon wieder vorbei.« Tannhäuser kostete vorsichtig die Suppe. »Entweder es ist
abgebogen oder es ist ohne Licht weitergefahren.
Ist natürlich riskant.«

»Aber es geht?«

»Logisch. Man muss nur höllisch aufpassen.«

»Okay, dann haltet die Augen auf! Wir haben
ihn ja beschrieben!« Isy ging zu dem Hühnerberg
und zog die Freundin fort. »Lass uns erst Josepha
und Frau von Leinungen finden! Dann schmeckt's
uns nachher umso besser.«

Widerwillig verließ Amanda mit ihr das Speisezimmer und sie schauten in den Salon, wo ein paar
mittelalterliche Herrschaften in Halloweenkostümen mit bunten Cocktailgläsern in der Hand plau-
dernd auf dem pinkfarbenen Sofa saßen. Frau von
Leinungen und Josepha waren nicht dabei. Auch im
Musikzimmer, wo einige Geister tanzten, waren sie
nicht. Das Hausmädchen brachte ein Tablett Oran-
gensaft.

»Möchtet ihr?«

»Danke, später!«, sagte Isy hastig. »Wir suchen
Frau von Leinungen.«

»Die packt ihren Koffer. Zimmer zwölf!«

Sie bedankten sich und sausten in das obere Stockwerk, wo sie ungestüm an der Nummer zwölf pochten.

Es dauerte einen Augenblick, bis die alte Dame verwundert ihre Zimmertür öffnete.

»Wir sind's, Frau von Leinungen, Ihre Urlaubsengel! Isy und Amanda!«

In freudigem Erschrecken trat Frau von Leinungen einen Schritt ins Zimmer zurück. »So was! Euch hätt ich ja gar nicht erkannt!«

»Heut sind wir auch ohne Kostüm. Ist Harissa hier?«

»Die wollte bis zum Beginn des Umzugs noch ein bisschen schwimmen gehen.«

»Und wo befindet sich das Schwimmbad?«

»Im Wellnessbereich im Keller.«

Sie stürzten zurück ins Erdgeschoss, wo sich bereits Einheimische versammelten. Ihre fröhliche Stimmung war nicht zu überhören. Es gab jede Menge Hexen und Gerippe, aber manch einer hatte sich auch nur einen ausgehöhlten Kürbis mit kecken Mund- und Augenschlitzen über den Kopf gestülpt. Am lustigsten sahen die Kinder aus und irgendwo in dem Gedränge glaubte Isy auch die nette Buchhändlerin aus Brinkenbühl zu erkennen. Unterhalb der Treppe stand Direktor Grün und verteilte gelbe Lampionkürbisse an Groß und Klein.

»Meinst du wirklich, dass dieser Rainer Wutzke uns bis hierher gefolgt ist?«, keuchte Amanda zweifelnd. »Ich glaube, das wünschst du dir bloß!«

»Reginald meint, dass es möglich sein könnte. Zum Beispiel, wenn er im Wald ohne Licht hinter uns hergefahren wäre.«

»Aber wer ist denn dann der Mann mit dem braunen Hut?«

»Frag mich doch was Leichteres!«

Sie fanden die Kellertür und eilten an Vorratsraum und Weinkeller vorbei bis zu jener Glastür, hinter der sich ein Wellnessbereich mit Sauna, Solarium, Fitnesscenter und Pool für die Gäste des Hauses erstreckte. In dem tiefblauen Wasser schwamm ein Fisch. Genauer gesagt, ein Schley. Noch genauer gesagt, Frau Dr. Ursula Schley.

»Wir suchen Harissa!«, schrien sie ratlos.

»Schon weg!«, rief die Zahnärztin und schluckte vor Schreck Wasser. »Wo kommt ihr denn her?« Prustend kraulte sie an den Rand. »Ihr müsst übrigens mal wieder zum Nachsehen kommen!«

Doch das hörten sie nicht mehr, sie durchstöberten schon Sauna und Solarium, um schließlich erfolglos ins Parterre zurückzukehren, wo sie durch das Glas der Eingangstür sahen, wie sich der Zug von Besuchern aus dem Dorf und Hausgästen im Hof unter den dröhnenden Klängen einer Gerippe-Band in Bewegung setzte. Salon und Musikzimmer waren leer und nur ein paar Kürbisköpfe liefen noch umher. Sie wollten schon zu den Jungen zurück, als Amanda auf einen Pfeil über der Veranda wies, auf dem »Raucherinsel« stand. Stumm kehrten sie um und rissen die Verandatür auf: Fehlanzeige!

Hier drinnen war lediglich ein Pärchen, eine Hexe und ein Kürbiskopf, die dicht nebeneinander am

Fenster standen und dem Abmarsch zusahen. Enttäuscht wollten sie gerade die Tür schließen, als das Paar plötzlich eilig an ihnen vorbei zum Ausgang strebte. Die sieht ja beinahe wie Josepha aus, dachte Isy verwundert, als Amanda auch schon »Halt! Das ist doch mein Kürbis!« kreischte. »Mein Kürbis mit dem Ohr!«

Dann ging alles sehr schnell. Der Kürbis-Mann fuhr herum, die Hexe versuchte sich loszureißen und Isy schrie verblüfft: »Josepha!« Der »Regisseur« war ihnen also doch gefolgt!

Erst jetzt sahen sie, dass Josephas Hände gefesselt waren und in ihrem Mund ein Knebel steckte. Er musste die Ahnungslose in der Veranda überrascht und überfallen haben. Er kannte eben Josephas Gewohnheiten. Und sie hatten ihn auch noch hergelockt!

Erschrocken merkte Isy, die alles so cool geplant hatte, dass sie vollkommen kopflos war. Das war wohl der berühmte Unterschied zwischen Theorie und Praxis!

»Hilfe!«, rief sie verzweifelt. »Hilfe! Lassen Sie Josepha los!«

»Polizei!«, brüllte Amanda. »Er hat meinen Kürbis geklaut!«

Josepha versuchte sich Rainer Wutzkes starken Armen zu entziehen und trat mit den Füßen nach ihm, während ein verspäteter Halloween-Vampir, der die Treppe heruntergestürzt kam, offensichtlich nicht glauben mochte, dass ihre Hilferufe ernst gemeint waren, und ihnen fröhlich zuwinkend das Haus verließ.

Oh Gott! Wo blieben denn bloß Gummibärchen und Tannhäuser? Die Band dröhnte vom Hof und schien ihre Schreie zu übertönen. Was sollten sie denn jetzt tun? Sie mussten ihn von Josepha ablenken! Aber wie?

»Geben Sie auf! Sie kommen sowieso nicht weit!«, schrie Isy. »Wir wissen nämlich, wer Sie sind! Auch Josepha weiß über Sie Bescheid! Sie heißen Rainer Wutzke und arbeiten als Haushaltsauflöser, und das sagen wir alles der Polizei!«

Später würde sie sagen, es war, als hätte sie in ein Wespennest gestochen!

Jetzt aber kam sie gar nicht dazu, Vergleiche anzustellen. Mit einem Aufschrei unterdrückter Wut riss Rainer Wutzke die nächstbeste Tür auf und schleuderte Josepha in den Raum. Es war das Arbeitszimmer neben der Bibliothek. Dann zog er den Schlüssel ab und wandte sich ihnen zu. Sie rannten um ihr Leben!

Sie rannten über den Flur, der kein Ende nehmen wollte, und die Rucksäcke hüpften wie wild auf ihren Rücken, bis sie endlich die Küche erreichten und aufatmend die Tür hinter sich zuwarfen, aber es gab keinen Schlüssel, keinen Riegel, der sie vor dem Mann hätte retten können, dessen schwere Schritte immer näher kamen. Es gab nur jenen geheimen Ausgang hinter der fein gemaserten Holzverkleidung neben der Spüle, der sie vor fast drei Wochen an dieser Stelle entlassen hatte und der sie nun in genau dem Augenblick sanft und schützend wieder aufnahm, als unter Rainer Wutzkes wütendem Schwung krachend die Küchentür aufflog.

36

Still war es in dem unterirdischen Gang. Still und ein bisschen muffig. Das einzige Geräusch, das hier unten laut widerhallte, waren ihre eigenen Schritte. Sie rannten!

Sie rannten mit Seitenstichen und immer knapper werdender Luft, sie rannten mit verzerrtem Gesicht und angstvollen Blicken zurück. Hatte er die Geheimtür entdeckt? War er schon hinter ihnen her?

Der Gang schien, genau wie bei ihrem ersten Besuch im Cluedo-Haus, einfach kein Ende zu nehmen und hinter irgendeiner schwach beleuchteten Kellerecke sprang etwas aus Amandas Jacke, das rund und lecker braun wie eine Bulette aussah.

Eilig stopfte sie den Klops in ihre Tasche zurück. Sie versuchte an Isy dranzubleiben und sich vorzustellen, sie wären im Sportunterricht beim 600-Meter-Lauf. Nur dass sie dabei für gewöhnlich keine Rucksäcke trugen und auch nicht gerade auf der Flucht waren.

Vom Standpunkt der durchtrainierten Lara Croft aus war das natürlich ein ganz gemütlicher Lauf, ein Spaziergang sozusagen, und obwohl Amanda es nicht hätte beschwören können, so erschien ihr der Gedanke an Lara doch irgendwie tröstlich und half ihr durchzuhalten. Erst als das Ende des Geheimganges mit der Treppe zum Arbeitszimmer der Villa sichtbar wurde, gönnten sie sich eine Verschnaufpause.

»Er meint es ernst!«, keuchte Isy.

Sie hatte die hellen, hasserfüllten Sperberaugen Rainer Wutzkes alias Lothar Loll alias Wolfram B. Braun durch die mandelförmig ausgeschnittenen Kürbisaugen gesehen. Wie lange mochten sie diese schwarzen Höhlen schon beobachtet haben?

»Und nun?«, fragte Amanda mit dünner Stimme.

»Es gibt eine gute und eine schlechte Nachricht. Die gute: Wir befreien Josepha jetzt aus dem Arbeitszimmer. Die schlechte: Wir müssen mit ihr den Weg wieder zurück!«

»Jetzt sitzen wir in der Patsche!«, heulte Amanda. »Ist es das, was du wolltest?«

»Ich wollte ihn kriegen!«, erwiderte Isy heftig. »Wir wollten ihn kriegen! Und es ging uns dabei nicht ums Geld. Wir fanden, dass so einer nicht davonkommen darf!«

Daran hatte sich nichts geändert. Oder wenigstens nicht viel. Aber von weitem sah alles immer so easy aus. Räuberfangen war eben doch nicht so einfach! Die Strippe in ihrem Rucksack, dafür gedacht, Rainer Wutzke zu fesseln, erschien Isy auf einmal ziemlich lächerlich. Vielleicht hätten sie sich Herrn Rimpau doch anvertrauen sollen. Wer weiß, was sich dieser Wutzke noch einfallen ließ, um an Josepha und an das Geld zu kommen! Dr. Rose fiel ihr ein, der jetzt ahnungslos in seinem Berliner Büro saß und grübelnd die Phantomzeichnung zweier Urlaubsengel studierte, statt mit der Nase eines Bluthundes dem Täter auf der Spur und vielleicht ihr Retter zu sein.

Hätten sie dem Mann doch bloß von Anfang an den einen oder anderen Tipp gegeben! Doch was nützten jetzt alle Wenn und Aber?

Noch einmal lauschte sie in die Tiefe des Ganges, dann huschten sie die Treppe hinauf und stemmten sich gemeinsam gegen das Gemäuer. Es sollte niemand sagen, dass es ein Kinderspiel sei, Geheimtüren zu öffnen, aber schließlich gab die Wand nach und gewährte ihnen einen Spalt, durch den sie mit angehaltenem Atem in die Geborgenheit der Villa zurückschlüpfen konnten. Sich ihres ungewöhnlichen Auftrittes durchaus bewusst betraten sie mit einem sieghaften Grinsen den Orientteppich des Arbeitszimmers, wo Josepha mit weit aufgerissenen Augen in einem violetten Ledersessel kauerte. Nur der Knebel in ihrem Mund verhinderte, dass sie vor Überraschung aufschrie.

»Na, willst du immer noch eine neue Nase von dem?«, fragte Amanda, als sie dem Mädchen Fesseln und Knebel lösten, aber Josepha antwortete nicht. Vermutlich stand sie unter Schock. Amanda war einfach unmöglich, fand Isy. Kein bisschen Takt!

»Ganz ruhig, Josepha! Gleich bist du in Sicherheit!«, flüsterte sie beruhigend auf das verstörte Mädchen ein. Starr behielt sie dabei die verschlossene Tür im Blick. Von dort würde der Feind kommen. Welch ein Glück, dass Rainer Wutzke kein Fan von Cluedo war! Andernfalls hätte er längst ihre Verfolgung durch den Geheimgang aufgenommen. Wie aber sollten sie nun weiter vorgehen?

»Ist jemand im Haus, der uns helfen kann?«

Niedergeschlagen schüttelte Josepha den Kopf. »Sie sind alle zum Umzug!«

»Und wie lange soll der dauern?«

Das Mädchen in dem seidenen Hexenblüschen überlegte: »Eine Stunde bestimmt.«

Eine Stunde, dachte Isy entsetzt. Gab es denn wirklich keinen Erwachsenen im Haus? Frau Dr. Schley fiel ihr ein, wie sie mit ihrer weißen Badekappe das Wasser des Swimmingpools durchpflügte. Wenn es ihnen gelang, bis zu der Ärztin durchzukommen, war Josepha gerettet. Mit drei Leuten würde er es nicht aufnehmen wollen und mit einem erwachsenen Zeugen schon gar nicht.

»Kannst du laufen?«, flüsterte sie, und als Josepha nickte: »Gut, denn wir müssen jetzt durch den Geheimgang in die Küche zurück. Dort werden wir dich verstecken.«

»Wieso müssen wir eigentlich durch den Geheimgang zurück?«, quengelte Amanda und zeigte auf das Fenster. »Warum klettern wir nicht einfach dort raus?«

»Weil er dann weiß, wie Josepha entwischt ist, und ihre Spur aufnimmt. Wenn das Fenster aber geschlossen bleibt, steht er vor dem Rätsel seines Lebens!« Isy lächelte ironisch. »Den Geheimgang findet nun mal keiner, der Cluedo für Kinderkram hält. Der checkt nicht mal, dass er in einer Cluedo-Villa ist. Das ist unsere Chance. Komm endlich, wir haben keine Zeit!«

Wie um ihren Worten Nachdruck zu verleihen, näherten sich schnelle Schritte auf dem Flur und Amanda stürzte erbleichend und ohne weiteren

Kommentar in den Geheimgang zurück. Hastig schob Isy Josepha nach und schloss den geheimen Spalt in der Wand.

Dieses Mal rannten sie nicht, sie liefen flott und schweigsam, und als sie vorsichtig durch die Holzverkleidung in die Küche spähten, war diese erwartungsgemäß leer.

»Ich wette, er beobachtet den Flur«, flüsterte Isy, »und ich wette weiter, er steht unterhalb der Treppe in der Nähe des Speisezimmers. Dort hat er einen guten Blick. Außerdem schneidet er uns so von den Jungen ab. Das ist seine Absicht.«

»Aber jetzt könnten ihn doch Tannhäuser und Gummibärchen bequem überwältigen!«

»Wenn sie wüssten, wer er ist, aber er trägt ja diesen Kürbis auf dem Kopf.«

»Und wie sollen wir je hier rauskommen, wenn er den ganzen Flur bewacht?«

»Wir müssen ihn austricksen.« Rasch ging Isy zum Besenschrank und öffnete ihn prüfend. Zum Glück war er nicht vollgestellt. »Wie wär's damit, Josepha?«

»Soll ich nicht lieber mit euch mitkommen?«

»Nein«, sagte Isy streng, »solang er dich nicht hat, bist du sicher und … wir auch!«

»Aber unser Bus geht doch in einer halben Stunde!«

»Wenn alles gut geht, holen dich deine Eltern bestimmt persönlich ab.«

»Oder wir nehmen den Royce!«, entschied Amanda mit genießerischem Schnalzen.

»Meint ihr wirklich?« Mit unglücklicher Miene

probierte die Bosnierin im bunten Hexenkostüm den Unterschlupf aus. Es war ihr nicht möglich, aufrecht zu stehen, und sie musste sich, von Schrubber- und Besenstielen umrahmt, eng an die Rückwand pressen. Aber es war immerhin besser, als Rainer Wutzke in die Hände zu fallen!

»Krieg keinen Schreck, wir schließen jetzt ab«, flüsterte Isy, bevor sie die Tür des Besenschrankes wieder schloss. »Ist nicht für lange.«

»Das Rauchen solltest du in dieser Kiste besser lassen!«, flötete Amanda, während Isy in nervöser Hast Frau Knosallas Kosmetikset aus ihrem Rucksack zauberte und zu Amandas Verwunderung die Plastikhülle mit den Zähnen von der Verpackung riss.

»Lass dein Handy hier!«, verlangte sie dabei. »Das Scheißding wird uns noch verraten!«

Dann schraubte sie die Flasche mit dem schimmernden, aprikosenfarbenen Gel auf und schlich, es feierlich wie eine Kerze haltend, zur Küchentür. Dort winkte sie der zögernden Amanda, ihr zu folgen. Tatsache, dort stand er und spähte nach rechts!

Mit Genugtuung erkannte Isy, dass der steife Kürbiskopf auf seinen Schultern ganz erheblich seine Sicht einschränken würde.

»Bei drei wechseln wir in den Salon!«, flüsterte sie. »Eins, zwei, drei!«

Sie flitzten über den Flur und schlüpften in den Salon, wo Isy sofort auf eine zweite Tür an der gegenüberliegenden Seite zusteuerte. Ihre Strategie war klar. Sie wollte von hier aus mit Amanda in das Musikzimmer gelangen, das einen weiteren Geheimgang besaß, den sie mit ihren Figuren beim Cluedospielen besonders gern nutzte. Wieder flüsterte Isy: »Eins, zwei, drei!«, und wieder sausten sie blitzschnell über ein kleines Stück Flur in den anderen Raum, wo sie mit bebenden Fingern das gelbe Rattansofa beiseiteschoben und den rettenden Geheimgang beinahe so mühelos wie auf dem Spielbrett daheim fanden. Einfach sensationell, wie das funktionierte!

Leider blieb ihnen keine Zeit, sich zu freuen. Keuchend und prustend rannten sie nun auch durch dieses Gewölbe und lauschten dem harten Schlag ihrer Herzen.

Alles hing jetzt davon ab, ob sie die »Raucherinsel« ungesehen wieder verlassen konnten, um in den Wellnessbereich zu flüchten, denn es gab leider keine Möglichkeit, von diesem unterirdischen Schlauch in die benachbarten Kellerräume zu gelangen. Geheimgänge waren nun einmal nicht umsonst geheim.

Mit letzter Kraft erreichten sie die Verandastufen und suchten ungeduldig nach jener Stelle im Mauerwerk, die ihrem Druck nachgeben musste, damit sie wieder in das Innere des Hauses gelangen konnten. Doch ganz so rasch wie bei der Geheimtür zum Arbeitszimmer ging es nicht und Amanda war schon am Verzweifeln, als sich endlich unter ihren tastenden Händen knirschend ein mannsbreiter Spalt öffnete.

Erleichtert huschten sie auf die Veranda und Amanda wäre am liebsten in den grünen Sessel geplumpst. Sie fühlte sich ausgelaugt und matt und nur die unmittelbare Nähe der Gefahr verhinderte, dass sie ihrer Erschöpfung nachgab.

»Gleich haben wir es geschafft!«, flüsterte Isy aufmunternd. War es wirklich erst drei Wochen her, seit sie hier mit klopfendem Herzen durch das angelehnte Fenster eingestiegen waren, um nach Frau von Leinungen zu suchen?

Wie bei ihrem ersten Besuch in der geheimnisvollen Villa begab sich Isy auch dieses Mal auf Zehenspitzen zur Tür, um durch einen winzigen Spalt die Lage im Flur zu sondieren. Hatte sie damals Gläsergeklirr und perlendes Gelächter aus dem Salon verwirrt, so schien ihr jetzt die Stille im Hause verdächtig. Es dauerte einen Moment, bis sie den gelben Kürbiskopf entdeckte. Er spähte gerade in die Bibliothek. Dachte er etwa, sie hatten sich dort vor ihm versteckt? Ein nervöses Kichern stieg in Isys Kehle hoch. Gut, wenn er das glaubte! So würde er wenigstens nicht sehen, wie sie und Amanda jetzt im Keller verschwanden! Ohne lange zu überlegen, raste sie los, Amandas stoßweises Schnaufen im Genick. Dann wartete sie mit mühsam gezügelter Ungeduld, bis Amanda die Kellertreppe passiert hatte, und begann hastig Stufe für Stufe mit einem dicken, schmierigen, aprikosenfarbenen Shampoofilm einzuseifen. Nun begriff auch die Freundin, wofür Frau Knosallas Haarwaschmittel verwendet werden sollte.

»Cool!«, staunte sie.

»Wenn er uns folgt«, frohlockte Isy, »schlittert er in eine Falle!«

Dann beeilten sie sich in den Wellnessbereich zu

kommen, um Frau Dr. Schley um Hilfe zu bitten. Doch der Pool war leer. Ungläubig starrten sie auf die glatte blaue Oberfläche des Wassers und hofften auf eine kleine Kräuselwelle, eine winzige Unruhe in dem Blau, die das Auftauchen der versierten Schwimmerin verriet. Doch die Zahnärztin hatte das Becken bereits verlassen.

»Frau Doktor Schley?«, rief Isy und rannte zu den Duschen. »Frau Doktor Schley?«

Eine einsame Brause tröpfelte stumm die Antwort: nicht hier!

»Mist!«, fluchte Amanda und durchsuchte die Umkleidekabinen. »Schon weg!«

Dann müssen wir ja noch einmal hinauf zu den Zimmern, dachte Isy beklommen. Oder sollten sie gleich versuchen zu den Jungen ins Speisezimmer zu gelangen?

Sie stellte Frau Knosallas leere Shampooflasche auf den feuchten Fliesen ab.

»Wir müssen schreien«, erklärte sie Amanda, »laut um Hilfe schreien, wenn wir wieder oben sind. Dann hören uns die Jungen und können uns zu Hilfe kommen.« Jetzt würde keine Kapelle mehr Radau machen. Das Haus war ruhig wie eine Kirche. Nur die vorsichtigen Schritte des Kürbismannes würden zu hören sein.

In diesem Moment hörten sie einen dumpfen Aufprall und ein Kollern, als poltere ein großer, schwerer, stöhnender Sack Kartoffeln die Kellertreppe herab.

Es war schwer, später genau zu erklären, was sie in dieser Sekunde empfunden hatten. Auf jeden

Fall hatten sie beide das lähmende Gefühl gehabt, dass die Zeit ruckartig stehengeblieben war. Erst dann war die Angst mit einem ohrenbetäubenden Brausen über ihnen zusammengeschlagen und hatte ihnen Beine gemacht.

»Nicht die Kabinen!«, rief Isy, als Amanda zu den Umkleidekabinen flüchten wollte. »Dort sucht er uns zuerst!«

Sie liefen Richtung Fitnessraum und Isy packte den großen, hölzernen Griff der Saunatür. Zum Glück war sie nicht in Betrieb. So würde ihm der finstere, finnische Schwitzkasten nicht sofort auffallen. Inzwischen kehrten sicher auch die ersten Umzügler wieder heim und sie konnten hoffen, dass ihre Hilferufe gehört wurden. Mit letzter Kraft zogen sie die schwere Tür mit der Glasscheibe hinter sich zu und hockten sich auf den Boden der Kabine. Zweifellos wären die abgestuften Ruhebänke an den Holzwänden ringsum bequemer gewesen, aber ein Blick durch das Glasfenster hätte genügt, um sie dort zu entdecken. Ein, zwei Minuten kauerten sie so in furchtsamem Schweigen, bis sich der langsame, schleppende Schritt ihres Jägers näherte. Wie Isy vermutet hatte, durchstöberte er den Poolbereich, wobei seine Schritte immer schwerfälliger klangen. Er musste sich beim Sturz verletzt haben. Bestimmt konnte er nicht mehr schnell rennen! Gern hätte sie es der Freundin gesagt, aber sie wagte es nicht einmal zu flüstern.

Erst als sein Humpeln endgültig Richtung Kellertreppe verklungen war, begann sich der eiserne Ring um ihre Brust zu lösen.

»Es ist vorbei!!«, hauchte sie in das schweigende Dunkel. »Er hat uns nicht gefunden!«

»A…also, Cluedo spiele ich nie wieder!«, stammelte Amanda schluchzend. »Eh…Ehrenwort! Und dieses Haus betrete ich auch nicht mehr!«

»Erst mal müssen wir es verlassen!«, murmelte Isy. Sie rappelten sich hoch und packten ihre Ledersäcke. Wer hätte das gedacht, als sie heute Morgen aufstanden? Der härteste »Polizeiruf« war glatt ein grimmsches Märchen dagegen! Bloß raus hier!

Erschöpft versuchte Isy die Saunatür aufzustoßen, aber die klemmte. Das kam bei Saunatüren öfter vor. Sie probierte es noch einmal und warf sich schließlich dagegen. Umsonst. Die Tür rückte und rührte sich nicht.

»Lass mich mal!« Amanda stellte den Rucksack wieder ab und stemmte sich mit aller Kraft gegen das Holz, rüttelte und trat mit den Füßen dagegen. Doch nichts geschah. Was sollte das denn?

»Ich krieg die Krise!«, rief sie aufgebracht. »Erst müssen wir uns hier verkriechen und jetzt klemmt auch noch die Tür! Da können wir ja gleich ein Schwitzbad nehmen!«

»Ich glaube, dein Wunsch wurde erhört.« Beklommen deutete Isy auf den Saunaofen, dessen Heizspiralen gerade rot aufglommen, während er eine angenehme Wärme zu verströmen begann.

»Willst du damit sagen, dass er uns mit voller Absicht…?« Amandas Stimme zitterte vor Entsetzen. »Dieses Schwein!«

37

Was hatten sie nicht schon alles gemeinsam erlebt!

Sie hatten zusammen in einem fremden Heim unter einem fremden Sofa vor einem Einbrecher gezittert, eine Nacht im Zoo hilflos und gefesselt in der Nachbarschaft wilder Tiere auf Stroh gelegen und sich vom Speicher eines verlassenen Hauses über die Dächer vor ihren Kidnappern gerettet.

In eine hundert Grad heiße Sauna allerdings hatte sie noch keiner gesperrt!

»Wie hat er das gemacht?«, jammerte Amanda. »Wir haben doch gar nichts gemerkt!«

»Vielleicht hat er einen Besenstiel unter den Griff geschoben?«

»Und das genügt?« Amanda zerrte etwas Rundes aus ihrer Jackentasche und legte es in die Nähe der glühenden Steine.

Im schwachen Schein des Saunaofens erkannte Isy eine runde braune Bulette. Wahrhaftig, Amanda verging auch in keiner Sekunde ihres Lebens der Appetit!

»An allem bin eigentlich ich schuld!«, bekannte Isy reumütig, während der Fleischklops leise zu zischen begann. »Wenn ich dir damals, als wir bei uns in der Küche Cluedo gespielt haben, nicht aus reiner Neugier im Regen hinterhergeschlichen wäre, säßen wir jetzt nicht hier.«

»Dann säße ich vielleicht schon im Knast!«

»Ach, der Jugendrichter hätte dir sicher mildernde Umstände gewährt!« Isy tupfte sich den

Schweiß von der Stirn und streifte sich auch noch das T-Shirt über den Kopf, das sie unter ihrem Pullover getragen hatte. Es war erstickend heiß. Zuerst hatten sie nur ihre Jacken und Schals abgelegt, doch als die Temperatur des Saunathermometers unerbittlich weiter in die Höhe geklettert war, mussten sie auch Pullover, Jeans und Schuhe abstreifen. »Wie lange hält man denn das aus?«, fragte sie mit Panik.

Bald würden sie nur noch in ihren Push-ups auf den Bänken liegen.

»Oh Gott, wir müssen doch Josepha aus dem Schrank befreien!«, schrie Amanda plötzlich mit Panik in der Stimme auf. »Und unsere schöne Pressekonferenz! Und der Polizeipräsident! Und die Belohnung!« Sie schnappte nach Luft. »Und was machen wir, wenn uns keiner hört? Ich wette, meine ganze Schminke schmilzt schon im Beutel. Na, wenigstens ist die Bulette schön warm!«, gierig biss sie in das Fleisch. »Willst du auch?«

»Nein danke.« Isy betrachtete die Freundin mit einer Mischung aus Kopfschütteln und Faszination. »Wenn wir bloß das Handy hätten! Die ganze Zeit denke ich, dass es ein Fehler war, als ich dir gesagt hab, dass du dein Handy in der Küche lassen sollst.«

»Wer sagt denn, dass ich immer alles mache, was du sagst?«

»Heißt das, dass du das Handy hier hast?«, schrie Isy und begann begeistert durch die Kabine zu hüpfen. »Ich fasse es nicht. Du bist ein Schatz, Mandi! Wir sind gerettet!«

»Bist du sicher, dass es hier funktioniert?«, fragte die mit vollem Mund.

»Das funktioniert sogar unter der Erde! Damit kannst du aus eurer Familiengruft Dauergespräche führen! Los, ruf Tannhäuser an! Die sollen uns hier rausholen!«

Und während Amanda im Dunkel der Sauna nach ihrem Handy tastete, begann sich Isy wieder anzuziehen. »Ist er sehr heiß?«, fragte sie, als Amanda endlich den pinkfarbenen Hörer ans Ohr presste.

»Geht.«

»Aber die Eier! Bestimmt sind die schon gekocht.«

»Was für Eier?«

»Ich dachte, du hättest welche dabei. Weil du so vorsichtig mit dem Rucksack warst.«

»Das ... hatte einen anderen Grund.« Amanda wedelte plötzlich aufgeregt mit der Hand. Es war offensichtlich, dass sich Reginald Häuser gemeldet hatte.

»Kannst du mich hören?«, schrie sie. »Wir sind hier in der Sauna! Er hat uns eingesperrt! Bei hundert Grad! Ja, er ist hier und läuft mit meinem Kürbis auf dem Kopf herum. Holt uns raus, aber beeilt euch, bevor wir verdampfen!«

Obgleich die Situation ernster nicht sein konnte, musste Isy kichern. »Was hat er denn gesagt?«

»Ach, der hatte doch den Mund voll Salat!«, schnaubte Amanda verächtlich. »Wenn ich mir das vorstell! Immer nur Grünzeug! Da graust's doch die Sau!«

Dann hob sie ruckartig den Kopf. »Hast du das gehört?«

»Was?«

»Die Schritte!«

»Was für Schritte?«

»Schritte eben.« Nervös spähte Amanda durch das Glasfenster. »Die Jungen können es doch noch nicht sein, oder?«

»Nur wenn sie fliegen können! Hast du wirklich Schritte gehört?«

»Ich höre sogar immer noch welche.«

Es stimmte. Jetzt hörte es auch Isy. Da draußen lief tatsächlich jemand herum! Sie spürte, wie sich Amandas Hände in ihren Arm krallten. Trotz der Hitze waren sie kalt. »Er kommt zurück!«

»Quatsch!«, flüsterte Isy.

Doch Amanda schien Recht zu behalten.

Starr vor Furcht lauschten sie auf die näher kommenden Schritte, als diese plötzlich stoppten und etwas Schweres beiseitegeschoben wurde. Im selben Augenblick erschien vor dem Glasfenster der Saunatür der Schatten eines Gesichts. Dann ging alles wahnsinnig schnell! Amanda lief zu ihrem Rucksack, entriss ihm ein unförmiges grünes Gebilde und zielte damit voll auf den Mann, der die Tür aufriss. Stöhnend ging er in die Knie.

»Keine Angst, das wird wieder!«, erklang Herrn Rimpaus vertraute Stimme aus dem Hintergrund. »Die Stacheln von Äschylos sind zwar schmerzhaft, gehen aber leicht wieder raus. Letzten Herbst in Altgrünheide habe ich leider auch ihre Bekanntschaft gemacht ...«

»Oh, mein Gott!«, stammelte Amanda und betrachtete entgeistert die Pflanze in ihren Händen. »Ich wollte ja nur, ich wusste ja nicht ...«

»Kaktus gegen Rose!«, murmelte Dr. Rose und rappelte sich mit einem schiefen Lächeln auf. »Da muss selbst die stachligste Rose passen! Seid ihr wohlauf?«

»Jetzt ja! Vielen Dank! Wo kommen Sie denn her?«, staunte Isy. »Uns hat nämlich ein gewisser Rainer Wutzke alias Lothar Loll alias Wolfram B. Braun hier eingesperrt. Den müssen Sie unbedingt festnehmen!«

»Ist das der mit dem Kürbiskopf?«, erkundigte sich der Kommissar. »Den haben wir gerade einkassiert. Er wollte mit einem gestohlenen Taxi flüchten, als wir ihn nach seinen Papieren fragten, aber mit dem gebrochenen Bein kam er nicht weit ...«

Also doch das Taxi!, dachte Isy. Aufgeregt stieß sie die Freundin an und deutete auf Herrn Rimpaus braunen Schlapphut. Jetzt wusste sie auch wieder, wieso ihr der so bekannt vorgekommen war. Trug der beliebte Serienheld des Schriftstellers, Kommissar Unmuth, nicht bei Wind und Wetter einen solchen Deckel? Im selben Augenblick wusste sie auch, wer der Fahrer des Golfs gewesen war, der sie von Berlin an so hartnäckig verfolgt hatte!

Der aber runzelte gerade die buschigen Brauen und fragte streng: »Könnte es sein, dass dieser Rainer Wutzke als Haushaltsauflöser tätig ist? Und könnte es ferner sein, dass ihr ihn am heutigen späten Nachmittag extra nach Brinkenbühl in dieses reizende Haus hier gelockt habt?!«

»Jawohl, nach Brinkenbühl-Mühle«, sagte Isy stolz. »Und es hat geklappt! Nun müssen Sie uns aber verraten, warum Sie den ganzen Tag an uns geklebt haben?«

Herr Rimpau hüstelte verlegen. »Ja, also, seit ich vor zwei Tagen rein zufällig auf Dr. Roses Schreibtisch die Phantomzeichnung zweier mir vertrauter Urlaubsengel gesehen habe – ich war aus beruflichen Gründen dort –, dachte ich mir, dass diese beiden Engel jetzt bestimmt einen Schutzengel nötig hätten ...«

»Davon haben Sie mir ja gar nichts gesagt!«, knurrte der Kommissar verdrossen.

»Wie konnte ich? Diese Ladys sind zwei von meinen beiden besten Freundinnen!«

»Danke!« Gerührt küssten sie Patrick Mortimer Rimpaus stopplige Schriftstellerwangen – Amanda links, Isy rechts, wie sie gerade standen.

»Allerdings hatte ich heute Morgen sofort Verdacht geschöpft, als Amanda so schuldbewusst in Ohnmacht gesunken war«, wandte Dr. Rose ein. »Ihr Anruf vor einer Dreiviertelstunde, lieber Rimpau, kam für mich also keineswegs überraschend.«

»Okay, ich hatte also beschlossen euch nicht mehr aus meinen wachsamen Augen zu lassen«, fuhr Herr Rimpau im Plauderton fort, »was kein leichtes Stück Arbeit war und mein Wissen über meine engere Heimat um den schönen finsteren Ort Brinkenbühl erweiterte, wo ich binnen kürzester Zeit auf jede Menge fröhlicher Umzügler und eine scheinbar leere Villa traf, die vorzeiten einmal eine Mühle gewesen war. Doch ein Mann mit Kürbiskopf auf dem Flur, der sich reichlich seltsam benahm, erregte meine Aufmerksamkeit, denn ich hatte bereits auf der Fernstraße bemerkt, dass nicht nur ich dem blauen Hyundai folgte, sondern auch ein Berliner Taxi, an dessen Steuer ein Mann mit Kürbismaske saß. Also fragte ich mich, wie wohl mein alter Kommissar Unmuth in diesem Falle gehandelt hätte.«

Patrick Mortimer Rimpau hielt einen Moment inne, um die Taschen des braunen Tweedsakkos nach seiner Pfeife abzuklopfen.

»Meine Intuition sagte mir, dass Unmuth die Villa nicht auf eigene Faust durchsucht, sondern sich dafür staatliche Hilfe organisiert hätte.« An dieser Stelle machte der Autor eine leichte Verbeugung Richtung Staatsgewalt, vertreten durch Dr. Rose. »Und so verließ ich das beeindruckende Haus und begab mich wieder zu meinem Wagen, um die Kripo zu verständigen. Ich weiß doch, wie gern Dr. Rose Hubschrauber fliegt!«

Hier machte der Genannte ein etwas unglückliches Gesicht und Herr Rimpau fuhr fort: »Dann kam alles, wie es kommen musste. Die Kripo flog ein und der Herr Kommissar verpasste dem randalierenden Kürbiskopf wegen Fluchtgefahr trotz Beinbruchs einen so hammerharten Schwinger, dass der böse Junge jetzt noch schläft. Als ehemaliger Amateurboxer kann ich Dr. Roses schnelle Rechte nur bewundern. Meinen geliebten Fünf-Uhr-Tee habe ich allerdings heute verpasst ... «

»Wir werden Sie und Dr. Rose gleich an ein leckeres Buffet führen, das Sie für alles entschädigen wird!«, versprach Isy. Dann drückte sie dem völlig überrumpelten Kommissar einen Schlüssel in die Hand. »Für den Besenschrank in der Küche. Dort haben wir Josepha Boskov vor Rainer Wutzke versteckt. Er ist es, der ihre Mutter erpresst hat. In dem Apartment am Alex aber hat sie sich freiwillig aufgehalten, weil er ihr eine Menge Mist versprochen hat. Aber das erzählt sie Ihnen bestimmt alles selbst.«

Lautes Getrappel und Stimmengewirr am Kellereingang ließen vermuten, dass Gummibärchen und Tannhäuser endlich zu ihrer Befreiung nahten, und irgendwo im Hause rief Frau von Leinungen mit dünner Stimme nach Harissa.

Amanda aber fuhr sich mit den Fingern kokett durch das saunafeuchte Haar. »Isy und ich wären dann so weit, Herr Kommissar. Sie können die Presse informieren!«

ENDE

Einige Wochen später:

Wie lange war es her, seit sie das letzte Mal gemütlich im »Georgio« gesessen und Eis geschleckert hatten? Vier Wochen, fünf Wochen, sechs oder mehr?

Das »Georgio« war Familie Bornsteins Lieblingsrestaurant und Isy bewunderte wieder einmal, wie sicher und selbstverständlich sich Amanda in der Welt der Erwachsenen bewegte. Allein hätte sie sich gewiss nicht in das noble Café gewagt, das nach frischem Cappuccino duftete und über dessen dunklem Holz, dessen gestärkten weißen Tüchern und dessen geschliffenen Karaffen ein feiner, altmodischer Schimmer von Eleganz zu liegen schien.

Es war einfach köstlich, wieder hier zu sein, und dieses Mal konnte Isy Signore Georgios unvergleichliches Erdbeereis auch mit allen Sinnen genießen.

Der Rummel um Josephas Befreiung war mittlerweile verebbt, die Fotos von Amanda und ihr mit den strahlenden Eltern und dem Polizeipräsidenten auf den Titelblättern der Tagespresse waren aus den Kiosken verschwunden und immer seltener verirrten sich Reporter in der Pause auf den Schulhof. Auch die Klasse hatte sich wieder beruhigt. Stolz und Neid auf die berühmten Mitschüler waren auf das Normalmaß geschrumpft und selbst ihre Eltern betrachteten sie nicht mehr heimlich gerührt über den Rand ihrer Kaffeetassen hinweg. Man konnte ohne Übertreibung sagen: Der Alltag hatte sie wieder!

Beinahe erleichtert waren sie in ihre alten Rollen geschlüpft, hatten sich wieder dem Familienleben angepasst und einen Brief an Professor Pioschleck geschrieben, in dem sie sich herzlich für die Ungelegenheiten entschuldigten, die sie ihm bereitet hatten.

Nur manchmal dachten sie noch an den Mann, der seit drei Wochen in U-Haft saß.

»Einem Reporter soll er gesagt haben, dass er nur bereut nie Cluedo gespielt zu haben!« Amanda saugte genüsslich an einem Löffelbiskuit.

»Sein Pech und unser Glück!«, bekannte Isy. »Nicht auszudenken, wenn er die Geheimgänge der Villa gekannt hätte!«

Zwar bescheinigten die Psychologen Rainer Wutzke ein ruhiges, beherrschtes Wesen, gepaart mit einem hohen Maß an krimineller Energie, das jedoch in Stresssituationen zu unkontrollierten Ausbrüchen neigte. Einen Vorgeschmack davon hatten sie ja bereits in der Brinkenbühl-Mühle bekommen. Was aber trieb diesen Mann, der einen guten Job gehabt hatte, letztlich dazu, andere Leute so brutal zu erpressen?

»Es geht eben immer bloß ums Geld!«, seufzte Isy niedergeschlagen.

»Apropos Geld! Hast du dich endlich entschieden, was du mit deinem neuen Reichtum machst?«, erkundigte sich Amanda. Sie selbst hatte gerade in einem angesagten Katalog zugeschlagen und lauerte nun auf die Flut der Klamotten. Aber auch für ihr Konto war noch genügend übrig geblieben. Schließlich hatten sie und Isy den Löwenanteil der Belohnung behalten, während Gummibärchen und

Tannhäuser am Ende auch mit einem Drittel der 2 000 Euro zufrieden gewesen waren.

»Na ja«, sagte Isy zögernd, »vielleicht spare ich doch auf einen schnelleren Computer? Jetzt, wo du mir schon den Scanner geschenkt hast ...«

»Den hast du dir selber geschenkt!«, erwiderte Amanda ehrlich. »Außerdem kann man Freundschaft nicht mit Geld bezahlen. Finde ich jedenfalls.«

»Wie wahr!«, sagte da eine angenehme Männerstimme hinter ihnen. Herr Rimpau war gekommen. »Und wisst ihr auch, wie das der alte Demokrit schon vor 2 000 Jahren formuliert hat?« Er begrüßte den herbeigeeilten Georgio mit einer Umarmung und reichte ihm Mantel und Schal. »Ein Leben ohne Freundschaft ist eine weite Reise ohne Gasthäuser!«

»Deshalb habt ihr ja mich!«, sagte Signore Georgio galant und alle mussten lachen.

Dann folgte Herr Rimpau dem Padrone neugierig zu der Tafel, die Signore Georgios Gattin Violetta im Auftrag des Kommissariats Rose von der Vermisstenstelle des LKA Berlin für die kleine Abendgesellschaft angerichtet hatte.

»Lass uns schnell noch was bereden, bevor die anderen kommen«, flüsterte Isy. »Ich finde, wir sollten noch was klären, ich meine, äh, zwischen uns.«

»Das finde ich auch«, stimmte ihr Amanda zu.

»Also, ich wollte dir bloß sagen, dass ich dir nicht nachgeschnüffelt hab. Wegen Ruky und so. Es war die SMS auf deinem Handy, als du gerade das Aufnahmegespräch mit Frau von Leinungen geführt hast. Ja, das wollte ich dir sagen. Und dass ich finde, dass wir als Freundinnen *immer* offen zueinander sein sollten.«

»Das ist nicht immer leicht«, sagte Amanda.

»Aber wir müssen es versuchen!«

»Müssen wir!«, versprach Amanda einsichtig und sprang auf, denn durch die Eingangstür schienen jetzt alle noch fehlenden Gäste auf einmal zu drängen: Tannhäuser und Gummibärchen, Frau von Leinungen, Josepha und der Gastgeber selbst.

»Lasst uns feiern!«, rief Dr. Rose ausgelassen. »Ihr habt es euch verdient!«

Dann hielt er eine kleine, würdevolle Rede zum Anlass, nickte dankend mit dem Rotweinglas in diese und jene Richtung und stürzte sich schließlich auf Signora Violettas leckere Antipasti, um keinem etwas übrig zu lassen. Das konnten Isy und Amanda natürlich nicht hinnehmen. Als auch die Steinpilzravioli, das toskanische Kaninchen mit Kräuterpolenta und die köstliche Panna cotta verputzt waren, Herr Rimpau sein Pfeifchen in Brand setzte, Dr. Rose einen Grappa bestellte, Frau von Leinungen ihren Cappuccino kostete, Gummibärchen gähnte und Josepha allen noch einmal erzählte, welch schreckliche Angst sie in dem Besenschrank ausgestanden hatte, schlich Isy in die Garderobe, wo sie geschickt ein kleines, eingewickeltes Päckchen in die Manteltasche eines grauen Lodenmantels gleiten ließ und flink in ihren Parka schlüpfte.

»Was ist los?«, fragte Amanda, die plötzlich wie aus dem Boden gewachsen neben ihr stand. »Du willst doch nicht etwa schon gehen?«

»Will nicht, aber muss. Ausgerechnet heute müssen meine Eltern Hochzeitstag haben! Aber feier ruhig weiter! Wir sehen uns ja morgen! Tschüs!«

Ohne eine Antwort abzuwarten, stürmte Isy in den rauschenden Novemberregen hinaus. Überall schimmerten schwarze Pfützen und von den vorbeifahrenden Autos spritzte funkelnde Nässe auf. Das alles erinnerte sie an einen bestimmten Abend, doch sie kam nicht drauf und so rannte sie atemlos weiter, bis sie an ein erleuchtetes Kino kam.

Eigentlich müsste ich mich Amanda gegenüber ziemlich schäbig fühlen, dachte sie kleinlaut, aber es war ihr erstes richtiges Date und ihr Herz klopfte vor Aufregung zum Zerspringen. War er gekommen? Hatte er die Karten besorgt?

Fast scheu betrat sie den Vorraum und sah ihn an der Kasse stehen: den großen blonden Jungen mit den sehr blauen Augen und der Neigung zu Nasenbluten und leichtsinnigen Geschäften. Er trug schwarze Jeans und ein graues Kapuzenshirt mit der Blockschrift »New York«. Einfach stark.

Am liebsten wäre Isy zu ihm gestürzt, doch sie wartete, bis Janho mit den Billetts zu ihr kam.

»Hi! Hat's geklappt?«

Sie nickte. »Ich hab das Päckchen Dr. Rose einfach in die Manteltasche gesteckt. Ein Mann wie er wird schon wissen, wo er das Pillenzeugs bei der Kripo abgeben muss.«

»Der wird vielleicht Augen machen!« Janho grinste und berührte vorsichtig mit den Fingerspitzen ihre heiße Wange. »Danke!«

Dann erkundigte er sich lächelnd: »Popcorn?«

Sie schüttelte den Kopf. Bloß nicht. Sie konnte jetzt nicht mehr an Essen denken! Sie konnte eigentlich an gar nichts mehr denken. Nur stumm und glücklich in den Kinosessel neben ihm gleiten und es heimlich genießen, dass nun sie neben ihm saß und nicht Josepha Boskov. Wie hieß eigentlich der Film?

»Du bist ja jetzt berühmt!«, flüsterte Janho, als das Licht erlosch. »Mindestens dreimal hab ich dein Bild in der Zeitung entdeckt. Erzählst du mir nachher alles, was da in Brinkenbühl geschah?«

Isy nickte. Ihr war, als hätte sie die ganze Zeit auf diesen Moment gewartet. War es das, was man *restlos* glücklich nannte? Bestimmt. Aber da war auf einmal ringsum in den Reihen das Rascheln unzähliger Keks- und Popcorntüten, das ihr schlagartig all die Kinobesuche mit Amanda ins Gedächtnis rief. Ach, Amanda, wenn du mich jetzt sehen könntest, dachte sie beschämt. Und ausgerechnet heute hatten sie sich Ehrlichkeit geschworen. Aber manchmal musste man eben einfach etwas für sich behalten dürfen!

Sehnsüchtig sog ihre Nase den geliebten Duft von Popcorn mit Honiggeschmack ein. Ja, das war es, was sie für einen guten Film brauchte. Und sie hatte es abgelehnt! Seufzend lehnte sich Isy in ihrem Sessel zurück und konzentrierte sich auf den Vorspann, als plötzlich eine Tüte mit honigduftendem Popcorn aus der hinteren Reihe neben ihrer Schulter auftauchte und Amandas vertraute Stimme triumphierend »Popcorn gefällig?« fragte.